젊은 날의 書時

젊은 날의 書時

1판 1쇄 발행	2023년 1월 15일
지은이	송용일
발행인	이선우
펴낸곳	도서출판 선우미디어

등록 | 1997. 8. 7 제305-2014-000020
02643 서울시 동대문구 장한로 12길 40, 101동 203호.
☎ 2272-3351, 3352 팩스: 2272-5540
sunwoome@daum.net
Printed in Korea ⓒ 2023. 송용일

값 15,000원

ISBN 978-89-5658-725-7 03810

송용일 소설집

젊은 날의
書時

선우미디어

성취는 하였으나 영광은 없었다

序言

80년 세월을 뒤돌아보니
SK그룹 고 최종현 회장님의 말씀이 생각난다.
패기는 일하는 기질이며
종사자는 기업을 위한 연결핀이다.
분명 성취의 원동력은 패기였으며
우리들은 기업을 위한 연결핀이었습니다.

아울러 이 책이 나오기까지 후원해 주신
보전 김병학 회장에게 감사를 드립니다.

2023년 1월
저자 송용일

차 례

3장 휴지의 유골

4장 고향의 낮달

1장

허공에 긋는
빗금

1. IMF

1997년 12월 3일 운명의 날이 대한민국에 다가왔다.

텔레비전에 비친 임창렬 경제 부총리의 모습이 어둡다. IMF 구제금융 신청에 서명을 하고 있는 것이다. 그늘이 드리워진 얼굴이 역사의 한 페이지를 장식하고 있다. 화면에 나타난 그 장면을 보면서 국민은 처음 겪는 일이라 모두가 어리둥절하다. 저 모습이 자기들에게 어떤 영향을 끼칠지 아무도 상상하지 못한다. 밥줄을 앗아가고 장롱 속 깊숙이 넣어둔 금붙이를 빼앗아 간다는 사실을 꿈에도 상상하지 못한다.

국가가 어렵게 되었구나 생각하면서 자기와는 아무런 상관이 없다는 듯하다. 단지 깡디쉬 IMF 총재 얼굴이 못마땅할 뿐이다. 혹자는 한국을 도와주고 있는 것으로 생각하지만, 거부감을 느낀다. 아무튼, 실감이 나지 않는 듯하다.

일부 언론에는 실체를 고민하기보다 와인을 마시는 그의 스타일을 화제에 올리고 있다.

잔을 밑에서 잡고 마셔야 하는데 왜 잔을 윗부분을 잡고 마실까.

국가가 어떻게 돌아가던 와인 마시는 모습이 관심거리다. 본토인도 저렇게 마시는데 우리가 뭐라고 격식을 따지는지 한심한 일이다. 임창렬 경제재정부 장관은 소위 KS마크라고 말하는 경기고등학교, 서울대학교를 거쳐 행정고시에 합격한 통상산업부 장관, 경제재정부 장관 겸 경제 부총리를 역임한 수재이다. 그로부터 서서히 다가서는 우울한 세상사와 더불어 우성, 건영 등 건설회사가 먼저 부도로 무너지고, 1997년부터는 한보철강, 삼미그룹. 대농그룹, 기아그룹, 해태그룹 등이 줄줄이 도산하고 있다. 잇따라 각종 금융회사가 인수합병을 하며 이름을 달리하니 비로소 체감하기 시작한다.

휠체어를 타고 검찰에 출두하는 한보철강의 정 회장의 모습이 역겨워 보인다. 일개 세무서 직원이 하루아침에 그룹을 일으켰으니 정경유착의 표본이 아니라 할 수 없다. 은마아파트는 그 규모가 수천 세대로서 그의 최초의 대표적 투기 작품이다.

국가가 부도라니 이름만 들어도 오싹하다. 일시적 유동성 위기를 돌파하는 능력이 없어 채무 불이행한 사태를 초래한 것이란다. 혹자는 일본이 앙갚음을 한 것이란다. 김영삼 대통령이 반일 감정을 내세워 버르장머리를 고쳐주겠다고 호언장담한 대가란다. 즉 일본이 외환위기를 틈타서 일시에 자금을 회수해갔기 때문에 가중된 것이란다.

또한, 이로 인하여 금융공황으로 몰려가고 있는 듯하다. 국민은 금융자본주의 체제를 인식하게 되었고 이름도 생소한 핫머니를 굴리는 조지 소로스라는 이름을 읊어야 했으며 뉴브리지 캐피털, 론스타를 떠들었다.

뉴브리지 캐피털은 제일 은행을 단돈 5천억 원에 인수하였으며 여기 들어간 국가의 공적자금은 무려 17조나 된다. 그런데 뉴브리지 캐피털은 후일 1조 2천억 원의 이익을 남기고 떠나면서 양도세 4천억 원도 물지 않고 다른 사냥감을 찾아 한국을 떠났다고 한다.

금융감독위원장이 수술대 위에 오른 부실 금융회사와 기업들을 하나하나 칼질하고 있었는데 그가 이현재 씨이다. 서서히 옥죄 오는 사회적 분위기를 아래와 같이 졸시 한 수로 대변해 본다.

> 떨어졌다는 생각에 마음이 아파
> 내 몸에 상처가 난 것도 몰랐다.
> 높이를 즐겼던 지난날

무게를 더했던 몸집이 흠이 되었다.

바람 탓이리라

폭우 탓이리라

자위하는 마음에도 거슬리는 속내가 있다.

얄미운 쥐새끼들

탐스럽다고 생각하여 제 뱃속 채우려

갉고 씹고 흔들지 않았겠어

경기 불황이다 IMF다 먹구름 질 때

구조조정 기치를 들었다.

쥐새끼들은 그때를 틈타

양 볼이 불룩한 자화상을 만들었지

　　　　－ 송용일 〈낙과落果〉

2. 과업

용 사장이 허겁지겁 회사에 들어서고 있다. 60세를 바라보지만, 동안이라 젊어 보이는 편이다. 내성적이며 성격이 곧아 융통성이 없는 어깨가 꾸부정한 경상도 사나이다. 상사의 명이라면 물불을 가리지 않는다. 용 사장은 주청 도시가스 회사 대표이사 사장이다. 해외 출장을 마치고 오래간만에 출근하는 모습이 약간 상기된 얼굴로 어수선하다. 그는 에스 그룹에서 36년간 본사 또는 계열사에서 일을 하였다. 주청 도시가스 회사도

에스 그룹의 계열사이다. 부임한 지 얼마 되지 않아 아직 낯설다. 자기가 창업한 회사도 아니니 눈치를 보지 않을 수 없다. 사실 그는 청주와는 아무런 연고가 없다.

단지 포항에 있는 항포 도시가스에서 우여곡절 끝에 이 회사로 전근되었다. 비록 낯선 곳이지만 부득이 근무하지 않을 수 없는 처지다. 포항은 그에게 정년까지 아니 그 이후에도 살고 싶은 곳이었다.

항포 도시가스 회사는 그가 창립한 회사이다. 회사 구조를 보면 에스 그룹은 할아버지 회사이고 그 밑에 모회사인 스에 에너지가 있다. 그 밑에 도시가스 회사가 있어 용 사장은 손자회사 사장인 셈이다. 처음부터 도시가스 회사를 맡은 것은 아니다. 어느 날 모회사인 스에 에너지 영업 담당 부사장으로부터 제의를 받았다. 그가 에스 글로벌 회사의 전신인 국흥상사에서 수송 담당 본부장으로 근무할 때이다. 갑작스러운 전화였다.

"나 표 부사장인데 춘천에 있는 현대석유를 좀 맡아줄 수 없겠어?"

순간, 용 사장은 생각한다. 생판 가 보지도 않는 곳에 가라니 선뜻 마음이 내키지 않는다. 그는 용 사장과 스에 에너지 전신인 주식회사 한대 석유공사(공유)에 1962년 공채 1기로 같이 입사한 친구이다.

"글쎄 고맙기는 하지만 좀 생각할 시간을 주기 바랍니다."

얼마 후 그는 작심하고 사양하는 의사를 밝혔다.

"영업은 경험도 없고 또 춘천은 낯선 곳이라 다른 사람을…."

"그러면 할 수 없네요."

그 당시 현대석유 사장으로 갔으면 용 사장에게는 후일 처신이 좋았을 것 같다. 사실 에스 그룹 회사에서는 유류 제품 영업이 우선이다. 유류 영업 부문에서는 운신의 폭도 넓고 사람도 많이 접촉한다. 소위 말해서 지경이 넓어지는 것이다. 그룹 차원에서도 대우가 다르다. 그뿐 아니라 퇴직 후에도 영업 차원에서 퇴직자를 관리한다. 평생 명예지만 고문 대우를 해줄 뿐 아니라 무급이기는 하나 사무실과 점심값이라도 준다. 한솥밥 먹은 식구끼리 유대를 계속 가질 수 있어 좋다.

그뿐 아니라 춘천은 서울과 가깝다. 언젠가 서울과 춘천 사이 경전철이 개통되면 서울 시내나 별 다름없을 것 같았다. 일일생활권이 되면 결과적으로 선택적 아쉬움이 있는 곳이다. 그러나 용 사장은 별로 마음이 내키지 않았다. 영업은 체질상 자기 스타일이 아니다. 딱 부러지게 일을 해야 하는 용 사장으로서는 두루뭉술하게 우물거리는 영업이 싫다. 그뿐 아니라 외압도 많고 거래처 부실채권도 생긴다. 인간적으로 고민이 되는 부분이 많은 것으로 생각되어 거절하기로 한 것이다.

그 후 얼마 지나지 않아 새로운 제의가 왔다. 이번에는 모회사 규 사장의 전화다. 직접 회사를 하나 생잡이로 신설하라고 한다.

"용 상무, 포항에 가서 도시가스 회사를 설립해주면 좋겠어."

포항 호미곶 해맞이 산실
초조가 어둠을 삼킨다
수많은 눈망울들
심연에서 해를 끌어 올리니
뜨거운 선혈이다
피가 저토록 흘려지다니
검푸른 파도가 붉게 피멍을 너울지는 것은
손바닥 위로 서서히 희망을 올리는 것이다
수면을 박차고 붉게 융단을 오르는 불알
눈살 하나 부시지 않고 나신을 보인다
자애로운 얼굴 자신을 각인시킨다

부드러우나 작열하는 것은 섬기기 위해서이다
파도가 붉은 융단을 걷으니 바다가 검푸르다
   - 송용일 〈일출 산고日出産苦〉

　포항이라는 말에 우선 관심이 쏠렸다. 제일 먼저 생각나는 것이 동생의 얼굴이다. 포항에는 바로 아래 동생 일수가 살고 있다. 그래 이번 기회에 연고지에 가서 회사도 하나 세우고 또 동생도 좀 도와줄 수 있는 길이 있을지도 모르겠다는 생각이 들었다.

　이것은 용 사장의 착각이었다. 당시 일수는 마땅한 일거리 없어 놀고 있는 형편이었다. 용 사장이 생활비를 제수씨를 통해 조금씩 도와주고 있었다. 공과 사를 구별하지 못하는 것은 아니지만 어머니의 유언을 잊을 수 없다. 어머니는 돌아가시면서까지 동생 일수를 챙겼다.

　"용아! 너 동생 일수를 좀 도와주어라."

　"그놈이 아무래도 마음이 놓이지 않는다."

　아들 삼 형제를 모두 사랑하였지만 유독 동생 일수에 대해서 마음을 쓰셨다. 그가 좀 속된 말로 칠칠하지 못하여 앞가림을 못할 것으로 생각하셨다. 동생 일수는 대구에서도 명문인 경북중학교를 나왔다. 아버지는 자기 뒤를 이어 토목 기술자가 되기를 바랐다. 공업고등학교에 진학시켰으나 그는 그 방면에 별로 관심이 없었다. 부득이 대학교도 토목을 전공하지 않을 수 없었다. 그는 학업을 마치지 못하고 재학 중 카투사에 입대하였다. 그런데 불행히도 부산에서 복무 시 자동차 사고로 머리를 다쳤다. 사고는 중상이었다. 부산 어느 신경외과병원에 입원하였으나 치료가 불가능했다. 미군 측에서는 즉시 헬리콥터로 서울 용산에 있는 미군 101 종합병원으로 이송을 하였다. 정말 살아날 것으로 기대를 하지 않았는데 기적같이 살아났다. 그때 미군들의 의술이 얼마나 좋은지 실감할 수 있었다. 아무튼, 그 후 머리가 원만하지 않아 어머니는 늘 노심초사하였다.

3. 토지 처분

이십 년 전 일이다.

1978년 어느 날 용 사장 아버지는 서울에 있는 땅을 처분하기로 하였다. 당시 용 사장은 울산 정유공장에서 송유 차장으로 일을 하고 있었다.

"용아, 서울에서 사람이 내려왔는데 땅을 팔라고 한다."

"글쎄. 좀 더 두고 보시면 어떨까요?"

"그러면 좋겠는데 일수가 사업을 하겠다고 돈을 달라고 하니 어떻게 하나."

"그리고 그 땅이 맹지가 되어 사겠다는 사람이 쉽지 않을 것 같다."

"임자가 나섰으니 팔고 싶다."

그러고 보니 용 사장도 서울 출장을 갈 때마다 복덕방에 들여 물어보면 하나같이 고개를 휘둘렀다. 주변 땅은 높은 가격으로 잘도 팔리는데 정말 이해가 되지 않았다. 말끝마다 그들은 맹지 운운하였다. 땅은 서울 신사동 로터리 부근에 있었으며 주위에 아파트가 들어서 맹지가 되는 상태였다. 당시 용 사장 아버지는 울산에서 다른 가족과 함께 기거하고 있었다. 시골에 있으니 정보가 어두워 부동산 업자가 맹지라고 하니 그렇게 알고 있을 수밖에 없었다.

"얼마 준다고 합니까?"

"평당 십만 원은 준다고 그러네."

"그래요. 그러면 아버지 마음대로 하시지요."

용 사장 자신은 돈이 필요하지 않아 팔고 싶지 않았으나 동생 일수 생각을 하니 사업이나 시켜볼까 싶어 동의하였다. 이제 그의 뒤를 봐주는 것도 지친 셈이다. 1960년 경인가 그 땅을 살 때 가격 평당 450원을 생각하면 많이 벌었다고 생각하였다. 물론 환지를 생각하더라도 많이 벌었다. 그 후에 안 일이지만 맹지는 오히려 알배기 땅이라서 오히려 몇 배 더 비싸다는 것이다.

후회가 막심하였다. 사실 그 땅이 어떤 땅인가 생각하면 용 사장은 가슴이 아프다. 신사동과 한남동 사이 흐르는 한강은 알고 있다. 봄, 여름, 가을에는 크고 작은 나룻배 따라 얼마나 다녔던가. 사람도 짐도 트럭도 배를 타고 강을 건넜었지. 겨울에는 장관이었다. 얼음이 얼마나 두껍게 얼었는지 달구지들이 다니고 트럭도 얼음 위를 다녔다. 용 사장은 대학 시절 그곳에 다리가 놓이기를 학수고대하였다.

아버지는 대구에 있는 조그마한 살림집을 팔아서 그곳에 땅을 샀다. 참으로 대단한 결정이었다. 집의 전 자산을 올인한 것이라 아니할 수 없었다. 어떻게 그런 용기를 내었는지 알 수가 없다. 물론 마침 김천시 과장으로 전근을 하게 되어 그곳에서는 사택을 제공받으므로 집을 팔게 된 것까지는 이해가 간다. 그러나 그 돈으로 땅을 하필이면 불모지나 다름없는 강남에 땅을 사다니 이해가 되지 않았다.

그러나 용 사장 아버지는 나름대로 정보와 확신이 있었다. 당시 친구 한 분이 서울시청 도시계획국에 근무하고 있었다. 공무원으로 박봉을 받는 그가 불쌍하게 보였던 것 같다. 그쪽에 투자를 좀 해보라고 권고하였다. 땅을 사고 난 뒤 머리가 아팠다. 그곳은 밭이라 모두가 단무지 무를 재배하고 있었다. 혹자는 콘크리트 탱크를 묻어놓고 단무지를 담그고 있었다. 방배동 일대는 인분 탱크들이 즐비하여 냄새 때문에 코를 찔렀다. 할 수 없이 종전에 경작하던 단무지를 계속 경작하기로 하였다. 원래 경작하던 소유자는 그 땅을 팔고 말죽거리로 가서 몇 배의 땅을 사 농사를 짓는다고 한다. 그때는 그 사람이 측은하기도 하였으나 후일 그는 때 부자가 되었다. 사람 일이란 정말 알 수가 없다. 이를 두고 인간만사 새옹지마라 하는 모양이다.

경작하는 것도 문제이지만 판매가 더 문제였다. 거래처가 마땅하지 않았다. 하는 수 없이 직접 트럭에 싣고 서울역 뒤편 청과물시장에 갔다. 도매로 헐값으로 팔지 않을 수 없었다. 가을인데도 저녁이 되면 좀 쌀쌀하였다. 늦게까지 팔리지 않으면 트럭 운송비 정도로 넘겼다. 농사비도 건지지 못할 때도 있었다.

그러던 어느 해 제3한강교가 착공되었다. 공사가 진행되는 과정에 수시로 진척 상태를 보고 싶어 강변으로 출근을 하였다. 그런데 이상하게도 예상과 달리 다리 교각이 강변보다 훨씬 안쪽으로 놓이게 되었다. 용 사장 땅 근처까지 인접하였다. 별로 기분이 좋지 않았다. 그러나 할 수 없는 일, 두고 보는 수밖에 없었다. 모든 것이 상상과 달리 전개되었다. 부근에 있는 산이나 구릉지는 점점 사라져 갔다. 불도저가 모든 것을 밀어붙이고 있었다. 당시 불도저는 처음 보는 장비로 신기하기만 하였다. 그 괴력에 깜짝 놀랐으며 순식간에 야산은 없어지고 평지가 되었다. 이것을 두고 천지개벽이라 아니할 수 없었다. 토목 기술자인 용 사장 아버지도 상상하지 못한 것 같다.

종이 한 장에 빈 가슴 채우려
오솔길 걸으니 숲이 걸어온다

노란 줄무늬 빨갛게 찍히고
땡땡이 보라색이 점점이 휘날리며
하얀 타원들이 군데군데 모이니
바닥에 초록이 깔린다
큰 그늘이 장석같이 서고
자잘한 그림자들이 재잘거리니
지그재그로 푸른빛이 흐른다
윗자리 빈터 이곳저곳에
파랗게 쪽빛이 뭉게뭉게 하다
예쁜 모습 빈 종이 가득 찬대
아담의 후손으로 내가 서 있다
보고 그려도 땅 위에 그린 그 그림
따를 수 없으니
태초의 말씀을 생각한다
　　－ 송용일 〈숲을 그려보는데〉

4. 정유공장

　　1964년 4월, 용 사장은 울산 정유공장으로 발령이 났다. 공장에 내려가게 된 것은 순전히 자의 반 타의 반이었다. 용 사장은 당시 인사과에서 인사정책, 급여정책, 채용관리 등을 담당하고 있었다. 이성호 사장은 공장

요원 충원을 위해 우수한 직원을 공장으로 차출하도록 하였다. 그에 따라 무조건 각 부서에 있는 유능한 직원을 공장으로 발령을 내렸다. 단지 공장 노무부장의 면담이 선행되었을 뿐이다.

노무부장은 미국인 Mr. Timms다. 당시 한대 석유공사는 미국 갈프 회사에서 절반의 지분을 참여하고 있었다. 실질적으로 그들이 회사를 경영하고 울산에서도 정유공장을 건설하고 있었다. 인사발령에도 불구하고 몇몇 사람은 본사에 그대로 눌러앉아 있는 사람들도 있었다. 밤늦게 열리는 인사위원회에서 예상치도 않게 용 사장 자신이 공장 전출로 내정되었다.

처음에는 좀 뜻밖으로 생각되었으나 용 사장 자신도 내심 공장으로 가고 싶은 차였다. 왜냐하면, 인사를 담당하는 자로서 공장 각 직종이 무엇을 하는지 알 수가 없었기 때문이다. 기술자 직종들은 대충 알 수가 있었으나 기능공 직종들은 도대체 알 수가 없었다.

정비 부분에서는 용접공이나 배관공이니 페인트공 정도는 짐작이 가나 보이라 메이카(도비공), 크라프트 맨이니 하는 이름은 낯설었다. 특히 생산직에서는 전혀 감이 잡히지 않았다. 운전공이니 운전공보 정도는 알겠으나 스틸맨이니 보드맨이니 개어져니, 브랜더라는 현장 직종과 포맨, 제너럴 포맨이니 하는 현장감독들의 감독체계도 생소하였다.

충원을 하고자 조직표를 하숙방에 걸어놓고 아무리 들여다보아도 알 수 없는 직종들이다. 어떤 사람을 모집하여 충원하여야 할지 난감하였기 때문이다. 인사과장뿐만 아니고 총무부장도 한사코 본사에 있기를 강권하였으나 용 사장은 공장으로 가서 현장을 알고 싶었다.

한편 총무부장 인사이동이 갑자기 이루어졌다. 총무부장이 울산 건설사무소장으로 전보되었다. 반면에 건설사무소장은 총무부장으로 승진되었다. 새로운 총무부장은 거듭 자기를 도와 본사에 남아주기를 요구하였다.

그러나 용 사장은 이를 거절하였다. 인사과장은 용 사장을 데리고 공장담당 이사에게 찾아갔다.

"이사님, 미스터 용은 본사에서 꼭 필요합니다."

"저와 같이 일을 하도록 선처하여주십시오."

공장담당 이사까지 본사에 있기를 권한다.

"미스터 용, 본사에 그대로 있게나."

"공장에 가면 본사같이 인사정책을 다루는 곳이 아니야."

"본사에서는 자네가 필요해."

"공장은 말 그대로 일종의 서기야."

그래도 용 사장은 뜻을 굽히지 않았다.

　　허공에 빗금을 긋는 일

　　발돋움하고 자아를 걷는다

　　긴 촉수 끝에는 허공만 웅크려져

　　멀고 먼 여정 가늠이 되지 않는다

　　줄기를 더하고 무게를 저울질하는 넝쿨

　　잎새에 이는 삶을 느끼며 허공을 밟으니

　　허공에도 기댈 곳이 있나 보다

　　산데리아는 창으로 가는 지름길

　　빛이 들면 빛을 건네는 전령사

　　빛이 희망이라면 허공을 밟는다

　　바람의 갈퀴라도 달아야 하는데

　　부력을 다지며 몸을 넓히니

　　사력을 다해 허공을 움켜쥔다

　　　　─송용일 〈허공에도 기댈 곳이 있다〉

울산공장은 부지 정지를 마치고 한창 각종 장치 설비를 하고 있었다. 지붕도 없는 노천 공장이 지어지고 있었다. 정말 놀라웠다. 사무실은 군용 임시 바라크 사무실이다. 숙소는 시내 개인 가옥을 빌려 숙식을 해결하고 있었다. 한방에 세 사람이 잠을 자고 있었다. 그나마 이불은 한 채로 서로들 끌어당기기 바빴다.

노무과장, 노무 주임이 그와 함께 룸메이트였다. 노무과장은 해군 소령 출신이며 노무 주임은 후일 스에 에너지 사장이 된 규 사장이다. 규 주임은 책을 읽기를 좋아하여 밤늦게까지 책을 보았다. 노무과장은 일찍 자기를 원했으니 불편함이 이루말 할 수 없었다. 중간에서 이럴 수도 저럴 수도 없는 것이 용 사장 처지였다. 그러니 잠을 설치기 마련이었다. 게다가 캄캄한 새벽에 출근하지 않을 수 없었다.

아침 식사를 하는 동안은 북새통이었다. 식탁이 모자라 우물가에 서서 국그릇에 밥을 말아 먹고는 하였다. 시간에 쫓기다 보니 날개란 한 개를 제대로 먹을 시간이 없었다. 날달걀을 호주머니에 넣고 버스를 탔다가 깨어지기도 하였다. 그때는 작업복이 범벅이 되는 난감함이 있었다.

시내 독 신료에서 한 시간 거리에 현장이 있었다. 하얀 안전모를 쓰고 두툼한 안전화를 신었다. 마치 전쟁터에 나온 군인이나 다름없었다. 가슴에는 죄수도 아닌데 고유번호를 부착하고 다녔다. 진흙 구덩이를 밟으며 바라크 사무실에 출근하였다.

기다리는 일은 맨 먼저 사무실 청소를 하고 난로에 불을 지피는 일이다. 공장담당 이사의 말씀이 귀에 쟁쟁하다. 이런 줄 알았으며 괜히 내려왔다는 생각이 든다. 규 주임도 윽박지른다.

"미스터 용, 왜 내려왔어."

"내가 넘겨준 그 일이나 잘하고 있지."

"그러면 나도 좋을 텐데."

사실 그는 본사에서 인사 및 급여정책을 담당하였다. 공장에 내려가면서 용 사장에게 물려주었다. 이것이 그와의 첫 번째 인연이었다.

지난봄 나의 작약은 갔습니다
移植은 원죄였으며
그 탓은 나에게 있었습니다
단념하였어도
싹은 돋아날 것이외다
절망을 끝이라 하나
끝은 시작의 다른 이름입니다
무너져야 솟구치는 힘이 생기듯
바람의 길도 가지 끝에 있습니다
봄은 계절 끝에서 오고
실가지 끝에서 꽃은 핍니다
하구도 강물의 끝이며
들녘도 산기슭에서 시작합니다
    - 송용일 〈실가지 끝에서〉

1964년 4월 봄 날씨가 제법 쌀쌀한 어느 날 공장 준공식이 거행되었다. 박정희 대통령을 가장 가까이서 볼 기회가 된 셈이다. 저분이 혁명하고 경제 발전을 위하여 기치를 높이 든 사람이구나. 체구는 작았으나 믿음직스럽고 당차게 보였다.

울산에서 생활은 눈코 뜰 새 없이 바쁜 가운데도 자부심이 가득한 시간이었다. 공장 내에서는 사원이라고 하여 일반 공원이나 용원과는 대우가 달랐다. 안전모도 하얀 모자를 썼으며 가슴에도 하얀 배지를 달았다. 공원이나 용원은 파란 모자에 파란 배지를 달았다. 숫자조차도 사원은 백 단위 숫자다. 반면에 공원은 천 단위 용원은 이천 단위였다.

따라서 하부 직원들은 사원들을 백 대가리라 불렀다. 용 사장은 더구나 본사에서 인사를 담당하였기 남달리 대우를 받았다. 그가 채용한 사람이 많았기 때문이다.

본사에 있을 때 그는 공채 2기부터 직원을 직접 채용하였다. 시험문제도 직접 출제를 의뢰하였다. 문제지 인쇄, 시험장소 결정 및 시험감독뿐만 아니라 종사하는 직원들까지 지휘 감독하였다. 시험 전후에는 관련 직원들을 호텔에 감금하다시피 감독하였다.

심지어 인사위원회에서는 서기를 맡기도 하였다. 인사위원회 멤버들은 거창한 사람들이었다. 부사장이 위원장이고 기술 이사, 재무 이사, 영업부장, 경리부장, 기술부장, 건설부장, 자재부장, 총무부장 등이 위원이지만 인사과장은 간사로 들어갔다. 용 사장은 어린 나이에 회사 상층부의 사고방식과 업무처리 형태를 직접 접할 수 있었다.

공장을 벗어나면 울산 시내는 모두가 공장 직원들을 선망의 대상으로 쳐다보았다. 파란 작업복만 입고 있으면 모두가 믿어주었다. 파란 작업복은 해군 출신 노무과장이 해군 사병 복을 본을 뜬 것이다.

상점이고 음식점이고 술집이고 마음만 먹으면 외상거래가 되었다. 총각들은 무척이나 인기가 있었으며 울산 처녀들은 시집갈 수 있는 것을 행운으로 생각하였다. 실제 많은 처녀가 시집을 갔으며 후일 저명한 대기업체 사장, 회장 부인이 되기도 하였다.

하루의 생활이 공장 건설과 운전으로 피곤하였으나 퇴근 후에는 무엇이든 즐길 수 있었다. 특히 식도락은 한 부분이었다. 장생포 항구에 가면 맛있는 고래고기를 육회에서부터 수육까지 마음껏 즐길 수 있었다.

공장 버스가 교대근무를 위하여 정기적으로 운행하였다. 사택 직원 가족들을 위하여 시간별로 다녔다. 이 모든 것들이 외부인들에게는 선망의 대상이 되었다. 사택은 서구식으로 건설되었다. 유치원, 클럽하우스, 수영장, 볼링장, 및 정구장 등등 최신식 시설이 구비되었다. 집은 아담하게 서구풍의 그림에서나 볼 수 있는 집들이었다. 기름 회사답게 난방이나 전기 사용이 구애됨이 없었다. 아이들은 클럽하우스에서 햄버거, 핫도그, 아이스크림 등을 마음대로 청하여 먹고 놀았다. 그것은 아버지 월급에서 자동으로 공제되고 있었다.

5. 해외연수

한편 용 사장 부모들은 서울로 이사를 하였다. 이사를 한 곳이 용 사장이 하숙하였던 하숙집 큰방이다. 용 사장은 자존심이 많이 상하였다. 자기와는 아무런 사전 상의도 없이 아버지가 결정한 것에 대하여 매우 마음이 상했다. 그래도 하숙집 주인에게나 하숙생들에게는 집안의 궁색함을 보이고 싶지 않았기 때문이다. 서울로 이사를 하기로 하였으면 사전에 상의라도 하기를 바랐다. 그러면 다른 곳이라도 찾아볼 수 있다고 생각하였다. 결정적인 순간에 아버지는 독단적으로 일을 단행하여 주위 사람을 난처하게 만든다고 생각하였다.

서울로 이사를 하게 된 것은 용 사장 아버지가 중앙부처인 건설부로 전근이 되었기 때문이다. 경주시에서 과장으로 있을 당시 시장과 호흡이 맞지 않아 영덕군으로 좌천되었다. 그 뒤 고위층으로 있는 고향 지인을 통해 건설부 방재관으로 영전을 하게 된 것이다. 사람 마음이란 정말 간사하기 짝이 없다. 영덕으로 좌천시킬 때는 언제이고 막상 서울로 영전이 되니 축하 인사가 많았다. 서울로 가는 기차역에 전송하러 많은 사람이 몰려들었다. 정말 가관이 아닐 수 없다. 용 사장 아버지는 그때 통쾌한 복수한 셈이 된다.

> 외마디 울음에도 뒷면은 있다
> 새벽을 고하는 절규는 이름 모를 새의 울음
> 착각은 꿈에서도 일어났고 환청은 현실이 되었으니
> 처절하게 부르짖어도 외면하는 때 이른 아침
> 끊어질 듯 애타는 저 호소는 분명 자장가는 아니다
> 저토록 울며 새벽을 열 때는 이야기할 지난날이 있고
> 읊어야 할 절박한 말이 있다
> 허공이 벽이 될 때
> 울림은 진정 없는 것일까
>   - 송용일 〈새는 울어 새벽을 열고〉

한편 용 사장은 1968년 미국 필라델피아 정유공장에서 훈련을 받게 되었다. 3개월 남짓한 훈련이지만 외국은 처음이다. 혼자 일본을 거쳐 알래스카를 거쳐 필라델피아로 갔다. 27살의 나이로 쉬운 일이 아니었다. 당시는 외국에 나가는 것이 통제되었다. 외국에 나가는 자체가 하늘의 별 따기라 선망의 대상이 되었다. 따라서 공항에는 전송 나오는 사람들이 많았다. 용 사장도 온 가족뿐만 아니라 외삼촌, 사촌 여동생까지 전송을 나왔다.

흥분과 두려움으로 일본 하네다 공항에 도착하였으나 생전 처음이고 혼자 탑승하다 보니 미국 편으로 환승을 할 때 차질을 겪었다. 들리는 방송은 모두 영어나 일어였다. 안내방송을 잘 알아듣지도 못하였으니 눈치 노름은 시작되었다. 시간에 늦지 않으려 진땀을 흘리며 허둥거렸다. 한국으로 다시 오는 비행기에 탑승할 뻔하였다.

　안내원의 도움으로 미국행 비행기를 간신히 탔다. 알래스카를 경유하는 여정이었다. 따라서 미국 입국 심사가 알래스카 비행장에서 이루어졌다. 온천지가 눈으로 쌓였다. 이 동토의 땅을 러시아로부터 미국이 몇백만 불로 샀다니 믿어지지 않았다.

　입국 심사를 하는 중 한국에서 가지고 온 부식이 문제가 되었다. 냄새만 맡아보면 끝나는 줄 알았는데 실험실까지 끌고 갔다. 비행기를 놓칠까 봐 하늘이 노랗게 보였다. 부엌 아주머니가 소고기볶음 고추장을 커피 유리병에 담아 준 것이 화근이 된 것이다. 당시만 해도 유리 커피 병은 한국에서 유용하게 사용되었다. 외국인에게는 이상하게 보였을 것 같다. 외국에 가면 음식이 입에 맞지 않아 고생하리라 생각한 나머지 생각한 부엌 아주머니의 배려였다.

　나중에 알고 보니 미국 입국심사관은 그것이 마약이 아닌가 의심한 것 같다. 실험실에 가서 분석한 것이었다. 그래도 그들은 비행기에 늦지 않게 일을 마치게 해 주었다. 고추장이 원망스러워 버릴까도 생각하였다.

미처 몰랐습니다

모두가 회색빛 나뭇등걸이라

봄이 아니면 뉘 알겠습니까

잎이 나고 꽃이 피니 알겠습니다

열매가 열면 속내도 알겠지요

이제 낯선 이 방에서

물안개 피는 피안에서

타래실 하나하나 걸쳐질 때

옷이 되려나

봄이 오려니

그때 꽃도 보고 잎도 보렵니다

속내도 들여다보렵니다

어색한 마음 가시려나

　　　－송용일 〈미처 몰랐어〉

　그 뒤 필라델피아에서 음식이 입에 맞지 않아 고역을 치를 때 빛을 발했다. 얼마 후 동선이라는 친구가 훈련을 받으러 왔을 때이다. 함께 호텔에서 라면을 끓여 먹으며 환상적인 맛을 느꼈다. 먹고 난 뒤 취하여 한숨 느긋하게 잤다. 이것으로 한국 음식에 대한 그리움을 달랬다. 나중에 한국에 돌아와서는 그 맛을 느낄 수 없었다.

　필라델피아로 가기 전 그는 시카고에 들렸다. 왜냐하면, 거기에는 외사촌 일경이가 살고 있기 때문이다. 오기 전에 연락하려고 하였으나 극적인 만남을 위하여 아무 소리도 하지 않았다. 공항에 내려 전화를 걸었다.

　"여보세요! 형이야, 나야, 용이야."

"아, 그래 웬일이야."

그는 한국에서 전화를 걸고 있다고 생각하여 평소 말투로 대답하고 있었다. 그러나 용 사장은 마음이 두근거렸다.

"형, 사실은 나. 시카고 공항에 와있어."

"뭐라고 농담하는 것이지."

"아니야, 정말 시카고 공항에 있어."

"너 돌았니, 왜 사전에 연락도 안 했어."

"하여튼 가만히 있어 곧 갈게."

한 시간 정도가 지나 그는 공항에 나타났다. 반갑기도 하고 놀랍기도 하지만 원망스러운 얼굴로 나무란다.

"얼마나 빨리 달렸는지 차 사고 날 뻔하였다."

"갑자기 이렇게 나타나면 어떻게 하니."

같이 온 형수도 인사를 하는 둥 마는 둥 어이없는 표정이다. 일경 형은 타운하우스에 살고 있었다. 며칠을 시카고에서 보낸 후 필라델피아로 갔다. 필라델피아에서는 예약된 호텔에서 며칠 지냈는데 비용이 만만치 않았다.

그런데 동선이라는 친구 제안으로 호텔을 옮겼다. 그는 생산계획과에서 생산 기획원으로 일을 하고 있었다. 사무실이 바로 옆방이라 친하게 지냈다. 궁리 끝에 값이 싼 YMCA 호텔에서 같이 지내기로 하였다. 그와는 값싼 음식만 골라서 사 먹었다. 라면도 방에서 끓여 먹었으니 돈이 많이 절약되었다.

델라웨어강과 스쿨 킬 강이 흐르는 학 아일랜드 위쪽 어딘가 공장이 있었다. 규모가 울산공장보다 몇십 배 커 보이고 웅장하였다. 교육 훈련을 받는 동안 가끔 강변에 나가 생선요리를 먹었다. 훈련 관이 맥주도 사주었다. 한두 번은 얻어먹었으나 그다음은 각자 돈을 내는 더치페이를 하였다.

공장에서 훈련은 힘이 들었다. 언어장애도 있었지만, 갑자기 몸이 좋지 않았다. 아픈 몸으로 교육을 받는다는 것이 고역이었다. 빨리 귀국해서 한약이라도 먹고 싶었다. 그러나 용 사장은 기왕 온 것이니 한 가지라도 건지고 가야겠다는 생각이 들었다.

용 사장 눈에 들어오는 것이 두 가지가 있었다. 하나는 제록스 머신 복사기이고 다른 하나는 폴리에스터로 만든 하얀 커피잔이다. 이 중 하나만 한국에서 사업을 할 수 있다면 대박이 날 것 같았다. 용 사장은 제록스 머신 대리점에 착안하였다. 한국에서는 복사를 부류 프린트기로 하고 있었다. 암모니아 냄새를 맡아가면서 그것도 장시간 줄을 서서 기다려야 하였다. 반면에 제록스 복사기는 복사 속도가 대단히 빨랐다. 초당 몇 페이지씩 복사가 되는 것 같았으며 책 한 권도 한 시간도 걸리지 않았다.

제록스 회사에 한국대리점 설치에 관한 관심을 보였다. 반응은 즉각 이루어졌다. 상호 간에 여러 차례에 걸쳐 서신이 오갔다. 모든 서신은 관련 부서에 사본으로 오갔다. 심지어 일본에 있는 극동 담당 부사장에까지 정보가 교환되었다. 드디어 뉴욕 주재 해외 담당 부사장으로부터 연락이 왔다. 인터뷰하고 싶단다. 갑자기 긴장되었으나 부닥치기로 하였다. 면접은 어렵지 않았다.

"한국에서 무엇을 하고 있는가?"

"한대 석유회사에 다니고 있다."

"어떤 회사인가?"

"정유회사로서 미국 갈프에서 투자한 회사다."

"왜 관심이 있느냐?"

"처음 보았는데 너무나 좋다."

"한국에서는 무엇으로 복사를 하느냐?"

"부류 프린트를 하고 있다."

"재력은 어느 정도가 되느냐?"

"몇만 불은 동원할 수 있다."

"한국 내에서 신용도는 어떠냐?"

"최상에 속한다."

가족관계 등 신상에 대하여 몇 가지 물었으며 더구나 갈프 회사 투자회사라고 하니 무척 호감을 느꼈다. 면접이 있은 얼마 후 연락이 왔다. 계약하자는 것이다.

> 캄캄할 때 다가서는 절망
> 좌절의 실상이러니
> 소리를 쳐볼까 노크를 할까
> 그것 아니지
> 달걀이
> 병아리가 되듯
> 스스로 벽을 깨자
> 누군가 깨면
> 노란 계란 프라이
> 그것은 그들의 것이니
> —송용일 〈부화孵化〉

계약은 귀국할 때 일본에 가서 극동 담당 부사장과 한 번 더 면담하고 거기서 계약을 하라는 것이다. 그러나 용 사장은 용기가 나지 않았다. 서울 땅을 팔면 자금 문제는 해결될 것 같으나 혹시 잘못되면 어떻게 하나 걱정이 앞선다. 귀국 시 일본에서 계약할 생각을 속으로 접었다. 건강이 생각 외로 좋지 않았다.

회사 측에서 분위기도 전환할 겸 남부에 있는 공장에 가 보겠냐고 하기에 동의하였다. 남부에 있는 공장은 휴스턴 부근 포트아더 정유공장이었다. 거기서 용 사장은 처음으로 초기 컴퓨터를 보았다. 그 크기가 집채 무더기만 하였다. 큰 창고에 컴퓨터가 들어앉아 있었다. 컨넥팅로드 하나가 기차 발통 팔다리만 하였다. 날씨가 너무나 더워 자동차에 탑승하기 전 에어컨을 틀어놓고 5분 정도 있어야 했다. 텍사스는 역시 목초지가 많고 유전지대가 많았다.

교육자료를 많이 수집하였다. 대개 감독자 훈련용 매뉴얼들이다. JI, JR, JM, JS 등 훈련 방법과 안전에 관한 참고서였다. 직접 Trainer와 함께 훈련 교관 실습을 하였다. 호텔은 고색 찬란하였으나 깨끗하고 정리 정돈이 잘되어있었다.

포트아더 공장에서도 최대한 절약하였다. 당시 한 달에 700불의 여비를 받았다. 한국에서 그동안 받지 않은 월급과 합치면 전셋집을 마련할 수 있다고 생각하였다. 아버지에게는 미리 귀띔하지 않았다. 기뻐하는 모습을 보고 싶었다. 부모님들의 기뻐하는 모습을 마음속으로 그리며 열심히 돈을 모았다.

교육 훈련 기간이 끝나 귀국길에 올랐다. 용 사장은 귀국 시에도 시카고에 들렀다. 또 일경이 집에 들렀으며 며칠을 보낸 후 귀국 선물을 샀다. 컬러텔레비전 한 대와 비디오 기기 및 비디오카메라를 샀다. 입국할 때 세관 통관이 어려울 것 같아 일경 형에게 컬러텔레비전과 비디오 기기는 나중에 한국으로 보내 달라고 하였다.

　　겨울이 오면 강물은 굳어진다
　　뼈들이 앙상하게 피안에서 불거지면
　　고고의 성聲들이 울린다

물들의 퇴화

강기슭에는 지친 세월이 있다

밀려난 세월이 체념한 듯 제 몸이 얼고

얼고 있다는 것은 굳어진다는 것

강심은 속내가 가팔라

품지 못하는 산고로 세월을 잉태한다

처진 세월이 한발 한발 물러나면

퇴행성 관절들이 유속을 읽고 있지

삶의 방식이 굳어진 운신

등창 사이로 낚아 올리는 월척이 있어

물의 산란은 연어로 거스를 것이다

       -송용일 〈겨울 강〉

귀국하였을 때는 예상한 바와 같이 꽤 돈이 되었다. 의기양양하게 아버지 앞에 돈을 내어 보이면서

"아버지 제가 미국에서 모은 돈입니다."

"한국에서 밀린 월급과 합치면 전셋집을 얻을 수 있을 것 같습니다."

기뻐하실 것으로 생각하였는데 아버지는 별로 반가워하지 않는 것 같다.

"왜 아무 말이 없으세요?"

다그치듯 말하니 그제야 입을 여신다.

"실은 너의 월급을 내가 대신 탔어."

"뭐라고요, 왜 그러셨어요?"

"네가 미국 가면 돌아오지 않을 수도 있다고 했지 않았느냐?"

"아무리 그래도 그렇지요."

사실, 용 사장은 그때 미국 가기 전에 돌아올 생각이 없었다. 앞서간 용기라는 친구가 미국에서 그대로 눌러앉은 전례가 있기 때문이다. 그래서 짐을 궤짝에 단단히 넣어 못까지 쳐놓았다. 아차 하면 아버지가 짐을 모두 집으로 옮기도록 하였다. 그러나 불행히도 몸이 아파 도저히 외국 땅에서 몸을 추스를 수가 없었다. 따라서 미국 훈련은 일종의 고행이었다. 한국에 가서 빨리 한약이라도 먹고 싶었다.

그러니 아버지는 미리 회사에서 월급을 대신 받았다.

"그러면 그 돈은 어떻게 하셨어요?"

"신사동 땅에 농막을 하나 지었다."

"어떻게 하실 작정으로 그렇게 하셨습니까?"

"거기 가서 너의 엄마랑 살까 싶다."

생각하니 셋집에 사는 것보다 우리 땅에 농막이라도 짓고 사는 것도 나쁘지 않다고 생각하였다.

"그러면 이 돈을 좀 보태서 집을 넓히시지요."

"고맙다. 그렇게 하면 좋겠구나."

용 사장 아버지는 농막을 넓혀 살림집을 차렸으며 거기서 출퇴근을 하며 농사를 지었다. 해바라기를 땅 경계에 심어 사람들은 해바라기 집이라 불렀다. 그것도 잠시이었다. 용 사장 아버지는 부산 국토 건설국으로, 그후 마산 공업용수 사무소장으로 전근을 하였다.

나는 님 바라기

님 가신 저녁노을 그 잔영 붙들고

고개 돌리려 합니다

동쪽 하늘 눈부시게 등 푸른 파도 타고

님이 오신다기에
꽃잎 쳐들고 오신 님 맞으려
고개 돌리려 합니다
님을 대할 때 함박웃음 보이려
달빛 아래 웃어봅니다
　　　- 송용일 〈해바라기〉

　마산은 용 사장에게 잊을 수 없는 가슴 아픈 곳이 되었다. 용 사장 어머
니가 돌아가신 것이다. 정말 원통하게 하찮은 일로 병고를 치르며 돌아가
신 것이다. 생각할수록 아버지가 원망스럽기만 하다. 애초 서울 용 사장
하숙집으로 이사를 한 것이 잘못이었다. 옆방에 있는 학생들이 방 도배를
하는 것을 도와주려던 것이 화근이 되었다. 의자 위에 올라가 벽지를
붙이다가 넘어져 오른쪽 팔꿈치가 부러졌다. 하필 팔꿈치 관절에 복합
골절이 생긴 것이다. 완치를 위해 4개월을 병상에 누워있었다. 퇴원 시
에는 걸음마를 배우는 재활 치료를 해야 했다. 그러니 얼마나 약을 먹
었겠는가. 그것도 고단위 항생제였으니 간이 탈이 나지 않을 수 없었다.
그 후 간에 이상이 생겨 마산에서 간경변으로 돌아가셨다.

　놀놀하게 구우라는 주문을 아는지
　몸을 수시로 뒤집는 조기 세 마리
　어머니 돌아가신 날 멀리도 왔다
　눈을 감은 모습이 그리도 같은지
　모든 것 체념한 듯 몸을 맡긴다
　서툰 솜씨에 살이 허물어지니
　등창이 나신 어머니 아픔이 온다

코를 막았던 냄새가 이렇게 구수하니
불효인 듯 아닌 듯하다
골목길 접어드는 샛바람
귀신같이 문틈을 비집고 얼굴을 내민다
안내등 불이 오면 오시나 보다
불이 꺼지면 먼 길 가시나 보다
수십 년 기억이 깜박거리는 사이
살이 탄 조기 세 마리
까만 어머니 가슴을 보인다
          ─송용일 〈조기 세 마리〉

　병으로 자리에 눕기 전에 용 사장은 아가씨 한 사람을 보여드렸다. 대학도 졸업하기 전에 그녀 사촌 오빠의 소개로 인연은 이루어졌다. 외모도 마음도 가슴에 젖어 들었다. 울산을 방문하였을 때 울산에 저런 아가씨가 있나 하고 수군거렸다. 자주 데이트를 하였다. 그녀 친구들도 만났다. 대구 수성못에서 연꽃은 피었으며 부산 해운대에서 사랑은 익었다. 팔공산으로 가끔 등산하였으며 전송하는 그녀의 모습에 마음을 다졌다.
　용 사장 어머니는 언제나 용 사장이 장가가기를 학수고대하였다. 어머니가 아는 지방 유지도 몇 번 소개했으나 용 사장은 거절하였다. 어머니 손으로 짓은 밥을 먹었다는 인연은 깊었다. 살아생전 대면한 유일한 아가씨라는 생각도 더해져 후일 용 사장은 그 아가씨와 결혼을 하였다. 결혼은 정말 힘겨웠다. 그러나 사람 하나는 잘 택하였다는 생각은 그 후에도 변함은 없었다. 양가 부모들의 반대가 심하였다. 아버지는 겉으로는 몸이 약해 보인다면서 반대를 하였다. 실은 점을 찍어놓은 아가씨와 결혼을 하기를 바랐던 것이다.

용 사장은 지병인 류머티즘 관절염이 있었다. 이것으로 인해 군 복무도 할 수 없었다. 원래부터 이병이 있었던 것은 아니다. 대학 일 학년 때 외삼촌 공장인 자동차 엔진 보링공장에서 사무장으로 일할 때 얻은 병이다. 추운 겨울철 창문가에서 추위를 무릅쓰고 경리업무를 본 것이 잘못이었다. 억지로 추위를 참으며 주판을 놓은 후 갑자기 난롯가에서 몸을 데웠다. 냉과 한이 상충하여 생긴 병이다.

용 사장 아버지는 마지막으로 이 카드를 사용하였다. 장인에게 이 사실을 넌지시 알렸다. 장인은 그때부터 결사반대하기 시작하였다. 아기씨는 단식투쟁까지 하였다는 소문이 들렸다. 용 사장은 장모를 찾았다. 행복을 맹세하며 결혼을 허가해주기를 간청하였다. 결혼식은 우여곡절 끝에 대구 명성예식장에서 거행되었다.

어머니가 돌아가셨으니 결혼식 준비를 제대로 할 사람이 없었다. 아버지는 집안일을 걱정하여 새로 장가를 드셨다. 그러나 계모는 독실한 여호와 증인 신도로서 일반 가정생활은 아무것도 몰랐다. 할 수 없이 장모님의 양해를 받아 처가에서 모든 것을 준비하기로 하였다. 용 사장은 사주단자와 함께 직접 007가방에 현찰로 함을 대신하였다.

결혼식 비용도 고아원을 경영하는 친구 한병포로부터 차용한 것이다. 그 친구는 후일 미국 로스앤젤레스에서 목회를 하였으며 후일 월남에서 선교사 일에 매진하였다. 용 사장도 그동안 결혼 비용을 모으지 않은 것은 아니다. 그때그때 아버지에게 돈을 관리하도록 맡긴 것이 잘못이었다. 용 사장 아버지도 그 돈을 헛되게 쓴 것이 아니었다.

시골 할아버지가 송아지를 사서 위탁 축산을 하도록 하였다. 관리가 부실하여 피 위탁자들이 모두 사기를 쳐 돈이 날아갔다. 한때 소가 30마리가 넘는다고 하였는데 모두 어떻게 되었는지 알 수가 없었다. 다행히 결혼 축의금으로 차용한 돈을 결혼식 직후 갚았다.

몽돌 하나 내 옆에 있기까지
물도 바람도 정釘 아닌 것이 없었네
그대와 나 다름없었으니
해변에 즐비한 몽돌을 본다
파도는 세월 따라
얼마나 정이 되었으리
모난 시선도 부드럽게 받아주는 몽돌
각진 마음을 따스하게 돌려준다
몽돌 하나 굴러 내 옆에 서기까지
그녀 또한 각이 있었지
둥글게 무딘 몽돌
서로의 각은 사라지고
　　　－송용일 〈몽돌 하나〉

6. 아버지 퇴직

　용 사장 아버지는 얼마 후 고속도로 사무소장으로 발령이 나자 말씀을
하신다.
　"용아, 나 직장을 그만두련다."
　"왜 그래요, 무슨 일이 있습니까?"
　"사실 고속도로 사무소장이라는 것이 마음에 내키지 않는다."

"왜 그러신가요?"

"재고를 파악하기도 어려워 장비 손실이 얼마인지 모르겠고."

"잘못하면 책임만 지고 뒷일이 걱정된다."

"그래요, 그러면 그만두시지요."

용 사장은 그때 정말 그런가 생각을 하였다. 훗날 생각하니 홀가분하게 교회에 전념하고자 함을 알았다. 용 사장 아버지는 여호와증인교에 몰입하고 있었다. 그러니 직장이 부담된 것이었다. 그 후 용 사장이 근무하는 울산으로 이사를 왔다. 용 사장 아버지는 이제 땅을 팔려는 것이다. 핑계는 동생 일수에게 사업자금을 마련해 주자는 취지다. 용 사장은 마음이 내키지 않았지만, 동의하였다.

땅은 아버지, 용 사장, 동생 일수로 삼분이 되었다. 동생 일명은 별도 집을 한 채 받기로 하였다. 동생 일수는 상당한 돈을 손에 쥐었다. 그는 맨 먼저 울산에서 아파트를 사고 장사를 시작하였다. 장사라는 것이 그렇게 녹록지 않았다. 종래에는 서울로 이사를 했다.

터전을 움켜쥐고

뿌리를 놓지 않는 한 그루 나무

좋은 곳에 이식하려고 밑동을 들어 올리니

만만치 않은 저항이 거칠다

힘에 겨워 벌렁 드러눕는 반항의 원천

상처가 많다

터전에 대한 집착일까

적응에 대한 두려움일까

불문곡직 옮겼더니

몸살을 하는지 잎이 시들시들하다

부엽토를 한 자루 넣고
물을 가득 주면서 달래 본다
정들면 고향이니
마음 붙이고 살라고
언젠가 이 마음 알 날 있으리
　　　- 송용일 〈이주〉

강남에 점포를 분양받아 청과물 장사를 하였다. 그러나 장사가 뜻대로
되지 않아 울산으로 다시 내려왔다. 직업 없이 소일하게 되었을 때 용 사
장은 하는 수 없이 취직을 알선하였다. 포항공단 소재 제철 화학 회사다.
당시 용 사장이 모시고 있던 부장이 부회장으로 계셨다. 인품이 훌륭하고
다정다감한 분이라 용 사장의 부탁을 거절하지 않았다. 그것도 오래가지
못하였다.

　말단으로 일하기가 자존심이 상한 것 같았다. 울산에 있을 때 정유
공장에 취직을 시켜 줄 것을 후회가 된다. 몇 번 생각은 하였으나 사무
직은 어렵고 생산직뿐이었다. 더구나 송유 부분 같은 곳이다. 유류 부정이
성행할 때라 유혹을 받을 수 있다고 생각되었다. 또 실수해서 감옥이라도
가게 될까 걱정이 되어 그만두었다. 아무튼, 포항공단에서 어이없게 회사
를 그만두게 되었다. 하릴없이 소일하고 있을 때 용 사장은 동생 일수도
모르게 제수씨에게 생활비를 보조해주었다.

　어머니의 유언이 번개같이 스친다.

　"용아, 일수를 부탁한다."

　그때 마침 용 사장이 포항에 항포 도시가스를 설립하도록 제의를 받
은 것이다. 동생 일수 문제에 대한 막연한 해결책을 생각한 것이다. 더
불어 고향이나 다름없이 성장하고 학교에 다녔던 그곳이다. 어릴 때

살았던 집과 함께 놀던 친구들 얼굴이 주마등 같이 스쳐 갔다. 그래 가자 그곳에 가면 친구들이 많이 있어 그들 도움도 받을 수 있다. 동생도 있으니 초창기 좀 고생이 되더라도 어렵지 않으리라 생각하였다.

7. 가마우지

항포 도시가스는 정말 맨몸으로 회사를 설립하여야 한다. 가진 것은 오직 명함 한 장뿐이다. 대표이사 부사장, 이 명함이 요술 방망이란 말 인가. 기업은 이런 종류의 명함 한 장을 쥐어 주고는 그 사람의 밑천을 모두 앗아가는 것이다.

그것을 그들은 역량이라고 한다. 부지도 확보하고 공장도 지어야 하고 부족한 자금도 동원하여야 한다. 용 사장도 지금부터 모든 대내외의 인맥 을 전부 총동원하기로 한다. 자신의 핏줄, 학교 선후배 및 지역 연줄을 총 망라하여 최대한 활용하지 않을 수 없다. 기업은 한 인생을 전부 바치게 한다. 목적이 달성되면 헌신한 인적 물적 자산에 대하여 반대급부는 미미 하다. 반대로 조그마한 과오가 있어도 냉혹한 잣대를 들이대는 것이 기업 이다.

중국 계림에서 가마우지로 물고기를 잡는 장면을 본 일이 있다. 목에 가락지를 채워 물고기를 잡는다. 가엽게도 가마우지는 물고기를 먹을 수 없다. 잡기는 잡았는데 목으로 넘길 수가 없으니 배는 언제나 고프다. 고 프니 더욱더 열심히 고기를 잡는다. 그러나 배는 고프기만 할 뿐이다.

오로지 물고기는 어부의 몫이다. 가마우지의 슬픈 모습을 잊을 수 없었다.

말이 좋아 전문경영인이지 상머슴이다. 모든 역량을 총동원하여 회사를 설립하여도 그것은 용 사장에게 돌아가는 지분은 없다. 용 사장은 필마단기로 각오를 한다. 태평양 바다에서 맨몸으로 고래를 잡자.

> 탓하지 말자
> 죄라면 먼저 선택된 것 아니겠어
> 조리 복조리 시절에는 잣대가 엄격하였다
> 뒤따르는 녀석들 짐이라고 생각하지 않고
> 한솥밥 같은 자궁이라고 보듬어 안으며
> 화염에 맞서 고통을 온몸으로 막았다
> 밥상에 오르는 이밥을 보면
> 대견하고 자랑스러워 보람을 느끼니
> 몸은 누렇게 탔지만, 마음만은 흐뭇하였다
> 따스한 숭늉으로 온기가 전신으로 퍼질 때
> 감칠맛 나는 한주먹 사랑으로 다가왔을 때
> 더할 나위 없는 순간의 행복이었으니
> 누구를 위하여 이 몸 태웠는가
> 묻지도 말고
> 자책도 하지 말자
> 밑거름되어 고깃국 옆에 좌정한 쌀밥
> 보기만 해도 으쓱하지 않느냐
> 더하여 제 몸 또한 별미로 태어났으니
> ― 송용일 〈누룽지〉

8. 회귀 回歸

맨 처음 기식할 숙소부터 찾았다. 다행히 포항에서 자란 탓으로 낯설지 않다. 동서남북 큰길은 별로 변한 것이 없다. 전에도 가끔 포항에 내려온 적이 있기 때문이다. 대구에서 사업소 책임자로 있을 때 포항 역시 관할지역이었다. 업무상 출장을 와서 대충 지리는 익숙하다. 알맞은 여관을 찾아 짐을 풀고 동생 일수를 불렀다. 벌써 해는 중천을 기울고 있었다. 가장 쉬운 것이 핏줄을 이용하는 것이다. 무엇보다 먼저 사무실을 구하고 기본적인 직원을 채용하여야 한다. 직접 여기저기 뛰어다니는 것이 얼마나 피곤한 일인지 그는 잘 안다.

"형님, 어떻게 내려오셨어요?"

"사실은 내가 포항에 회사를 하나 설립하여야 되기에."

순간 그의 눈빛이 빤짝거렸다.

용 사장은 그가 무엇을 생각하는지 알고도 남는다.

"무슨 회사인데요, 형님 개인이 차리는 것인가요?"

"아니야, 회사에서 여기에 계열회사를 하나 설립하라는 것이다."

"무슨 회사인데요?"

"그것은 차차 이야기하기로 하고."

"부탁이 있어."

"무슨 일인가요?"

"우선 점심이나 먹자, 좀 늦었지만."

"너도 아직 식사 전이지?"

"그래요, 그러면 죽도 시장으로 가시지요, 회가 좋지 않겠어요?"

죽도시장은 예나 지금이나 사는 맛이 난다. 활기가 넘친다. 바다가 보이는 가장자리에 현대식 횟집이 가지런하다. 집이 모두 비슷비슷하게 보여 찾기가 어려울 것 같다. 그러나 그것은 우려일 뿐 대문마다 호수가 적혀있어 그런 염려는 없다. 동생 일수가 가끔 가는 집인지 환대를 한다.

각종 어선과 화물선이 부두에 즐비하게 접안해 있다. 한결 포구 맛이 난다. 순간 비릿한 바람이 스며든다. 용 사장이 말을 잇는다.

"실은 사무실이 필요한데, 건물을 하나 봐주어야겠어."

"큰 건물은 아니고 직원 20명 정도 사용할 수 있는 면적이면 되겠어."

"나는 다른 일도 바쁘고 하여 시간이 없으니 네가 좀 수고해주어."

"가급적 철강 공단에 쉽게 접근할 수 있는 곳이면 좋겠어."

"알겠습니다. 그러면 여기저기 알아보지요."

"그러나저러나 오늘은 우리 집으로 우선 가시지요."

"아니야 우선 여관에 있으면서 일을 좀 보려고 해."

"그리고 또 운전사나 한사람 물색을 해 주면 좋겠어."

사람을 알아보는 것은 역시 동생의 힘이 필요하다. 운전사는 광고해서 구할 수도 있다. 그러나 모르는 사람은 신분을 믿을 수 없다.

그러는 사이 한 상 가득히 회가 들어왔다. 역시 3월이라 도다리가 돋보인다. 좌광우도라 하여 자세히 보니 도다리다. 원래 봄 도다리는 세꼬시가 좋다. 뼈를 그대로 썰어 먹으면 뼈를 씹는 식감이 좋다. 상추, 쑥갓 등 갖가지 채소에 쌈을 싸서 먹으니 언제나 먹어도 좋은 그 맛이다. 도다리 외에도 문어도 있고 다른 잡어도 있다. 회를 먹고 나니 매운탕이 올라온다. 얼큰한 매운탕 역시 바닷가에 사는 맛이 이래서 좋다.

점심을 먹은 후 동생 일수와 헤어졌다. 일을 시키면서도 교통비도 못주는 마음이 아프다. 모회사에서는 아무런 지원이 없다. 관리부장을 내려

보낸다는 말은 들었다. 그러나 누구인지 알지도 못하겠다. 그러니 더더욱 지금은 오리무중이다. 하는 수 없이 전직 회사에서 받은 퇴직금을 우선 사용하기로 하였다.

모회사인 스에 에너지 회사에는 도시가스 담당 임원이 있다. 에스 그룹 에서 파견된 자로서 익명으로 'PS'라고 불렀다. 점령군 행사를 톡톡히 한 다. 명목은 지원하는 부서이나 사실은 시어머니 노릇을 하는 것이다. 솔직 히 말해서 지원보다 통제하는 것에 무게가 있다.

진주에서 고등학교를 나왔다. 학교 선배가 에스 그룹 기획실장인지라 목에 힘이 가득하다. 왜 그렇게 하는지 알만도 하지만 용 사장은 자존심이 허락하지 않는다. 그가 자금을 내려보내든 아니 보내든 상관하지 않는다. 공연히 아쉬운 소리 할 필요가 없다고 생각한다. 당연히 해주어야 할 일을 하소연할 필요가 없는 것이다. 사람을 보내던 아니 보내던 아무런 내색을 하지 않는다.

장대 위에서 소리가 들린다
찢어질 듯 높은음자리
깃발의 소리다
갈기갈기 찢어진 입
내가 누구인 줄 아느냐 한다
황당하기 짝이 없어 무심코 쳐다보니
갑질하는 소리
세속의 때가 꼈다
치석을 제거한 지 오래다
바람 탓이리라
그 바람으로 찢어졌으니

정체성도 알아보기 어렵네
　　 – 송용일 〈누구인 줄 아느냐〉

　여관에 돌아온 용 사장은 우선 한숨 자기로 하였다. 그래도 연락처
는 가르쳐 주어야 한다고 생각하였다. PS에게 전화번호와 현 위치를
가르쳐 주었다. 관리부장이 내려갈 것이라고 한다. 돈을 만지는 사람
을 모회사에서 심어 두고 싶은 모양이다. 아무러면 어떤가. 어차피 내
사람이 없으니 그대로 받기로 하였다. 그는 주청 도시가스 관리부장이
라고 한다. 일면식도 없는 사람이지만 알겠다고 하였다.

　내일은 무엇을 하여야 하지 곰곰이 생각해본다. 우선 친구인 상도를
만나기로 하였다. 그는 포항 유지로서 상공회의소 부회장이며 로터리
클럽 회장이다. 평소 잘 알지를 못하였다. 그를 잘 아는 친구 광우를
불렀다. 고교 동창인 그는 대구에서 포항에 내려와 있었다. 별로 뚜렷
한 직업이 없는 것 같으나 사교성이 많아 지인이 많다. 겉으로는 당구
장 재료상을 차려 놓고 있었다. 학창 시절부터 친한 사이인지라 말동
무 겸 지인들 소개를 받고자 연락을 하였다. 연락을 받자마자 바로 달
려온 그는 숨을 돌이킬 사이 없이 묻는다.

“웬일로 포항까지 왔어?”

“월급쟁이 별수 있어.”

“회사를 하나 세우라고 하니 왔어.”

“좀 도와주어야겠어.”

“그래 알겠어. 웬만한 관청 친구들은 다 알지.”

“자네는 사교성도 좋구먼.”

“포항사람도 아닌데 언제 그렇게 사귀었어?”

　포항에서 학교도 나오지 않는 그는 나의 중학교 동창을 모두 알고

있었다. 그들은 포항지역에서 유지로서 각계각층에서 영향을 끼치고 있었다. 저녁 늦게까지 담론으로 맥주 몇 병을 비웠다. 내일 오전에 친구 상도를 만나기로 하였다.

다음날 눈이 빨리도 떠졌다. 낯선 여관에서 자는 잠이 그럴 수밖에 없다고 생각한다. 우선 새벽 공기를 마시고 싶었다. 간단한 운동복으로 밖을 나섰다. 이른 봄 아침이다. 시내 이곳저곳을 산책하며 그 옛날 유년을 더듬었다. 6·25 동란 이전에 살았던 동네를 기웃거렸다. 도무지 알 수가 없어 찾지를 못하였다. 그 뒤 친구들을 만나 살았던 동네 이름을 말해도 확실하지 않다. 그들의 말과 기억과 너무나 차이가 있었다. 당시 절친한 친구들은 소식을 알 수가 없었다.

나는 하나의 도랑물

아래만 보고 흐른다고 바닥을 탓하지 않았다

무리 짓다 울고 웃으니 동아리가 되었지

낮은 곳만 기웃거리며 내리흘러 실개천을 만난 거야

행복한 유년이었어

버들치도 미꾸라지도 물새도 다슬기도

수양버들 아래 피리 불며 개구쟁이들과 어울렸지

흐르다 보니 산굽이 굽이 돌아 냇물을 만나고

앞 강 뒤 강에 뒤섞여 쏘가리도 가물치도 얼싸안으며

두둥실 뱃사공도 어부도 정성껏 모셨어

기화요초 풍광을 끝없이 지나 바다에 이르렀으니

가슴은 넓어 많은 것 품게 되었지

낮은 곳만 내려다보며 살아온 결실 아니려나

남은 것은 높은 곳으로 올라갈 일뿐이려니

언젠가 두둥실 한 조각 구름으로

낙수 한 방울로 뚝뚝 떨어져

다시 도랑물 되려니

　　　- 송용일 〈도랑물〉

　친구 광우가 아침 일찍 찾아왔다. 그를 따라 거리를 나서니 여기저기 '아침 식사'라는 간판이 보인다. 기웃거리다 적당한 곳을 찾아들었다. 집은 좀 허술하여도 식사는 괜찮았다. 광어 미역국이 무척 시원하다. 여관에 돌아와 한 시간 휴식하였다.

　친구 상도를 찾아 나서려는데 동생 일수로부터 전화가 왔다. 간밤에 잠을 잘 잤는지 아침을 먹었는지 묻는다. 아무런 걱정을 하지 말라고 하였다. 친구를 만나러 간다고 하니 저녁에 여관에 들른다고 한다.

　광우가 상도에게 전화하니 사무실로 오라고 한다. 그는 철강업을 하고 있었다. 택시를 타고 철강회사 이름을 대니 문 앞까지 태워준다. 말이 철강회사이지 철물 대리점이나 다름이 없었다. 마당에는 철근들이 가득히 적재되어있고 입구 왼편에 이 층으로 가는 허름한 건물이 있었다. 그의 사무실은 이 층이다. 007 가방을 든 친구를 반갑게 맞이하는 친구의 얼굴이 낯설다. 광우가 인사를 시킨다.

　"반갑다, 너무 오래되어 얼굴을 알 수가 없데이."

　"나도 그러네. 중학교 졸업하고 수십 년이 지났으니."

　"아무튼, 반갑다. 대충 광우한테 이야기는 들었는데, 어려운 일 맡았구먼."

　"그래, 아무튼 좀 도와주어야겠어."

　"야, 물론이지. 친구 일이기도 하고 포항발전을 위하는 일인데."

　"자네는 들으니, 성공하였어. 재력이 대단하다는데."

"별소리 다 하는 군, 이 친구가 또 떠벌였구먼."

"재산이 6백억이 넘는다는데, 그만하면 성공하였지."

"자, 그런 소리 그만하고 우리 좋은데 점심이나 먹으러 가세."

그는 직접 차를 몰았다. 그의 차는 국산으로서 가장 비싼 다이너스티다. 까만 세단이 송도 해수욕장으로 미끄러졌다. 송도 해수욕장에도 횟집이 즐비하였다.

주름을 잡고 있는 파도
세월을 쫓으려다
또 그 몸집 접으며 간다
접고 접으니
고단한 한평생
거품처럼 사라져야 하네
물이랑마다
출렁이는 달빛에
허리 한번 펴려는데
다가서는 하얀 모래밭
아쉽다
　　－ 송용일 〈파도〉

횟집은 역시 바다를 보고 먹는 것이 운치가 있어 보였다. 갖가지 해산물이 한 상 차려졌다. 역시 귀한 전복에다 해삼까지 곁들여지니 진수성찬이 따로 없었다. 바다는 예나 다름없이 푸르고 시원하였다. 그러나 송도 해수욕장에 가는 길도, 백사장도 솔숲도 많이 변하였다. 어린 시절 그 넓고 하얀 백사장은 간 곳이 없다. 좁은 모래밭에 그나마 인공적으로 모래를 덧부었기 때문에 모래 색깔이 우중충하다.

포항 시내에서 송도 해수욕장으로 가는 그 옛날 길은 운치도 있었다. 형산강 하구를 건너는 나무다리도 좋았고 신작로 따라 연해진 밭들이 무척 싱싱해 좋아 보였다. 수박밭이랑 참외밭이랑 그리고 국민학교도 있었다. 길목마다 인분 냄새가 나기는 해도 그것이 당연하다고 생각하였다. 주로 걸어 다녔기 때문에 지루하게 느꼈지만 걷는 맛이 있었다. 플라타너스는 뜨거운 더위를 한결 시원하게 하였다.

이제는 큰 길이 뻥 뚫리고 차들이 많이 다니니 거리도 너무나 가까워 보인다. 바로 시내와 인접한 느낌이다. 도대체 거리감이 전혀 없다. 낮이지만 소주 한 잔을 주고받고 하는 사이 상도가 이런저런 이야기를 한다.

"저 소나무 말인데 저것을 내가 YMCA 회장으로 있을 때 모두 자르려고 하는 것을 결사반대하였지."

"왜 그렇게 하려고 하였는데?"

"아, 글쎄 국회의원 황 모씨가 힘이 있다고 거기다 호텔을 유치한다고 하지 않겠어."

"그래서 결사반대를 하였지."

"결국, 호텔은 관광사업 차원에서 유치한다고 하니 묵인하기는 하였으나 솔숲은 최대한 보존하기로 하여 저나마 남아있는 것이야."

입에 거품을 물고 열변을 토하는 그를 보니 지방 유지의 향토 사랑이 지극함을 느꼈다.

소나무 군락은
보기만 해도 위로를 준다
새소리 바람결에 노을이 지니

출렁거리는 바닷물은 창파라네

숲이 있어 바다는 더 푸르고

해풍에 맞서는 숲은 더 보람이 있네

숲을 지키자는 것은 바다를 지키자는 것

하얀 모래는 바람을 버티고 있었다

바람을 지켜주는 숲

마을을 지키고

열사를 즐기는 놀이터 주네

공해를 말하지 않아도

이곳에 **뼈**를 묻을 각오로

숲을 지켜야지

    －송용일 〈소나무 숲〉

"그런데, 성태 이야기를 좀 해야겠어."

성태에 대하여는 용 사장도 익히 들은 바가 있었다. 대구 친구들이 울진에 갔을 때 대접을 잘 받았다는 소리를 들었다. 그의 아버지는 국회의원을 지낸 재력가다. 포항 북쪽에 있는 청하에 중학교, 고등학교를 설립하였다. 향토사업도 많이 한 저명한 인사다. 국회의원을 몇 번인가 출마하여 낙선하였다. 그러다 보니 재산이 기울어 노년에 가산을 탕진한 채 돌아가셨다. 상도가 이야기를 잇는다

"성태 아버지가 돌아가시고 몰락을 해서 갈 곳이 없었지."

"그런데 여기 해수욕장에 천막을 치고 살았어."

"먹을 것도 없게 되었는데 보기가 딱해 내가 쌀가마를 지고 왔어."

"그럭저럭 얼마간 기거하다가 울진으로 다시 갔어."

"울진에서 가서 한진 고속회사의 도움으로 현지 소장으로 일을 하였어."

"그런데 버스 터미널에서 식당도 부인이 같이 운영해서 돈을 벌었지."

"그리고 신축 터미널 예정 부지를 미리 사서 재미를 보았어. 돈방석에 앉았지."

"그런데 최근에 포항에 내려와 있어."

"무엇을 하고 있는가?"

"정치하고 있지. 힘이 막강하다. 민정당 지구당 부위원장이야."

"그래 잘되었군."

용 사장은 어려운 일이 있으면 좀 도움을 받을 수 있다고 생각한다. 친구 상도는 이런저런 친구 이야기를 늘어놓는다. 그중에는 용 사장 사업과 관계되는 시청 간부들도 있었다. 이름과 얼굴이 기억나지 않는 친구도 있다. 6·25 전쟁 직후 살았던 동네의 친구 상영이 이름도 나왔다.

"그래. 상영이는 뭘 하고 있어?"

"그 친구 잘나가지. 총무국장이야."

"그래. 언젠가 만났을 때 총무과장이었는데…."

상영은 어린 시절 골목대장이었다. 희망봉 위에는 측후소(기상대)가 있었다. 그 아래 골짜기를 따라 물 흐르듯 늘어섰던 달동네 금동골이 있었다. 행정상으로는 동네 이름은 학산동이라고 불렀다. 감개무량하게 어린 시절이 주마등같이 지나갔다.

용 사장 집은 측후소 아래 있는 유일한 기와집이었다. 그 집은 본시 친구 오영이네 집이었다. 오영 아버지는 밭도 있고 돼지도 많이 키워 그 동네에서는 제일 부자였다. 그는 포항중학교에 주둔하고 있는 3785부대에서 잔밥을 반출하였다. 사료로 사용하였으므로 돼지를 많이 사육할 수 있었다.

용 사장 아버지가 그 집으로 이사한 것은 6·25 전쟁 때문이다. 휴전이되자 용 사장 아버지는 포항에 돌아왔다. 그러나 집을 찾을 수가 없었다. 살던 집이 함포사격을 받아 웅덩이가 되었다. 집과 살림은 모조리 흔적이 없이 사라졌다. 웅덩이 여기저기 타다남은 가족들의 사진이 뒹굴고 있을 뿐이었다. 전쟁이란 이런 것이구나, 정말 허탈하고 비참하였다. 피난하러 갈 때는 너무나 갑자기 떠났으므로 아무것도 가져가지를 못했다. 단지 현찰만 챙기고 여름 옷가지와 잠을 잘 수 있는 돗자리 정도 가지고 길을 떠났다.

버려진 것들 속에는 공허가 깊다
돌보지 못해서가 아니고 돌아보지 않아
기억 밖에서 머물러 왔을 그들이다
나의 집, 나의 폐교, 나의 블로그
버려진 세간살이, 버려진 책걸상, 버려진 글들
어느 편에 몸을 맡기고 나는 있었던가
멀어졌던 시간을 마주하려
싸한 가슴 앞에서 다시 만나니
그들이 다가선다
산고를 되살리면서
핏줄이 당기는 유전자로
잊힌 사람들은 접어두고
산천들 그대로 있거니 믿었는데
산 그림자도 없어졌다
지친 햇살이 꺾이기 거듭거듭
버려져 있는 것들에 허공은 더 깊어졌으니

사라진 나의 지문을 들여다본다

    - 송용일 〈잊힌 것에 대하여〉

  게다가 용 사장 아버지는 토목 기술자이었다. 미 해군에 징용이 되어 LST 군함을 접안할 수 있는 부두를 축조하고 있었다. 식솔들을 돌볼 여념이 없었다. LST 선박 2척을 동시에 접안할 수 있는 부두 축조를 명 받았다. 시일이 촉박하여 겨우 한 척을 댈 수 있는 부두를 만들었다. 그것도 간이 시설이었다. 본시 부두는 바닥 돌을 넣고 엘 자 블록을 축조하여 조성하는 것이다. 그렇게 하기에는 시간이 너무나 촉박하였다. 미 해군에서 용 사장 아버지에게 도움을 청한 것도 그 점 때문이다. 자기들 방식으로는 도저히 부두를 단시간에 축조할 수 없었기 때문이다.

  용 사장 아버지는 일본에서 와세다대학 부설 공업학교를 나왔다. 일본식 기술을 빌리고 싶었던 것이었다. 용 사장 아버지는 엘 블록 대신에 쌀뒤주만 한 궤짝을 수없이 만들었다. 포항 시내 소달구지는 모두 동원하였다. 그 속에 돌을 넣어 엘 블록 대신으로 바다에 투하하였다. 부두 한 선좌를 만들었는데 급기야 인민군들이 영덕으로 밀려 들어왔다.

  겨우 LST 군함 한 척을 접안할 수 있었다. 미군들은 군수물자를 하역하여 비로소 포항 시내에 포진을 할 수가 있었다. 용 사장 아버지는 부두 축조에 전념하느라 식솔들 피난길에 뒤늦게 합류를 하였다. 용 사장과 누이동생들은 어머니를 졸랐다.

  "엄마, 왜 아버지는 안 와? 어디 가셨어."

  "곧 오실 거야. 지금 일하고 계셔."

  "남들은 다들 피난 가고 있어. 우리만 남았어."

  "저 건너 군인들도 모두 갔단 말이야."

  용 사장과 아이들은 겁에 질려 울고 있었다. 건너편 빌딩에는 특무대가 있었는데 그들도 급기야 후퇴하고 있었다. 아침에 별안간 따발총 소리가 요란하게 들렸다. 소리가 나는 쪽은 수도산 부근 같았다. 아버지가 없으니 도대체 어찌할 바를 몰랐다. 발을 동동 구르고 있을 때 지프를 타고 아버지가 오셨다. 집은 문마다 못 질을 하고 며칠 후 돌아온다는 생각으로 짐을 꾸려 피난길을 나섰다.

포항은 남동쪽으로 형산강이 흐르고 있었다. 형산강 입구에 들어서니 피난민들이 다리를 건너지 못하고 있었다. 인산인해를 이루고 있는 피난 행렬이다. 다리 입구에서 미군들이 도강을 막았다. 얼굴이 새까만 흑인들을 보니 오금이 저렸다. 누군가 나룻배를 타고 배를 건너다 집중 사격을 받았다. 들리는 말에는 경찰 간부 가족들이라고 한다. 용 사장 아버지는 미군들에게 신분증과 서류를 보이니 도강이 허락되었다. 용 사장 가족들만 다른 사람들에게 선택된 사람들로 보여 미안하였다.

그 후 알고 보니 아버지는 경주에 가서 군사도로를 조성하도록 명을 받았던 것이다. 그것이 군과 미군 측으로부터 받은 명령서였다. 용 사장 아버지는 명령에 따라 군사도로를 급조하였는데 난관에 봉착하게 되었다. 다름이 아니라 국보급 보물인 첨성대를 옮기라는 것이다. 직선도로 조성에 방해가 된다는 공병대장의 명령이었다. 고민 끝에 용 사장 아버지는 공병 사령관에게 직접 품의할 것을 간청하였다. 사령관은 영천지구 전선에 주둔하고 있었다.

영천까지 달려가 품신을 한즉 사령관이 공병대장을 미쳤냐고 질타하였다 한다. 첨성대 철거작업이 중단되었으나 정말 역사에 오점을 남길 뻔하였다.

난지난사는 곡선이 아니라 직선이란다

쪽 바른 길이 그리도 멀까

바로 코앞 같은데 걸어보고야 안다

올바른 길이 쉬울 것 같은데

살아보면 어디 그러하던가

정의라는 것이 당연한 일인데

그것이 그렇게 쉽던가

옳고 그릇됨을 모르는 자 없다만

행하는 자 많지 않으니

가슴속 이르는 길

밟는 길 다르니

각은 벌어지고 길은 멀어져 간다

— 송용일 〈난지난사難之難事〉

　전쟁은 휴전이라는 이름으로 중단되었다. 돌아온 집에는 웅덩이만 있었다. 그 후 복구라는 명목으로 자재들이 나왔다. 그러나 집을 지을 방도가 없었다. 할 수 없이 자재를 오영 아버지에게 주고 오영이네 집을 인수하기로 하였다. 즉 서로 막 바꿔치기한 것이다. 따라서 용 사장 식구들은 희망봉 아래 금동골에 살게 되었다. 수십 년이 지나 연고지 포항에 다시 돌아와 공장을 세우게 되니 감개무량하다. 불알친구들의 도움을 받게 될 줄은 정말 몰랐다. 여관에 돌아오니 벌써 저녁때가 되었다.

　다음날 동생 일수로부터 전화가 왔다. 포항 기차역 앞에 건물을 하나 물색하였다고 한다. 조금 기다리니 여관으로 일수가 찾아왔다. 대충 건물에 관한 이야기를 듣고 같이 현물을 보기로 하였다. 건물은 좀 낡았고 면적은 적당한 것 같았다. 주차장이 없어 그만두기로 하고 다른 건물을 물색하기로 하였다.

일수와 함께 그의 집을 방문하기로 하였다. 그의 집은 북부 해수욕장 부근 산호동에 있었다. 아파트 동수는 별로 많은 것 같지 않았다. 아파트는 약 20평 정도 되어 보였으나 아담하였다. 용 사장은 제수씨가 차려주는 점심을 먹고 주위를 살펴보았다. 정말 천지개벽을 한 것 같다. 자세히 보니 그 지점이 중학 시절 두호동 같은 짐작이 든다.

그 옛날 두호동은 넓은 밭이 많았다. 북쪽에는 포항중학교가 있었고 희망봉 사이에는 실개천이 흘렀다. 거기에서 아이들은 왕잠자리를 잡았다. 우리는 철갱이라고 불렀다. 잠자리 암컷을 막대기 끝에 실로 묶고 빙빙 원을 돌리면 통통한 황금색 엉덩이가 푸른 잠자리 수컷들을 홀렸다. 잡은 수컷은 열 손가락 마디마다 가득 깍지를 끼워 의기도 양양하게 자랑을 한 후 불에도 구워 먹었다. 잠자리 암컷은 정말 보기가 아름다웠다. 황금색 날개에 황금색 엉덩이는 어린 눈에도 통통하고 아름다웠다. 물가 수풀에 암놈과 수놈이 어깨동무하고 있기도 하였는데 후에 그것이 짝짓기하는 것으로 미루어 생각되었다. 뜰채로 한꺼번에 잡으면 정말 횡재를 한 것 같이 기분이 좋았다.

또 하나 기억이 떠오른다. 지금 생각하니 민망스럽기 짝이 없다. 용 사장 집 이웃에 사는 아주머니는 아저씨로부터 매를 많이 맞고 살았다. 왜 그러냐고 물으면 어른들은 말을 얼버무렸다. 심지어 발가벗겨놓고 가죽 허리띠로 때려 사람이 죽는 줄 알았다. 갈보짓을 하였다고 해서 똥 갈보라 불렀다. 당시에는 무슨 말인지 잘 몰랐다. 그 후 짐작하니 그녀가 3785부대 철조망 부근에서 성매매 비슷한 짓을 한 것으로 생각된다. 얼마나 궁하였으면 그 짓을 하였을까. 사람들은 배가 고프니 그런 생각도 하였을 것 같다.

그곳에는 잊을 수 없는 친구들이 살고 있었다. 한 친구는 이름이 현석이고 다른 친구는 석종이다. 현석은 중학교 입학 시 국가시험 성적으로 전교 4등으로 입학하였다. 아버지는 학교에서 소사로 일을 하였다. 그는 낭만적이었으며 천성이 착해 학교 선생으로 진출하였다. 후일 제주도에서 고등학교 교편생활을 하였다.

다른 친구 석종은 용 사장과 같은 반으로 졸업하였다. 그 반에서 줄곧 1등을 하였다. 한 번은 용 사장에게 1등 자리를 내어 주기도 하였다. 용 사장은 가끔 그의 집에 놀러 갔으며 잘 어울렸다. 그는 대구 사대부고를 거쳐 고려대학을 졸업하였다. 그 후 독일 유학을 하여 독일에서 박사학위를 획득하였다. 귀국 후 모 대학교에서 학과장과 대학원장을 거쳤다.

그에게 미안하게 생각하는 것은 그가 독일 유학하러 갈 때였다. 사무실에 들러 유학길에 오른다고 인사를 할 때였다. 여비라도 보태주지 못한 것이 그를 볼 때마다 미안하였다.

이런저런 상념에 잡혀 길을 걸으니 북부 해수욕장이 보인다. 부두가 현대식으로 변모된 모습이다. 전에 있었던 부두는 6·25 전쟁 시 용 사장 아버지가 만든 부두였다. 중학 시절 여름에는 그 부두가 포항시민들 침실이었다. 여름철 모기를 피해 모두가 부두에 나와 노숙을 하였다. 어린 시절에도 노숙은 재미가 있었다. 밤이 무르익으면 아이 어른 할 것 없이 횃불을 들었다. 축항가에서 바위틈으로 기어오르는 게들을 잡았다. 밤이 깊어지면 아이들은 장난하기 일쑤였다. 신발들을 바꿔치기하기도 하고 숨기기도 하였다. 아침 귀갓길은 북새통이 되기 일쑤였다.

그때는 보릿고개 시절이라 부족한 식량을 원조에 의존하였다. 대형 선박들이 곡식을 싣고 종종 들어왔다. 부두에 접안을 할 수 없어 외항에 묘박을 하고 바지선에 분선을 하여 하역을 하였다. 그런데 간혹 분선한 바지선들이 풍랑에 전복되었다. 그날은 포항시민들에게 풍년이 되었다. 모두가 뜰채를 가지고 물가에서 부유하는 밀과 보리를 건져 올렸다.

여름철은 아이들에게 또 다른 재미가 있었다. 축항 건너편이 송도 해수욕장이었다. 송도 해수욕장 솔숲 한편에는 수박이랑 외밭이 있었다. 아이들은 바다를 건넜다. 머리에 옷을 이고 잘도 헤엄을 쳤다. 강아지가 강을 건너는 그 모습이리라. 건너는 도중에 통통배라도 오면 겁이 났으나 잘도 피하였다. 헤엄을 치다가 잠시 바다 밑을 내려보면 검푸른 깊이에 겁이 났었다. 겨우 건너가 외나 수박을 서리하던 중 들키면 재빨리 바다로 뛰어들었다. 아이들에게 바다는 정말 놀기 좋은 장소였다.

북부 해수욕장을 터벅터벅 걸어본다. 북부 해수욕장 모래사장은 송도 해수욕장보다는 좀 옛 모습을 간직하고 있었다. 휴전 후 미군들은 식량과 각종 과자를 모래밭에서 소각을 시켰다. 도대체 이해할 수가 없었다. 자기들이 먹기 싫으면 사람들에게 나누어줄 일이지. 굶주림을 면할 수 없었던 우리는 정말 이해가 되지 않았다. 나중에 알고 보니 유효기간이 지났기 때문이란다. 유효기간이라는 개념은 그 당시 있을 수가 없었다.

소각장 주위에는 미군들의 경계가 심하였다. 그러나 보초들 가랑이 사이로 아이들은 용케도 들랑거리며 먹거리들을 주워 날랐다. 키가 크니 사타구니 사이로 빠져 다니기가 좋았다. 집집이 마대에 가득가득 타다남은 과자들을 쌓아놓고 한껏 먹었다. 콧노래를 부르며 화근 내 나는 과자를 잘도 먹었다.

용 사장은 그 옛날 그가 살던 집이 궁금하여 거기로 발을 옮겼다. 지형지물이 너무나 바뀌어 감을 잡을 수가 없었다. 기점이 되어야 할 희망봉도 측후소도 없어졌다. 희망봉은 본시 하얀 수성암으로 이루어져 있었다. 수성암은 일명 떡돌이라고 불렸다. 흉년이 들어 먹거리가 없으면 음식물 대신에 배를 채웠다.

산은 멀리서 보면 벌거숭이다. 땔감이 없어 나무를 죄다 베었으므로 민둥산이다. 게다가 떡돌이 백색이라 산의 색깔이 하얗다. 정부에서는 산을 푸르게 할 목적으로 사방공사를 하였다. 하루에 40전을 받고 용 사장도 일을 한 적이 있다. 사방공사라는 것은 다른 것이 아니고 식목을 하는 것이다. 이승만 박사는 경제림보다 조기조림을 위해 빨리 자라는 나무를 택하였다. 아카시아와 오리목을 심었다. 시민들은 한편 식목하고 한편 그것들을 모두 뽑았다. 땔감이 없기 때문이다. 용 사장도 땔감으로는 주로 마른풀을 베었다. 가끔 묘목이 탐이 나기도 하였다.

희망봉 위에는 측후소가 있었다. 총각 한 사람이 부지런히 산 아래 기와집에 눈독을 들이고 있었다. 그는 용 사장 누이를 눈여겨보고 있었다. 누이는 당시 양재학원에 다녔다. 누가 보아도 누이는 예쁘장한 얼굴이다. 한창 꽃다운 나이니 지나는 사람마다 눈여겨보았다. 용 사장 어머니는 측후소 총각을 좋아하였다. 가족 모두가 싫다고 하는데도 그를 따뜻하게 대하였고 종래는 결혼을 시켰다. 용 사장 어머니는 그 총각이 외모가 모자라도 야무지게 생겨 좋다고 한다. 그리고 집안이 좋다고 하면서 혼사를 추진하였다. 사실 집안은 좋았다. 형제가 여섯인데 모두가 고등학교, 국민학교 교장이었다. 그러나 그는 막내답게 철이 없고 성질도 포악하였다. 누이의 결혼 생활은 불행하였으며 용 사장 어머니는 가슴에 멍이 들었다. 용 사장은 느꼈다. 여자나 남자나 순해야 한다고 생각하였다. 아버지 성격이 유순하니 사위는 좀 남자다운 사람을 택한다는 것이 어머니에게 천추의 한으로 남았다.

아파트 사이를 누비다가 용 사장은 낡은 기와집 한 채를 발견하였다. 자세히 보니 낯익은 집이다. 반가운 나머지 집안을 기웃거렸다. 집 아래채는 없어지고 안채만 있었다. 겉모양이 늙어 쭈그러진 할망구 같은 느낌이 들었다. 주인에게 자초지종 이야기를 하고 집안을 둘러보았다. 구석구석 많이도 변하였지만, 뒤쪽은 여전하였다.

그때나 마찬가지로 산기슭이 발을 내리고 있었다. 그런데 굴이 보이지 않았다. 그 굴은 6·25 전쟁 때 인민군들이 부대 본부로 사용하였다. 그런 굴이 왜 생겼는지는 알 수가 없다. 그런 굴과는 다르지만, 뒷산에는 기다란 여우굴이라고 불렀던 굴이 많이 있었다. 아마도 일제강점기 시대 일본 사람들이 전쟁용으로 사용한 것 같다.

집 앞에 있었던 커다란 가죽나무가 생각났다. 용 사장 어머니는 해마다 봄이면 가죽나무 잎을 따서 가죽자반을 만들었다. 찹쌀풀을 쑤어 가죽나무 잎에 묻혀 마루 위에 가득히 말리었다. 비덕비덕 말리었을 때 튀겨서 먹으면 아버지는 일미라 하시며 잘 잡수었다. 용 사장은 이것을 생것으로 먹어도 특이한 향기로 맛이 있었다.

어머니는 이 집에서 머나먼 죽도시장까지 장을 보셨다. 새끼들에게 과일이라도 마음껏 먹지 못해 속이 상하셨다. 까치가 먹은 사과라도 가능한 많이 사서 아이들에게 먹였다. 그 큰 봇짐을 이고 지고 들고 머나먼 6킬로가 넘는 길을 걸어 다녔다.

냉장실에서

세월을 잊어버린 사과

여기저기 멍이 들고 썩어있다

불현듯 걸어 나오는 엄마의 사과

6·25 피난 시 좌판 앞에 앉아있었지

팔고 남은 사과는 자식들 몫

엄마의 사과는 상처투성이

칼자국이 선명하였다

한 개라도 더 먹이려고

까마귀가 쪼은 것도 낙과落果도

가릴 것 없었던 엄마

삼십 해를 자식으로 살았어도

　　그 한을 도려내지 못한 채

　　가슴에 멍이 들어 돌아가셨다

　　까마귀가 먹고 남은 사과

　　건망증은커녕

　　이렇듯 기억만 생생하다니

　　　　－ 송용일 〈엄마의 사과〉

　그 어머니를 생각하면 효도 한번 제대로 못 한 것이 언제나 뼈에 사무쳤다. 6·25전쟁 때는 피난 중에 아버지가 영일읍 어디선가 하혈을 하여 움직일 수가 없었다. 용 사장 어머니는 동네 개를 잡아 몸을 도왔다. 나중에는 약을 구하러 포항 시내를 가기도 하였다. 인민군이 점령하고 있는 포항 시내를 무려 네 번이나 갔다 왔다. 포항 시내에는 평소 잘 알고 지내던 임약국 할아버지가 피난을 가지 않고 있었다. 얼마나 절박하였기에 아녀자의 몸으로 불구덩이 속을 들락거렸을까. 정말 헌신적인 어머니였다.

　도중에 인민군을 만난 적이 있다고 한다. 인민군을 만나면 어떻게 하여야 할지를 몰랐다. 누군가에게 어떻게 대해야 하는지 묻기도 하였는데 그 사람이 장총을 엉덩이 밑에 깔고 앉아있었다니 정말 웃지 않을 수 없다. 인민군복 아닌 민간복을 입고 있었던 것 같다. 장총은 따발총과 더불어 인민군의 주요한 소총이었다. 그때 미군 전투기가 날아왔단다. 쌕쌕이 온다며 "아주마이 동무 빨리 몸을 엎드리라요."라며 인민군이 가르쳐 주기도 하였다 한다.

　중간중간 길가에 죽은 미국 흑인 군인들을 보았다는데, 마치 산 사람같이 앉아있는 것 같았단다. 자세히 보니 등 뒤편에 구멍이 뚫려있고 파리들이 윙윙거렸다 한다. 그 군인들은 무슨 죄가 있어 이국땅, 피 한 방울 인연도

없는 땅에서 죽었을까. 전쟁이 아니면 미국 어느 마을에서 한가롭게 가족
들과 일상을 즐겼을 그들이 아닌가. 그 와중에도 도둑놈들은 있었다 한다.
창고 같은 건물에서 물건들을 훔치는 사람들이 있었다. 그런 어머니가 돌
아가셨다.

비탈진 지붕이 바람을 쓸어내리고 있다
ㄱㄴㄷㄹ 그들은 깍짓손을 끼고 가지런하다
느슨할 때는 별들이 새고 달이 새고
하늘과 우리는 직선거리
비가 오는 날이면 양푼이들이 사열하고 있었다
지붕은 아직도 잔설을 물고 있다
비탈에는 유년이 갈퀴에 걸려
잔설을 머금고 가랑잎은 산기슭을 내려왔지
이빨 사이로 하루가 새고 있었어
고향은 언제나 경사가 기울어 있다
깍지를 끼고 있을 때 손은 후회가 없다
어머니는 검지를 잡고 있었지
잡는 쪽은 내가 아니었다
느슨할 때는 지붕 위에서 옷을 날리고 있었어
수직으로 다가서는 하늘을 안았지
너무 기울었던 지난날이었어
　　－송용일 〈깍짓손 느슨할 때〉

집안 형편상 용 사장 아버지는 새엄마를 들였다. 본인이 살아생전 죽어
서도 고향에는 묻히지 않겠다고 하였으나 본인 의사와 관계없이 선산에

묻혔다. 망자는 말이 없으니 장례는 산자의 몫이었다. 죽어서도 못마땅한 것 같다. 누이 꿈에 나타나서 불편함을 호소하였다. 가족에게 남달랐던 그녀는 무엇을 위해 그토록 처절하게 살았는지, 아버지는 어머니가 병환으로 자리에 눕자 열심히 여호와증인교에 몰입하였다. 열심히 기도하였으나 용 사장 어머니는 세상을 떠났다. 간경변으로 부산 어느 병원에서 돌아가셨다.

용 사장이 다니던 울산공장에서 앰뷸런스 대신 스테이션왜건이 새벽길을 열고 달려왔다. 앰뷸런스가 오다가 다리에서 추락 사고가 나서 대신 온 것이다. 의무실 의사가 탑승하고 있었는데 별 부상이 없어서 다행이었다. 병원 측에서 시신을 빨리 옮기라고 아우성이었다. 당시 노무과장이었던 규 사장이 손을 걷어붙였다. 새벽 4시 시신을 서둘러 스테이션왜건에 싣고 집으로 옮긴 것이다. 그와 두 번째 특별한 인연이 맺어졌다.

> 죽어갈 사람이 죽어간 사람 앞에서
> 작별을 고하고 있을 때
> 해넘이 앞에서 붉히고 있는 서녘 하늘을 볼 때
> 모르는 것일까 알면서 모르는 것일까
> 밤에 보이는 달, 낮달도 그대 모습 아닌가
> 보이지 않는다고 그 삶 아니라는 것
> 그렇게 믿고들 살아왔으니 숙연해지겠지만
> 얼굴을 숙일 일도 아니고 마음 아플 일도 아니다
> 有와 無의 경계에서 보이는 자연의 일상이니
> 떠오르는 무위無爲 눈앞에 있을 뿐이니
> － 송용일 〈生과 死〉

어머니가 돌아가시고 나니 집안에는 남자만 셋이 남았다. 집안을 살필 안주인이 필요하다고 아버지는 생각하였다. 같은 교회 교인이던 이혼녀와 재혼하여 새엄마로 맞이하였다. 출가한 누이도 용 사장도 찬성하고 재혼을 도왔다.

새어머니가 들어오고부터 집안은 더욱더 썰렁해졌다. 그러던 중 용 사장은 결혼하였다. 심지어 결혼식장에서도 이해 못 할 분란이 있었다. 새어머니가 촛불을 켜려고 하지 않았다. 이유인즉 여호와증인교리에 위배 된다는 것이다. 용 사장은 이때부터 여호와 증인교에 대하여 좋은 감정을 가지지 않았다. 결혼을 축하하고 행복을 비는 하나의 형식에 지나지 않는데 교리의 잣대를 들이대는 것을 이해할 수 없었다. 덩달아 용 사장 아버지도 화촉을 거절하였다. 보다 못해 당시 노무과장인 규 사장이 대신 촛불을 켰다. 그와는 또 세 번째 특별한 인연이 엮였다.

계모라는 말은 종교를 불문하고 불가피성이 있다. 새어머니는 새어머니고 계모는 역시 계모에 지나지 않았다. 막내 일명과는 분란이 잦았다. 아버지는 용 사장에게 막내 일명이 심지어 행패를 부린다고 말을 하였다. 막내 일명을 그대로 둘 수 없어 용 사장은 함께 기거하기로 하였다. 막내 일명은 눈코 뜰 수 없이 공부하여야 하는 고교 3학년이었다. 가족의 보호가 절실한 시기에 그는 불안정하였다. 그는 대학 진학을 포기하였다. 그 대신에 용 사장이 주는 대학 입학금으로 독립을 하였다.

자그마한 방 한 칸을 얻어 아이들에게 기타를 가르치며 독자적인 생활을 영위하기 시작하였다. 용 사장은 막내가 중학교에 다닐 때 기타를 사준 것을 후회하였다. 취미생활을 하라고 사준 것인데 그는 생계 수단으로 장래를 결정한 것이다. 용 사장은 안타깝지만 지켜볼 수밖에 없었다.

그러나 그는 자립심도 강하고 음악도 악기도 소질이 있었다. 취미가 있어 시간이 갈수록 괄목할 발전을 보였다. 하지만 용 사장은 현대조선에 설계직에 취직시켰다. 그러나 그는 대리가 되더니 그만두고 음악의 길로 본격적으로 나섰다. 드디어 월평지구 어느 주택에서 교습소를 내더니 결혼을 하였다. 결혼 후 울산 외곽에 자그마한 악기점을 차리고 아이들도 몇 명 가르쳤다. 그 후 그는 방어진으로 옮겨 학원도 악기점도 중공업 회사 앞에 크게 차렸다.

새어머니는 가족들뿐만 아니라 친척들 간에도 이간질하였다.

한편 용 사장 작은아버지는 아이들을 공부시켜야겠다는 생각으로 고향을 벗어났다. 아무래도 낯선 대처보다 형님이 있는 울산이 좋다고 생각하였다.

울산에 무작정 들이닥친 작은집 가족은 용 사장 아버지의 집 작은방에 짐을 풀었다. 객지에서 형제간에 오순도순 산다면 다른 사람 보기도 좋은 것 같았다. 역시 새어머니인지라 방세를 받았다. 용 사장 어머니 같으면 생각도 못 하는 처사가 아닐 수 없다.

작은어머니가 용 사장에게 설움을 털어놓았다. 용 사장인들 무엇을 어떻게 한단 말인가. 방 윗목에 놓인 쌀자루가 어려운 형편을 말하였다. 형님 집이라 하지만 어떻게 먹고살아야 할지 막막하지 않았겠는가. 아이들 공부는 어떻게 시켜야 할지. 큰아이는 군에 복무 중이니 다행이었다. 둘째는 서울에서 자취하며 스스로 알아서 공부하였다. 용 사장은 작은집 일이라면 자기 집일같이 애를 썼다.

큰아들이 육군 제3사관학교에 입학할 때도 남달리 기뻐하였다. 그리고 졸업 후 진급 시마다 많이 도왔다. 소령에서 중령으로 진급 시, 용 사장은 자기 친구들을 찾아다니며 부탁을 하였다. 그중에는 군단장도 있었고 사령관도 있었다. 그뿐만 아니다. 중령에서 대령 진급을 위하여는 인사참모 부장까지 연줄을 동원하였다. 그러나 불행하게도 진급에 누락이 되었다.

뒷이야기를 들으니 주특기가 보병이 아니라서 차점으로 밀렸다고 한다. 그 뒤 그는 무슨 이유인지 유감을 가지고 제면을 하였다. 말끝마다 마치 용 사장이 훼방을 놓은 것같이 말하였다. 심지어 선대에서 물려준 상속재산에까지 불평하였다.

둘째 아들은 공무원 시험에 합격하여 동사무소에서 일하고 있을 때였다. 그는 회사 일을 하기를 원하였다. 용 사장은 부산에 있는 동영석유에 취직을 시켰다. 그것도 상대방 자제를 용 사장 회사에 취직시켜주는 대가였다. 그것을 인연으로 그는 직영주유소를 경영할 수 있었다.

셋째아들은 어려운 가운데도 공부를 잘하여 부산대학교 법학과를 나왔다. 그러나 취직은 쉽지 않았다. 용 사장은 어려운 가운데 '에스건설회사'에 취직을 시켰다. 그러나 얼마 후 말 한마디 없이 회사를 그만두었다. 정말 어이가 없었다.

집안 제사에도 불참하는 것은 두말할 것 없고 묘사에도 손을 놓았다. 단지 벌초를 하는 것에 시비를 걸며 돈을 요구하였다. 기제사와 묘사는 큰집에서 지내고 벌초는 지손들이 하도록 하였다. 그러나 막무가내로 외면을 하였다. 용 사장은 비애를 느꼈다. 사람은 도와주면 왜 앙심을 품는지 정말 알 수가 없다.

한나절이 지났는데도
한 잔 물이 따뜻하다
돌아서면 식어버리는 세상
감사한 마음 느낀 지 언제인지
깜깜한 기억의 언저리
가슴이 차갑다

사랑도 의리도 은혜도 다 거기서 거기
머리 꺼먼 짐승은 도와주지 말아라
그런 이야기 실감이 날 때쯤
또 한잔 물을 마셔본다
아직도 따뜻하다
이만큼이라도
보은 報恩의 마음 가져본 적 있었던가
　　　－ 송용일 〈보온병保溫瓶〉

2장

둥지도
때론 각을 세우지

9. 회사 설립

지난날 추억에 잠기는 것도 잠깐이다. 갈 길이 바쁘다. 해는 늦은 오후를 짐작하게 하였다. 지나가는 택시를 잡았다. 우선 여관으로 돌아갈 수밖에 없었다. 내일은 무엇을 할 것인가 생각하니 잠을 설쳤다. 다음날 우선 시청부터 들어서 관계부서 직원들과 인사를 나누어야겠다고 생각하였다.

아침 일찍 스에 에너지 담당 정 부장으로부터 전화다. 오후에 포항에 도착할 예정이란다. 사업허가 이전 관계로 시청 담당과장을 방문할 예정이란다. 사업허가는 실제 산부 파이프 회사에서 획득한 것이다. 스에 에너지에서 이것을 인수하면서 이에 대한 명의 이전 절차가 남아있다고 한다. 그러니 지금부터 할 일은 사업 허가권 명의이전을 하는 것이다. 그다음 이미 고시된 공장부지를 다른 곳으로 변경하는 일이다.

산부 파이프에서 허가권을 매입할 때 조건이 있었다. 부지를 다른 곳으로 이전하는 것이 포함되어 있었다. 산부 파이프에서는 가 허가된 도시가스 공장부지가 대구경 파이프 생산기지로 필요하기 때문이다. 스에 에너지도 장거리 송유관용 대구경 파이프가 필요한 것과 무관하지 않다.

오후 3시경 정 부장이 도착하였다. 그는 이미 여러 번 포항을 다녀갔으며 시청 담당과장과도 여러 차례 접촉을 한 것 같다.

"사장님, 시청 경제과장과 만나기로 하였습니다."

"그런데 너무 깐깐해서 일하기가 어렵습니다."

"명의 이전이 어느 정도 진척이 되었는지요?"

"담당 과장 선에서 아직 미결 상태입니다."

"사장님이 좀 도와주셔야겠습니다."

"그건 모회사에서 할 일인데, 그것도 아직 안 하였으면 어떻게 하나요?"

"글쎄 그것이 잘 안 되네요."

정 부장이 난처한 듯 머뭇거리더니 동행하기를 청한다. 그렇지 않아도 시청을 예방하려던 참이라 함께 나선다. 시청 건물은 옛날 건물과 별로 변한 것 같지를 않다. 옆에 가건물로 보이는 건물이 몇 동 들어서 있을 뿐 초라한 모습이다. 정 부장과 같이 경제과장 사무실로 가는 길에 정 부장이 걸음을 멈춘다. 자세를 깍듯이 하더니

"과장님 안녕하십니까?"

"아― 예, 정 부장이 오셨군요."

"그 일 때문에 또 왔습니다."

"그리고 소개할 분이 있습니다."

두리번거리더니 옆에 있는 용 사장을 소개를 한다.

"설립할 회사 사장님이십니다."

"아 네…."

용 사장과 순간 눈이 마주쳤다.

"아― 가만있자. 친구 아이가."

"그래, 오래간만이다."

수십 년 만에 만나 보아도 서로를 알아보았다. 그는 중학교 동창 부근이었다.

"야, 오래간만이다."

"자네가 사장으로 내려왔구나."

"그래 잘 부탁한다."

"좌우간 사무실에 가자."

사무실에 들어서니 계장들을 불러 인사를 시킨다. 정 부장이 옆에서 함께 인사를 나눈다. 경제과장 부건이 반가운 듯 말을 잇는다.

"친구야, 얼마 만이야?"

"사실은 가끔 포항에 내려왔었어."

"그러면 한번 얼굴이라도 보이지."

"그래 그러려고 했는데 바쁘다 보니."

"그래도 상영이는 한번 만났지."

"그 친구 총무국장이 되었어."

"그래 잘되었네."

이런저런 이야기를 하는 사이 정 부장이 끼어든다. 문제가 쉽게 풀리겠다고 생각한 나머지, 용 사장에게 넌지시 일임하는 듯하다.

"과장님, 이전 문제는 어떻게 되고 있는지요?"

"정 부장, 아직 검토 중이에요. 국장실에 있어요."

"그럼 언제쯤 될는지요?"

"좀 기다려 봅시다."

정 부장은 주위를 살피더니 용 사장에게 묻는 척한다.

"오늘 저녁 식사 같이하면 어떤지요?"

용 사장이 맞장구를 친다.

"그래 오래간만인데, 우리같이 식사나 하자고"

"아, 괜찮아. 오늘은 선약이 있어서."

"웬만하면 나하구 같이 이야기나 하지."

"뭐 오늘만 날인가 다음에 하세."

    언제나 어느 뉘 부르더라도

    나는 그곳에 가고 싶다

    거절하지 않는 까닭은

    그런 친구

    나에게도 그립기 때문이다

보고 싶을 때 기쁨도 나누고

말하고 싶을 때 슬픔도 나누며

느끼고 싶을 때 아픔도 나누는

눈치도 보지 않고

있는 그대로 형편에 따라

시간을 나누는 허물없는 친구

어딘가 있을 법도 한데

내키지 않아도 거절하지 못하는

그런 친구 어디 없을까

　　　― 송용일 〈그런 친구 어디 없나요〉

한사코 사양하는 두 사람을 보면서 이때다 하고 정 부장이 일어선다.

"저는 그럼 바빠서 막차로 서울에 올라가야겠습니다."

"그래요, 그럼 다시 만납시다."

"우리도 다시 만나세."

용 사장과 정 부장은 함께 작별 인사를 하고 시청 건물을 빠져나왔다.

"정 부장 정말 오늘 올라갈 건가?"

"네, 내일 할 일도 있고 해서 올라가야겠습니다."

"그럼 저녁이나 먹고 올라가지."

육거리 앞 일식당에 자리를 잡았다. 육거리는 포항의 중심지이다. 길이 여섯 가닥으로 났다고 하여 불려진 이름이다. 구 번화가로 들어서는 길과 죽도시장으로 새로 난 길이 만나는 지점이다. 새로 난 길은 매우 넓다. 6차선 도로인데 웃지 못할 이야기가 있다.

이 도로를 개설한 건설과장이 좌천되었단다. 너무 넓은 도로를 조성하여 시민의 재산을 침해하였으며 시 재정에 큰 손해를 끼쳤다는 것이다.

그런데 몇 년 후 철강 공단으로 인하여 이 도로가 협소하다고 더 넓혀야 한다고 야단이다. 정말 안목이 짧은 단견들이 모인 시 행정이라 아니할 수 없다.

"정 부장, 시청과는 어느 정도 진행 중인가?"

"아—참 어려워요, 경제과장과 아직 식사도 한 번 못 했습니다."

"그래, 그럼 어떻게 하나?"

"사장님이 좀 해결해 주셔야겠습니다."

"그럼 이제까지 한 것은 사업허가 하나 매입했다는 것뿐인가?"

"그런 셈입니다."

"그럼 지금부터 사업허가 명의 변경도 해야 하고, 회사 설립도 해야 하고, 공장부지도 확보해야 하고, 도시계획 변경도 해야 하고, 공장도 지어야 하고 그런 건가?"

"그렇습니다."

"완전히 맨땅에 헤딩하는 격이군."

"그뿐 아닙니다, 자금 마련도 해야 하고요."

"자본금은 얼마인가?"

"우선 5억 원인데, 신부 파이프하고 50대 50입니다."

"경영은 스에 에너지에서 하기로 하였으니 사장님이 경영하시고, 수시 신부 파이프와 협의하시어 자본금을 증액하면 됩니다."

"그러고 보니 이젠 시어머니가 두 곳이 되는구먼."

"앞으로 돈이 많이 필요할 텐데 그것은 어떻게 하나?"

"사장님이 조달하셔야 합니다."

멋모르고 수락은 하였으나 앞으로 일이 걱정이다. 하는 수 없이 최선을 다할 수밖에 없다고 생각한다. 지금까지 사업소 책임자로서 공장을 지을 때마다 본사에 허가나 부지 매입 관계 등을 의존한 적이 없었다. 모든 것

나의 책임하에 있는 한 나의 힘으로 해결한다는 것이 용 사장의 신조다.

수직은 수평을 낳고 수평이 수직을 낳는
어둠을 토하는 어둠의 가계
서로들 말은 없어
뼈들은 사각 모양이거나 둥글어
정과 폭발들은 수족으로 생명을 키운다
암흑은 속에도 있고 밖에도 있어
입과 손이 있는 곳이 막장이야
흔적이 길이 되는 곳
새까만 사람들의 세상
개미들의 까만 사유가 선다
밧줄은 유일한 생명줄
때로는 숨을 죽이는 반란이 되는 것
그들을 쫓아 구석진 곳을 채집하니
어둠은 그들이 마시고 빛은 누가 마시는지
제 몸 깎으며 바닥으로 살아야만 하는 갱도
언제까지 바닥으로 살아야 하는지
바닥이 바닥을 낳으니 밑바닥은 어딘지
좌우명은 밑을 보고 살자는 것이지만
　　 - 송용일 〈갱도〉

저녁을 마친 후 정 부장과 헤어진 후 여관에 돌아오니 전화가 왔다. 신임 관리부장으로부터 전화다.
"사장님, 늦어서 미안합니다."

"오늘 저녁에 포항에 도착하겠습니다."

"알았습니다."

"이곳에 정리할 일이 많아서 늦었습니다."

"괜찮습니다."

"천천히 일 보고 내려오세요."

어느 여관이며 어디로 오면 되는지 간단히 가르쳐주었다. 저녁 늦게 그가 도착하였다. 여관비도 절약하고 우선 친할 필요가 있다고 생각하여 방을 함께 사용하기로 하였다.

친구 광우가 왔다. 별로 할 일이 없는 친구이니 말동무도 되고 부담이 없어 좋다. 포항에 대한 여러 가지 정보를 입수할 수 있어 더 좋았다. 관리부장과 인사를 나누도록 하였더니 서로 금세 친해졌다. 친구 광우는 원래 입담이 좋다. 본시 그의 집은 넉넉한 집안이었다. 고교 시절만 하더라도 그의 아버지는 도청 학무국장이었다. 거기다 집에서는 양말공장을 경영하여 재력이 튼튼하였다. 고등학교 시절 용사장은 그의 집에 자주 놀러 갔다. 양말공장이 살림집 옆에 있어 아주 좋았다.

용 사장이 포도주를 마셔본 것이 그때가 처음이었다. 그의 어머니는 친구들을 정말 잘 대접하였다. 광우는 키가 6척이나 되며 사람이 좀 싱거웠다. 그는 대학을 졸업하고 가업을 이어받았다. 그러나 어느 날 갑자기 창고업으로 전업을 하였다. 본시 놀기 좋아하는 성품이라 그 사업은 곧 문을 닫게 되었다. 자식에게 재산을 물려준다는 것이 독이 될 수도 있다는 생각이 든다. 우여곡절 끝에 그는 포항에 내려와 있었다. 겉으로는 당구 재료상을 하고 있는 것 같으나 별로 장사가 잘되지 않았다. 언제나 그의 사무실에는 노름판을 벌이고 있었다. 점심시간 중 잠깐 심심풀이로 한다고 하나 그 모임에는 형사들도 끼어 있었다.

다음날 동생 일수로부터 연락이 왔다. 사무실 건물을 하나 물색하였단다.

용 사장은 관리부장과 함께 건물을 보았다. 신축건물인데 이층집이었다. 이 층은 간호학원으로 사용하고 있고 일 층과 지하가 비어있었다. 사무실로 사용하면 공장을 지을 때까지 임시사옥으로 그런대로 적당한 것 같다. 주차장은 별도 없었다. 개발지역이라 부근 빈터를 주차장으로 사용하면 충분할 것 같다. 관리부장에게 전세 계약을 하도록 하였다. 동시에 회사 설립 절차를 밟았다.

출퇴근하기가 번거로워 임시사무실 주소지로 승합차를 한 대 샀다. 짐도 나르고 합승도 할 수 있어 좋을 것 같았다. 그다음 운전사와 여직원 한 명을 우선 채용하지 않을 수 없었다. 운전사는 일수가 평소 택배기사로 일하던 사람을 추천하였다. 급한 대로 신분이 확실하다 하니 그대로 채용하였다. 그다음 여직원이 문제다. 인물은 적당하면 되나 타자 정도는 칠 줄 알아야 했다. 신문에 모집 광고를 내려고 하였으나 많이 몰려오면 곤란할 것 같다. 청탁 문제도 있을 것 같아 인편에 알아보기로 하였다. 빈 사무실에는 어느덧 책상들이 배열되어 사무실 분위기를 풍겼다. 1989년 3월 더디어 법인 설립을 마쳤다.

회사명은 항포 도시가스 주식회사로 하였다. 회사 이름이 잘 바뀌는 현실에서 오래갈 수 있는 이름이라고 생각하였다. 모회사는 이름이 한국어로 영어로 수시로 바뀌었다. 그 점이 헷갈려 아예 지역 이름을 사용하였다. 우선 명함부터 커다랗게 새겼다. 관리부장도 마찬가지였다. 우선 관계부처에 다니면서 일을 하여야 하기 때문이다. 모회사가 어디라는 것을 암시할 필요가 있었다. 회사 마크를 잘 알려진 모회사의 것과 거의 동일하게 하였다. 날라리 회사가 아니라는 것을 나타내기 위함이다. 단지 가운데 글자만 바꾸었다. 앞으로 일을 하는 것이 명함이기 때문이다.

제일 먼저 하여야 하는 것은 도시가스 사업 허가증 즉 명의이전을 하는 것이다. 이를 위하여는 공장부지가 선정되어야 한다. 부지를 구하기 위하여

동분서주할 수밖에 없었다. 정말로 막막하였다. 부지라는 것이 아무 데나 지정해서 되는 것이 아니다. 입지 조건이 갖추어져야 한다.

　무엇보다도
　첫째: 대수요 공급처와 가까워야 한다. 그래야 공급 배관 설치비를 최소화할 수 있다.
　둘째: 공장 기반시설이 되어 있어야 한다. 전기, 하수도, 상수도 시설 투자비용을 최소화하기 위함이다. 그러기 위해서는 공단 내에 있어야 한다. 공단 내에는 부지가 이미 모두 분양이 되어 전혀 부지가 없다. 하는 수 없이 공단 인근 지역을 물색할 수밖에 없다.
　셋째: 땅값이 저렴하여야 한다. 자본동원을 최소화하기 위함이다.

　눈을 닦고 보아도 이런 부지를 찾을 수가 없었다. 어느 날 관리부장이 항간의 말이라며 자조 섞인 농을 한다. 사장님 요즈음 공장부지를 못 구하여 낙동강 오리알이 된 회사가 많다고 합니다. 무슨 뜻인지를 물으니 씽긋이 웃는다. 용 사장인들 그것을 왜 모르겠는가. 모회사에서 관리부장을 통하여 은근히 압박을 가하는 것이다.

　　직립이란 허공에 몸을 세우는 일
　　입신이란 세상에 몸을 세우는 일
　　키를 더할수록 바람은 강하다
　　옹이도 없이 마디도 없이
　　무거운 몸
　　높이 세우려 하니 꺾이지
　　옹이로 제 몸을 다지고도

속도 비워야지
해가 밝아 달이 밝아
오리알이 강변에 허벌나게
주먹만 한 활자가 아침을 누빈다
옹이로 영근 나무들
마디로 야문 민초들
세상살이 뿌리가 같기를 바라지
걸어온 길목
거센 바람을 잊을 수 없지
  – 송용일 〈대나무〉

 부지를 못 구하면 회사 설립이 어렵다. 그러면 용 사장의 운명도 명약관
화라는 것이 아닌가. 여직원을 구하려다 마음을 바꾸었다. 우선 분야마다
책임자를 뽑아 업무를 추진하여야겠다고 생각하였다. 기술 분야를 위한
기술 이사, 기술 과장, 배관 과장, 영업을 위한 산업 영업부장, 일반영업
과장. 일반관리를 위한 총무과장, 경리과장 등등…. 취직하기도 어렵지만
적당한 사람을 물색하기는 더욱 어려웠다. 우선 타 도시가스 사장에게 부
탁하여 기술 이사 추천을 받았다. 몇 사람을 면접하였으나 지방이라고 선
뜻 나서지를 않았다. 우여곡절 끝에 한 사람을 구하였는데 조건이 심상치
않다. 급여뿐만 아니라 한 달에 몇 번을 서울 집에 가야 한다고 하니 참
난감하였다. 용 사장은 울산에서 공장을 지을 때 감히 생각도 못 한 일이
아닌가. 그간 세상이 많이도 변하였다. 그 사람은 포기하고 간신히 다른
사람을 구할 수 있었다.
 사람은 내성적이기는 하나 착실해 보였다. 그에게 우선 5만 세대 정도
에 루베당 15,000kcal 열량의 가스를 공급하는 공장을 설계토록 하였다.

우선은 엘피지와 공기를 혼합하는 도시가스이다. 설계에 필요한 기술 요원을 추가로 확보하기로 하였다. 배관 과장은 다행히 지망자가 있어 어렵지 않게 채용을 할 수 있었다. 알고 보니 고등학교 친구 조카였으므로 안성맞춤이었다. 우선 신뢰가 가서 좋다.

9-1. 공장부지

직원은 한 사람씩 하루가 다르게 늘어가는데 아직 부지선정이 오리무중이다. 벌써 여름이 지나려 하고 있다. 용 사장은 하는 수 없이 공단 사무실을 또 찾았다. 부지 물색을 타진하니 부지가 없다고 완강히 거절하였다. 공단 이사장과 간부도 만났다. 예상했던 답변이었다. 공단 이사장은 유명한 영화배우 신성일 씨의 형님이었다. 그러나 뜻을 굽히지 않고 선처를 구하였다.

궁리 끝에 체육시설을 위하여 남겨진 공지가 있어 이를 물고 늘어졌다. 공단 사무실에서는 자기들이 어떻게 할 수 있는 부분이 아니라며 도청에 가서 알아보라고 한다. 그로부터 도청을 부지런히 다녔다. 아직 비자금은 준비되어있지 않았다. 할 수 없이 전직 회사로부터 받은 퇴직금을 임시변통해서 사용하기로 하였다. 이 돈은 사실 아내가 모르는 돈이다. 그래서 용 사장은 안심하고 사용할 수가 있었다. 워낙 말도 안 되는 요구인지라 도청 관계부서에서는 씨도 먹히지 않았다. 도시가스 사업은 공공사업이라고 주장을 하여도 막무가내였다. 주위 인맥을 동원하여 국장에게도 구걸하다시피 하였으나 도저히 불가능하였다. 할 수 없이 그것은 포기하고 다른 방도를 찾기로 하였다.

공단 사무실에 다시 접촉하였다. 보기가 딱하였는지 실무자 한 사람이 조언한다. 공단부지 경계 밖에 있는 자투리땅을 찾아보라고 한다. 그 부지들은 자기들의 관할 사항이 아니고 시 관할 지역이라고 한다. 공단부지 주변 지도를 펼쳐 놓고 돋보기로 들여다보듯 샅샅이 찾았다. 산의 협곡 언저리 사이로 보일 듯 말 듯 한 여백이 있었다. 그것도 딱 두 군데 있었다. 현장답사를 하니 한 곳은 부지가 너무 협소하였다. 다른 곳은 산비탈에 기대어 정상 부분에 어느 정도 여유가 있었다.

기술 이사와 더불어 공장부지를 조성할 수 있는지 세밀히 점검하였다. 정상 부분 부지는 적절하지 않은 것 같았다. 밭으로 일구어진 평지로서 그 자체는 별로 하자가 없었다. 그러나 비행기 이착륙 괘도로 추정되어 고도상 문제가 있어 접기로 하였다. 궁리 끝에 산비탈을 절개하면 될 수도 있다고 생각하였다. 아랫부분에 산재해 있는 천수답을 병합하면 부지를 확장할 수 있을 것 같았다. 인접도로와 근접한 부지를 매입하면 협소하나마 진입도로도 가능해 보였다. 그런대로 최소한의 부지가 조성될 것 같았다. 그곳을 부지로 최종 낙점을 하고 부지 매입에 들어갔다.

그러나 그것도 문제가 생겼다. 진입도로로 사용할 부지가 문제였다. 인접 타 공장의 확장 예정부지로 매입이 추진되고 있었다. 다행히 그 부지는 토지공사 소유 부지였다. 토지공사에서 공단에 부지를 팔고 자투리로 남겨져 있는 땅이었다.

용 사장은 토지공사 사장을 찾아갔다. 행운은 용 사장에게 있었다. 토지공사 사장은 용 사장이 잘 알고 있는 사람이었다. 용 사장이 대구에서 공장을 지을 때 그는 대구시장이었다. 용 사장이 공장을 지은 후 그에게 브리핑을 한 일이 있다. 그 공장은 전두환 대통령이 독려하던 관심사항이었으므로 그도 적잖게 관심을 보였다. 또한, 용 사장에게 공장을 잘 지었다고 찬사를 아끼지 않았다. 그뿐만 아니라 다른 인연도 있었다.

대구 동남부 지역에서 도시가스 영업을 하던 영남에너지 주식회사가 운영이 어려워졌을 때이다. 그 회사를 공유에서 인수해줄 것을 희망하였다. 공유는 전신이 한대 석유공사이며 그 후 그 이름도 스에 에너지로 바뀌었다. 그러나 그것이 공유 측의 소극적인 자세로 성사가 되지 못하였다. 대구 북부지역을 관할하고 있는 대구가스 주식회사에서 인수를 하게 되었다. 사실 당시 공유회사에서는 인수를 전제로 용 사장을 대표이사로 내정한 상태이었다. 너무 안이한 처사였다.

영남 에너지 회사에서 요구한 언더테이블이라는 별도 인수금이 있었다. 돈의 액수가 공유보다 대구가스 주식회사가 많았다. 그것도 회장이 직접 진두지휘하에 두 배를 더 주고 인수를 하였다. 그러니 대구 도시가스가 대구시 전체를 독식한 셈이 되었다. 아무튼, 토지공사 사장은 용 사장을 기억하고 반갑게 맞아주었다. 평소 느꼈던 인품 그대로 사무실 자체도 검소하였다. 존경받는 이유를 알 것 같았다. 용 사장이 자초지종 이야기를 한다. 따뜻한 눈빛으로 경청을 해준다.

"아, 그런 문제라면 당연히 도와주어야지요."
머뭇거림도 없이 전화를 들더니 비서에게 경북지사장을 연결하란다.
"다름이 아니고 포항공단에 자투리땅이 있다면서."
"네, 조금 있습니다만…."
"그것 말이야. 항포 도시가스에서 부지로 필요하다는데 팔기로 하지."
"예. 알겠습니다."
토지공사 사장이 전화를 끊자마자 말을 잇는다.
"다른 사업도 아니고 공공사업인데 당연히 도와주어야지요."

"사장님, 감사합니다."

감사하다는 표시를 거듭하고 안도의 숨을 쉬고 단숨에 포항으로 직행을 한다. 관리부장이 결과가 궁금한지 눈치를 본다. 그는 내심 별로 기대도 안 한 것 같다.

"김 부장, 내일 경북지사장을 만나세요."

"네─ 일이 잘되었습니까?"

"그래요. 사장의 내락을 받았으니 당장 계약하세요."

"아─ 그래요."

믿어지지 않는 듯 한동안 쳐다본다. 말은 순식간에 퍼지기 마련이다.

> 온몸 흔드는 거는 바람이었다
> 바람이 내는 소리 숲에서 더하고
> 그림자를 움직이는 것도
> 바람이거늘
> 언제 날갯짓인들 하고 살았던가
> 휘날리는 바람에 순응하는 들꽃처럼
> 오월 난간에 서서 오늘도 간다
> 녹음을 바라보는 싱그러움도
> 한 줄기 바람인 것을
> ─ 송용일 〈한 줄기 바람인 것을〉

인접 공장에서 언제 정보를 입수하였는지 항의가 빗발친다. 인접 공장은 대동 철강 주식회사였다. 그 공장 전무가 용 사장 고교 후배인지라 정말 난처하지 않을 수 없다. 그는 용 사장에게 부지를 구해주기 위하여 나름대로 많은 수고를 하고 있었다. 정말 선배가 그럴 수가 있느냐고 항변을 하였다. 토지공사 등 관계기관에도 수없이 진정하였다. 그는 도청 기획실장에게 토지매입이 불가하도록 진정을 하기도 하였다. 기획실장은 그의 고교 동기동창이었다. 용 사장은 이로 인하여 기획실장의 견제를 많이 받았다.

그다음 문제는 산을 매입하는 것이다. 산의 주인을 찾는 것도 쉬운 일이 아니다. 며칠 동안 수소문하여도 만나기가 녹록지 않았다. 알고 보니 토지투기를 일삼는 사람이었다. 그것도 한 사람이 아니고 두 사람이었다. 그들은 동업 관계로 한 사람은 전과자로서 이름이 널리 알려진 사람이었다. 그 들은 정보를 어떻게 들었는지 모습을 나타내지 않았다. 전화를 수없이 하였으나 언제나 출타 중이라면서 접촉을 회피하였다. 큰 고기가 물었다고 생각하였는지 땅값을 최대한 올릴 작정이다.

매입자가 애간장이 타도록 만드는 수법인 것을 용 사장인들 왜 모르겠는가. 답답한 사람이 샘을 판다고 거듭 만나기를 간청하였다. 많은 시일이 지났다. 심지어 집으로도 수없이 찾아갔다. 그때마다 문전박대를 당하였다. 설상가상으로 소유자 중 한 사람이 구속 중이라고 한다. 무작정 그 사람이 출옥하기를 기다릴 수밖에 없었다. 그는 토지를 수용하기로 결심하였다. 상대 의사를 존중하여 높은 가격으로 매입하고자 하였으나 정상적인 방법으로는 불가능하였다.

어느덧 한 해가 기울고 있었다. 용 사장은 포항시청과 경북도청을 수없이 방문하였다. 다행히 도청 경제국장이 학교 선배였으므로 많은 도움을 받았다. 기획실장 역시 고교 후배였으나 불행하게도 그는 대동철강의 전무와 동기였다. 오히려 도움은커녕 걸림돌이 되었다. 대동철강 전무는 상황이 바뀌었는지라 용 사장 사업을 방해하고 있었다. 그러나 용 사장은 대구의 모든 인맥을 동원하여 경제국장에 선을 대었다.

이때 1989년 11월 도시가스 사업허가가 경북도청으로부터 발부되었다.

도시가스 사업허가가 발부되자 용 사장은 본격적으로 부지에 대하여 토지 수용 절차를 밟았다. 토지수용은 용 사장에게 그렇게 낯선 것이 아니다. 대구에서도 공장을 지을 때 협의 매입을 하다가 성사하지 못하였다. 끝까지 매도하지 않은 부지에 대해서는 토지수용을 한 경험이 있었다. 땅을 산다는 것은 쉬운 일이 아니다. 매도자는 벼락부자가 되고 싶어 끝까지 버틴다.

용 사장은 협의 매입을 위하여 필지마다 보통 10번 이상을 찾아간다. 심지어 어떤 경우는 20번도 더 방문을 한다. 남의 집을 방문하는 것은 쉬운 일이 아니다. 상대방 마음이 준비되지 않았을 때는 계속 찾아가지 않을 수 없다. 매입 가격은 주변 시세를 감정하여 그것도 감정회사 세 군데 정도에 의뢰한다. 가격은 평균치로 하는데 그 평균치의 2배 정도로 매입을 한다. 그러나 매도자 입장에서는 상대가 법인이므로 어처구니없는 가격으로 버틴다. 그들은 매입 가격을 조정하여줄 것을 원한다.

그러나 용 사장은 이럴 경우 가격을 조정하면 결코 매입할 수 없음을 안다. 다다익선으로 상대방은 계속 욕심이 생겨 자기 자신을 통제할 수 없는 것이다. 따라서 제시한 금액은 요지부동으로 견지를 한다. 가격만 좀 올려주면 매입할 것 같아 마음이 동하나 그것은 금물이다. 경험을 통해 잘 알고 있다.

용 사장은 마산에서도 울산에서도 그러했다. 마산에서는 진입로 입구에 개인 주택이 저촉되어 매입하고자 하였다. 그러나 터무니없이 가격을 높이므로 진입로를 약간 곡선으로 마무리를 하였다. 대구에서는 진입로 예정부지에 정미소가 있었다. 정미소 역시 매도 기미를 보이지 않았다. 도시계획시설 설계 결정을 바꾸면서까지 다른 곳으로 진입로를 개설한 사실이 있다. 용 사장은 무조건 법에 의존하거나 매입가를 고집하지는 않았다.

마산에서는 무허가 집을 철거할 때 가능한 보상비를 많이 주려고 노력하였다. 무허가 집 보상도 만만치 않았다. 우선 사람을 만나기가 힘들었다. 왜냐하면, 그들은 대개 맞벌이를 하는 사람들이기 때문이다. 새벽 일찍 집을 나가고 저녁 늦게 들어오는 사람들이다. 그들을 만나기란 하늘의 별 따기나 다름이 없었다. 혹시나 해서 들리면 아이들만 옹기종기 앉아 부모를 기다리고 있다. 새까만 눈알을 굴리는 그들을 보면 용 사장은 힘자라는 한 도와주고 싶었다. 그래서 시 당국과 상의하여 저렴하게 장기할부로 시영주택을 분양해주게 되었다.

그러나 그들은 막무가내다. 그들의 마음을 왜 모르겠는가. 그들은 공짜로 집을 준다고 하여도 거절할 지경이었다. 왜냐하면, 그들에게는 한 달 관리비를 낼 형편이 못 되는 것이다. 지금 있는 집이 다른 사람 보기에는 똥집같이 보인다. 하지만 그들에게는 대궐이나 다름이 없다. 그들은 그 집에 있는 한, 돈 들어갈 일이 없기 때문이다. 심지어 세금도 낼 필요가 없다. 왜 관리비 내고 세금 내는 집으로 들어가겠는가. 없는 사람들에게는 무기가 있다. 법도 소용이 없다. 무조건 떼를 쓰는 것이다. 어처구니없는 요구를 하는가 하면 무조건 거절한다. 심지어 용 사장이 가는 승용차 앞을 가로막고 드러눕기까지 한다. 용 사장은 이들을 달래고 어르며 무사히 무허가 건물들을 철거하였다.

두 팔을 벌려 보내기는 하는데
불은 어디서 켜지는지
아랫도리 다닥다닥한 딱지들
그들도 불을 켜는 것일까
부도 정리 문구가 대문짝만한데
적선이 될는지
강제 철거 앞에 힘에 겨워

빈털터리 장승같이 웃는다
지친 하루를 누일 때쯤
취객들의 술주정이 거칠다만
넋두리 공감하는 사이
전봇대 마음 서글퍼지는데
달빛만이 청아하네
　- 송용일 〈전봇대〉

포항에서 또 부지확보가 반복되고 있다. 정보는 역시 빠르게 퍼져나갔다. 토지를 수용한다는 소식을 어떻게 들었는지 토지소유자들이 스스로 접근하는 것이다. 이럴 경우는 용 사장도 오기가 생겨 괘씸죄를 적용하지 않을 수 없다. 본시 감정 가격의 배는 주고자 했던 마음이 바뀌는 것이다. 욕심이 많으면 식물을 감한다고 하였다. 용 사장은 매입가를 1.5배로 낮추기로 하였다. 사정은 역전되었다. 그들은 원래 가격으로 매입해 주기를 애원하였다. 심지어 감옥에 있는 동업자까지 그들이 직접 모든 서류를 구비해 주겠다고 한다. 용 사장도 마지못해 그들의 요구를 들어주기로 하였다.

산 넘으면 산이라고 하더니 문제가 생겼다. 매도자들이 법인 명의로는 산을 팔 수 없다고 한다. 이유는 세금이 문제다. 법인에게 팔 때는 양도세를 고스란히 내야 하기 때문에 법인에게 팔 수 없다고 한다. 하는 수 없이 개인 명의로 살 수밖에 없다. 사장 개인 명의로 매입을 하려고 하니 매수금을 동원할 수가 없었다. 돈을 차용할 수밖에 없는데 방도가 생각나지 않는다.

고심 끝에 친구 상도에게 자초지종 이야기를 하기로 하였다. 그는 두말 하지 않고 선 듯 매입대금을 빌려주었다. 생전 태어나서 그렇게 큰돈을 빌려보기는 처음이다. 용 사장은 너무나 고마웠다. 역시 사업을 크게 하는 친구는 다르다고 생각하였다.

> 하늘이 잔뜩 찌푸리고 있다
> 단풍은 날씨를 탓하듯
> 무채색 그늘이다
> 평소 아름답다 감탄하였는데
> 그 모습 알고 보니
> 햇볕 탓이었네
> 생기를 불어넣어 주던 햇살
> 뒷전에서 버티고 있었다
>   - 송용일 〈후광〉

돈을 결코 갚지 못하리라 생각하지 않는 것 같다. 사업을 성공한 친구는 판단이 빠르다. 친구 상도는 공교롭게도 대동철강 전무와는 고교 동기동창이다. 대동철강은 부지 인근 공장으로서 역시 확장을 위해 그 부지가 절실한 상황이다. 친구 상도는 말조심을 부탁하였다. 자기가 돈을 빌려줬다고 소문이 안 나도록 하라고 거듭 당부한다. 당연한 말이라 직원들에게도 입조심을 시켰다. 관리부장은 좋은 친구를 두었다고 부러워한다. 용 사장도 직원들에게 얼굴이 서는 것 같아 좀 으쓱하였다.

9-2. 허가

대부분 부지를 확보하였다. 다음 작업은 시설 결정 허가와 실시 허가를 득하는 것이다. 신부 파이프에서 사업권을 매입할 때 지정된 부지에는 설치할 수가 없다. 스에 에너지에서 다른 곳에 부지를 설정하기로 하였기 때문이다. 이것은 어디까지나 매매 당사자 간의 약정사항이지 허가 당국과는 아무런 관계가 없는 것이다. 관계 당국에서는 사업권을 내어 줄 때 지정된 부지에 공장을 지어야 한다는 것이다. 이것은 이미 도시계획으로 시설 결정된 사항이므로 변경할 수 없다는 것이다.

도시계획으로 결정되어있는 부지를 다른 곳에 재지정하는 작업이 어디 쉬운 일인가. 도청 건설 국장에게 자초지종 설명을 하였으나 막무가내였다. 용 사장 자신이 생각하여도 무리인 것 같았다. 건설과장도 아예 쳐다보지도 않는다. 하는 수 없이 건설 계장과 수차례 해결 방안을 궁리하였다.

그의 말은 대단히 부정적이었다. 이것을 처리하려고 하면 타당성이 입증되어야 한다. 그다음 그 타당성이 수긍되더라도 절차가 까다롭다고 한다. 도시계획위원회를 재소집하여야 한다. 또 결론이 긍정적으로 판단되더라도 도지사의 승인이 있어야 한다. 그러니 보통 어려운 일이 아니라는 것이다. 우선 선배인 도청 경제국장을 통하여 사업의 필요성을 설명하고 지원을 구하였다. 그러나 역시 기획실장이 견제한다. 대동철강 쪽에서 이미 기획실장과 손이 닿은 것이다.

하는 수 없이 부지사를 움직이기로 하였다. 용 사장은 대구에 있는 지인을 전부 동원하다시피 한다. 역시 발이 넓은 친구가 있었다. 고등학교 교장으로 있는 친구가 부지사와는 막역한 관계 사이였다. 그는 또한 기획실장과도 허물이 없는 사이였다. 그는 대구지방의 토박이 실세다. 그의 아버지는 중고등학교를 설립한 대구에서 잘 알려진 유지다. 따라서 대구의 각 관계 기관과도 긴밀한 관계를 유지하고 있었다. 간신히 도시계획위원회를 재소집할 수가 있었다.

그러나 결과를 장담할 수 없는 일이다. 용 사장은 도시계획위원을 개별적으로 접촉하기로 하였다. 대부분이 대학교수들이었다. 무려 12명이나 되는 위원들을 접촉한다는 것이 쉬운 일이 아니었다. 한 사람 한 사람 열심히 찾아다니며 설득을 하였다. 역시나 1차 심의에서는 결론이 나지 않았다. 똑같은 일이 2차 위원회에서도 논의되었다. 가까스로 의결되었으나 도지사의 최종 승인이 나야 한다. 때마침 국정감사가 실시되어 결제가 늦어지고 있었다.

건설 국장에게 채근하다시피 하였으나 차일피일 미루어지고 있었다. 건설 국장은 몸이 불편하였다. 류머티즘 관절염으로 그는 손이 많이 비틀려 있었으며 보기에도 안타까웠다. 아픈 몸을 이끌고 일에 열심히 임하는 그가 무척 측은해 보였다.

용 사장은 다른 결심을 하게 된다. 국회의원에게 손을 쓰기로 하였다. 마침 국정감사를 하러 온 감사팀의 팀장이 평소 친하게 지내던 고교 동창인 정 의원이었다. 정 의원에게 자초지종 이야기를 하니 선처를 해보겠다 한다. 어느 날 정 의원과 점심 기회를 얻었다. 그 자리에는 친구인 학교 교장이 동석하였다. 도청 경제국장, 기획실장, 부지사가 동석하였다. 정 의원이 말을 건넨다.

"부지사, 항포 도시가스 건 어떻게 되고 있습니까?"

"글쎄 기획실장에게 물어보시지요."

"김 실장, 어떻게 되는 것이오?"

"현재 검토하고 있습니다."

기획실장은 대동철강 전무와 고교 동기동창이다. 그의 부탁으로 보류되고 있음을 용 사장은 미리 정 의원에게 귀띔해둔 상태였다. 고교 동창인 학교 교장이 거든다.

"김 실장, 네가 홀딩하고 있나?"

"그런 것은 아니지만요."

학교 선후배이며 평소 잘 알고 있던 터라 말을 놓는 교장이다. 부지사가 말한다.

"동창끼리 잘해보시지요."

민망한 듯 정 의원이 먼 산을 보면서

"김 실장, 잘 좀 해 보라고."

서로 간 그 정도에서 말을 끝내고 점심을 먹고 일어선다. 이틀 후 감사가 끝날 무렵 회의 중에 정 의원이 용 사장을 찾는다. 언제나 밖에서 대기하고 있던 용 사장이 감사장을 찾았다.

정 의원이 도지사, 부지사와 함께 휴식 시간을 이용하여 감사장을 빠져나와 휴게실에서 얼굴을 맞댄다. 정 의원이 심각한 표정으로

"지사님, 항포 도시가스 건을 좀 부탁합니다."

"부지사 어떻게 된 것인가요?"

"네. 도시계획 결정이 되어 있는 부지를 다른 장소로 변경하는 건입니다."

"아, 그래요."

"정 의원님, 큰 하자가 없으면 검토해서 처리하겠습니다."

"지사님, 감사합니다."

용 사장도 크게 감사를 표하며 물러선다. 정 의원과 별도 만날 것을 약속하고 포항으로 돌아가기로 한다. 돌아오는 차 중에 용 사장은 보라는 듯 관리부장에게 자초지종 이야기를 한다. 관리부장 역시 용 사장의 인맥에 대하여 찬사를 아끼지 않는다.

"사장님, 대단하십니다."

"좋은 친구를 두셔서 정말 부럽습니다."

"회사에서 그래서 나를 이용하는 것 아니겠나."

"사장님 고생만 잔뜩 하는 것 아닙니까?"

"무슨 이야기야?"

"죽 쑤어서 개 준다는 말 있지 않습니까."

"그렇지만 어떻게 하나!"

그 말을 듣고 나니 자신이 서글프다. 회사에서는 손 안 대고 코 푸는 격이 아닌가.

　　제 몸을 태워야

　　불을 일으키는 불쏘시개

　　네 몫을 살리려

　　내 몫을 찾았지

　　이 몸 뜨겁다 못해

　　화상을 입어도 가슴이 뿌듯하다

　　뒤척이다

　　타는 불꽃을 보노라면

　　내가 왜 존재하는지를 알지

　　상처 때문에

　　부뚜막에 글을 쓸 수가 있다

　　희생은 성공의 어머니

　　　　－ 송용일 〈부지깽이〉

도대체 모회사에서는 뒷받침해주는 것이 아무것도 없다. 얼마 후 도시계획시설 변경 결정이 나왔다. 그러나 산부 파이프 공장 내 기존부지는 해제되지 않았다. 대구공 파이프 생산공장이 절실한 신부 파이프 측에서 용 사장에게 도움을 청한다. 모회사 항 부회장으로부터 협조 요청이 있었다. 산부 파이프 회장을 모시고 부지사실을 찾은 용 사장은 단지 인사만 시키고 나온다. 그 문제가 원만히 해결되도록 계기를 만들어 줄 뿐이다.

9-3. 건설

이제 남은 것은 실시 허가다. 부지가 거의 확보된 상태였으므로 현황도 위에 공장 및 사옥 설치 설계를 하여야 한다. 현황도는 다행히 구할 수 있었다. 마산에서 공장을 지을 당시 현황도가 없어서 무척 고생을 한 일이 있다. 그 당시만 하더라도 관계 관청에는 일천 이백분의 일 도면밖에 없었다. 용 사장은 시청 공무원에게 부탁하여 육백분의 일 도면으로 만들었다. 비로소 그 위에 시설 위치도면 즉 배치를 그릴 수가 있었다.

그런데 포항 경우에는 이미 당국에서 비치하고 있는 상태였다. 철강 공단 덕분이 아닐 수 없다. 시설은 300t 규모의 가스홀더 1기, 50t 규모의 엘피지 탱크 2기, 가스 공기 혼합 공장 일식 연건평 2백 평 규모의 이 층 사옥 등이다. 설계가 완성되자 즉시 실시 허가를 신청하였다. 얼마 되지 않아 최종 허가가 나왔다.

1990년 3월 2일 드디어 고대하던 기공식을 올렸다.

시작은 목적지를 끝이라 한다

또 다른 시작을 낳는 간격의 언어

원점은 한마디로 표현이 간결하다

빠르고 늦을 따름인데 여정이 길면 모천이라지

회귀라는 글자가 문패를 각색하고 있는 집

생을 충전하니 둥지라고 한다

그림으로는 둥글어 따뜻하지만

동목 사이에 걸려있는 공중의 집 앙상하다

들락거리는 것은 찬바람뿐

허공을 안고 있으니 가슴은 차가워

각을 낳아 각으로 사는 집

둥지도 때로는 각을 세우지

— 송용일 〈둥지도 때로는 각을 세우지〉

용 사장은 만감이 스치는 것 같았다. 정말 낙동강 오리알이 될까 얼마나 노심초사한 일인가. 그동안 신세를 진 지인들의 모습이 주마등같이 스친다. 떡이랑 과일, 돼지머리를 놓고 보이지 않는 지신, 산신, 천신에게 술을 따랐다. 진심으로 공사가 잘되기를 엎드려 빌었다. 절을 하고 나니 돼지머리가 웃는 것 같아 마음이 흐뭇하였다.

기공식을 끝낸 후 각종 시설 장치 발주가 시작되었다. 부지 정지공사가 역시 추진되었다. 부지 공사는 지역과의 유대관계를 위하여 지방 토건 업체에 맡겼다. 1990년 5월 산을 절개하였으며 하루하루 공장부지 면모가 전개되었다. 아울러 각종 시설 장치에 대한 발주가 이루어졌다. 기술 이사와 기술부서의 자체 능력으로 설계가 이루어졌다. 각종 시설 장치 발주는 무난하였다.

부지를 최대한 확보하려 하니 경사면이 완만하지 않았다. 이를 보완하기 위하여 밑바닥에 옹벽을 치기로 하였다. 공사는 진척이 잘되지 않았다. 일이 순조롭게 되기가 그렇게 쉬운가. 하늘은 무심하게도 폭우를 내렸다. 무려 400㎜ 폭우가 쏟아졌다. 절개된 산은 맥을 추지 못하고 무너졌다. 호사다마라고 하더니 청천벽력 같은 일이 생긴 것이다.

더구나 가스 홀다를 설치하려고 시공한 기초 부분이 손상을 입은 것이다. 가스 홀다는 무려 300t이 되므로 기초공사에 뒤틀림이 있으면 안 된다. 평형이 확보되지 않아 하중의 불균형으로 인하여 비틀림 현상이 생기기 때문이다. 하는 수 없이 경선 건설 주식회사 및 기술 전문부서에 의뢰해 정밀기술 감정을 받았다. 다행히 가스 홀다 설치에는 별문제가 없다는 기술진단이 있어 재시공하지 않아도 되게 되었다.

무너진 부지 경사면에 대하여 보강공사를 어떻게 하여야 하는지 의견이 분분하였다. 최종적으로 콘크리트 그라우팅 즉 경사면에 추가 붕괴 방지를 위한 콘크리트 기둥 심을 박기로 하였다. 더하여 경사면이 안정될 때까지 천막을 덮었다. 비만 오면 넓은 경사면을 전부 천막으로 덮었다. 처음에는 불가능하다고 모두가 반대하였다. 그러나 반대를 무릅쓰고 넓은 경사면을 매번 덮고 비가 개면 걷었다.

용 사장은 그 후 일본을 방문할 기회가 있었다. 후쿠오카 공항에서 공사 경사면에 천막을 덮은 장면을 보았다. 일본도 그런 방도를 취할 수밖에 없었구나 생각하였다.

사옥은 경선 건설에 시공을 맡겼다. 수요처에 공급할 각종 배관공사는 지방에 적당한 업체가 없어 서울업체에 맡겼다. 모든 것이 순조롭게 이루어졌다.

내린 비 많을 때 강가로 나갑니다
빗방울들이 어떻게 몸을 뒤척거렸는지
바닥이 얼마나 그들을 보듬었는지
물을 보고 물어보고 싶습니다
흙탕물에 부푼 몸집이 안쓰럽습니다
상처들 무겁게 바람을 안고
가파르게 헐떡거렸습니다
격동하는 흐름에는 아픔이 있습니다
속으로 삼키고 흐느끼는 신음이
들숨 사이 귀가 쟁쟁합니다
숨소리 죽이니 낮은음자리
교향곡 비창이 어두워집니다
　　　– 송용일 〈비창〉

9-4. 자본증자

　그러나 문제는 또 있었다. 자금이 문제다. 당장은 증자밖에 없었다. 모회사와 신부 파이프에 증자 요청을 하였다. 모회사는 사정을 잘 아는 관계로 어려움이 없었으나 신부 파이프는 달랐다.
　용 사장은 관계자료를 준비해서 신부 파이프 본사를 찾았다. 본사는 용산에 있었다. 생각보다 건물이 초라하였다. 더구나 회장실은 너무나 초라

하였다. 실리를 취하는 사기업체의 생리가 보였다. 회사 사정이 어렵다고 생각하였다. 용 사장도 처지가 처지이므로 증자를 요청하지 않을 수 없었다. 회장은 중역 회의를 소집하였다. 미리 사전 연락이 되어 있었기에 그들은 대비하고 있었던 것 같다. 용 사장은 허가 획득, 부지확보 및 공사 진척 등에 대하여 설명을 하였다. 턱없이 부족한 자본에 대하여 그들도 수긍하였다.

9-5. 장치 설비

증자를 해결한 용 사장은 미국에 주문한 혼합기가 걱정되었다. 제작과정도 보고 싶고 핑계 삼아 미국도 한번 갔다 오고 싶었다. 납품처에서 초청하는 기회였다. 그동안 피곤했던 마음도 추스르고 견문도 넓히고 싶었다. 사실 처음에는 기술 이사를 내심 보낼 생각이었다. 마음이 바뀌어 기술 과장을 대동하고 직접 현지에 갔다.

납품회사는 캘리포니아 남쪽 프레즈노에 있었다. 로스앤젤레스를 경유하는 과정에서 약 30년 전 기억을 더듬었다. 1968년 미국 연수를 마치고 귀국 시에 로스앤젤레스를 들른 적이 있었다. 같은 호텔에 묵고 싶어 아리랑호텔에 투숙하였다. 아무리 생각을 해도 그 옛날 모습이 떠오르지 않았다. 인근에 있는 음식점에 들여도 마찬가지였다. 그 음식점은 한국음식점이었으나 기억을 더듬을 것들이 생각나지 않았다. 지나가는 심정이었으니 그럴 수밖에 없다고 생각하였다. 그 전과 다르게 대형 슈퍼마켓이 생겼다.

한인들의 상권이 짐작되었다. 하룻저녁을 묶고 프레즈노로 떠났다.

프레즈노는 별로 크지 않는 도시다. 공장 역시 작은 옥내 공장이었다. 그러나 제품을 제작하기에는 부족함이 없는듯하였다. 공장 이외 다른 사무실은 볼품이 없었다. 실용적인 면이 보였다. 방문 목적이 최종 검수였으므로 기술 과장에게 자세히 점검토록 하였다. 도면에 의거 전수검사를 하였으며 압력이 필요한 부문은 압력 테스트도 하였다. 3박 4일 동안 빠짐없이 모든 일을 마쳤다.

돌아오는 길에 로스앤젤레스를 들렀다. 투숙한 호텔은 같은 장소였다. 피곤한 몸인데도 무리해서 저녁에 좀 특이한 곳을 구경하였다. 배우가 되려다 낙오된 무희들이 춤을 추는 곳이었다. 체격도 좋고 대단한 미모였다. 저만한 인물들이 이런 곳에서 무명의 생활을 하다니. 여자들도 살기가 힘들다고 생각하였다. 세계 각국에서 몰려든 미인들이 아닌가. 한편 마음이 착잡하였다.

　　탐스러운 과일도 벗기고 보면
　　느낌이 반감하듯
　　속살은 껍질이 된다
　　닿을수록 무디어지는 눈길
　　직립하는 심정으로
　　한 겹 한 겹 겉치레 입혀 본다
　　지난날 여인들 원천은
　　속박이었을까
　　숨겨진 미덕이 해방이라는
　　그 이름 아래
　　거추장스러운 오늘날

자유, 개방, 민주화
현기증이 난다
　　　- 송용일 〈허벅지〉

9-6. 투병

다음 날 용 사장은 몸에 이상을 느꼈다. 발목이 통통 붓는 것이다. 비행기를 타야 하는데 난감하다. 아픈 다리를 끌고 비행기를 탈 수밖에 없었다. 스튜어디스는 형편을 보살펴 비행기 뒷좌석 3개를 비워 줬다. 오랜 비행시간 동안 고통은 심하였으며 다리는 심하게 부어올랐다. 도착하기 무섭게 병원을 찾았다. 의사의 진단은 통풍이란다.

바람만 불어도 아프다는 통풍이었다. 프레즈노에서 육포를 많이 먹은 결과로 미루어 생각된다. 육포는 심심풀이로 먹기가 좋았다. 모든 것이 정도가 있는 것을 먹기 좋다고 즐겼던 것이 문제였다. 의사는 자이로닉, 콜키신 등을 처방하였다. 발목뼈 속에 단백질이 응축되어있어 요산으로 생긴 병이라 한다. 요산을 배설하여야 한다는 것이다. 병원을 계속 다녔다.

그러나 호전될 기미가 보이지 않았다. 할 수 없이 사혈 하기로 하였다. 사혈 하는 사람 중에는 유명한 여배우 남편도 있었다. 여배우가 결혼한 동기는 강제성이 있었다고 하는 소문이 돌았다. 그는 구룡포 가는 길에 민속 박물관을 개인 돈으로 세웠다. 나름대로 의미 있는 삶을 살고 있었다. 사혈하고 약을 먹었으나 호전될 기미가 보이지 않았다.

어느 날 점심을 먹던 중 이 모라는 신문기자를 만났다.

"다리를 왜 절뚝거리요?"

"아 참. 통풍이라고 합니다."

"그것 펠덴을 먹으면 직방인데."

"그런데 신장에 지장이 좀 있기는 한데."

그래요, 신장에 좀 지장이 있으면 어떤가. 낫기만 하면 되지. 신장은 현재로서는 매우 건강하다. 약방으로 직행을 하였다. 한 알을 먹고 나니 당장 효과가 생겼다. 이제 안심이다. 이 약만 먹으면 이젠 통풍을 걱정할 것 없다고 생각하였다.

그러나 그것은 큰 오산이었다. 일생일대의 실수였다. 그 뒤 가끔 통풍은 재발하였다. 그때마다 펠덴을 먹고 치유를 하였다. 통풍은 치료가 되었으나 반면에 신장은 점점 나빠지고 있었다. 회사에서는 일 년에 한 번씩 종합 신체검사를 한다. 그것도 간부들은 대형 종합병원에서 실시한다. 그때마다 결과는 신장 기능 저하를 가리켰다. 용 사장은 스스로 생각하였다. 신장 기능 저하라 그것은 병이 아니지 않으냐. 단지 기능이 저하될 뿐이지. 점점 심각해져 가는 신장도 모르고 수년을 지냈다.

노년에 이로 인해 생명을 위협받을 것이라고는 전혀 생각하지 않았다. 용 사장은 자책하며 주변을 원망하였다. 병원에서는 왜 심각성을 말하지 않았는지. 신체검사 결과에 대한 상담이라도 해줄 것이지, 무식한 사람들에게 도움이 될 텐데, 원망을 속으로 수없이 하였다.

돌부리에 차인 것도 아니고

돌을 부처로 본 적도 없는데

돌이 뭐라 하던가

내 몸에 들어와 있네

아프다는 것은 돌의 아우성
역력한 암각화를 느낀다
몸이 부서지더라도
보고 싶어 하는 하늘
달랠 길 없으니
어떻게 놓아주어야 하나
씰룩씰룩 입속에서
더듬거리는 원죄의 뿌리
　　－ 송용일 〈신장 결석〉

　용 사장은 사실 그 점에 대해서는 말할 계제가 못 된다. 아버지가 신우
인지 신장인지 잘 알지를 못하는 병으로 좌우지간 혈뇨를 겪다가 돌아가
셨다. 소변에 피가 섞여 나와 지방병원에서 치료를 받았으나 치료는 미진
하였다. 새어머니가 가져온 정보에 따라 한약도 복용하였다. 그것도 충청
도 어딘가 용하다는 한약방까지 수소문해서 갔다. 한약에는 부자가 들어
있었다. 게다가 궁장어를 계속 달여 먹었다. 부자라는 것이 염증을 악화시
키는 것으로 아버지도 잘 알고 있었다. 그것을 복용한 것이 납득이 되지
않았다. 병이 악화되어 사경을 헤매게 되자 아버지는 새어머니와 함께 서
울로 오셨다.
　당시 용 사장은 에스 글로벌 회사 전신인 국흥상사에서 감사로 재직 중
이었다. 용 사장은 재빨리 고려병원에 입원을 시켰다. 고려병원은 사돈 팔
촌 정도로 약간 집안끼리 연이 있었다. 게다가 친구 동복이 사무국장으로
있어 입원 수속이 용이하였다. 그 병원에서는 마침 종전에 모시던 공장장
의 형님이 비뇨기과장으로 있었다. 다행히 수술하면 치유할 수 있다고 한
다. 그러나 문제가 생겼다.

수술하자면 수혈을 하여야 한다. 당연한 말이 아닌가. 그것이 통하지 않았다. 또 여호와증인교가 문제였다. 수혈이 교리에 위배된다는 것이다. 환자와 새어머니가 한사코 반대하니 용 사장인들 별수가 없었다. 하는 수 없이 퇴원할 수밖에 없었다. 여호와증인교와 용 사장 가정과는 악연이 겹쳤다.

용 사장은 어머니가 돌아가셨을 때도 상복 하나 입지도 못하였다. 울지도 곡도 할 수 없었다. 여호와증인교에서는 그와 같은 전통 상례를 무시하였다. 화가 난 용 사장은 어머니 시신을 방에 두고 거리를 헤매었다. 아버지가 원망스러웠다. 정말 어처구니없는 일이다. 부모상을 입은 자식이 거리를 헤매고 있었다니. 말도 안 되는 행동이다. 한 시간 후에 마음을 가다듬고 상가로 돌아왔다. 문상객들이 하나 같이 상례에 대하여 의아하게 물었다. 아버지에 대한 원망이 컸다.

이뿐만 아니다. 용 사장 결혼식에서도 불상사는 있었다. 모두가 새어머니로 인해 가중되었다. 촛불을 켜는 것은 양가 안부모들의 몫이 아닌가? 그러나 새어머니는 거절하였다. 촛불을 켜는 것이 교리와 무엇이 그렇게 어긋나는 것인지, 자식 결혼식을 볼썽사납게 만들었다.

또한, 가족과 친척들과는 불화를 일으켜 부자간에 이간질을 시켰다. 여호와증인교와 새어머니는 정말 한스러운 가족사를 만들었다.

지는 해를 본다
햇살이 이리도 따가운지
식기도 전에 노을을 두고 가다니
용광로를 들여다보는 것 같다
단풍이 이에 더하니
눈을 뜰 수가 없네

어버이 가실 적에 남긴 눈빛은

최후의 불꽃이어라

　　－송용일 〈최후의 불꽃〉

9-7. 공장 준공

1990년 12월 마침내 공장이 준공되었다. 준공식에는 정 의원, 관계 당국, 모회사 항 부회장. 사장 등 관계 임원들이 참석하였다. 그뿐 아니라 각 도시가스 회사 사장과 중요 산업체 사장 등 내외 귀빈들이 참석하였다. 그러나 예상과 달리 시장이 참석하지 않았다. 시장 대신 부시장이 축사하였다.

이유가 있었다. 시장은 허가를 반대한 도청 기획실장이었는데 그 후 시장으로 부임한 것이다. 앙금의 결과로 생각하였다. 그러나 별도 회식에는 참석하였다. 이례적으로 해병대 사단장이 회식에 동석하였다. 정 의원이 해병대 출신이라 참석한 것으로 보인다. 역시 국회의원의 힘이 대단하였다.

사단장은 근무 중 점심시간에 술을 마시는 것은 처음이라면서 술을 마셨다. 그는 후일 해군 참모총장이 되었다.

9-8. 가스 공급

1991년 1월 도시가스 공급을 개시하였다. 수요처는 용흥동에 있는 우방 아파트 3,000세대였다. 드디어 포항시에 연료의 혁명이 생긴 것이다. 용 사장은 가슴이 뿌듯하였다.

용 사장은 기억한다. 일제강점기 때 다다미방에서 '고다스'라는 화로를 피웠던 것을. 그 위에 두꺼운 이불을 덮고 식구들 모두 부채꼴로 누어 발을 화로 주위로 넣고 잠을 잤던 그 시절을, 해방 후 장작 조각을 화물칸 보일러에 불을 지피며 증기로 가던 트럭을 오르막에서 밀어 올리던 그때를, 화목이 없어서 산에서 마른풀을 뜯기도 하고 사방공사 때 심은 나무를 뽑아 땔감으로 쓰던 그 시절을, 조개탄에 이어 구공탄이 나왔을 때 얼마나 편리하였던가를, 순간 연탄가스에 취하여 죽기 전까지 사경을 헤맸던 기억을, 주마등같이 변천한 연료에 관한 생각이 스치니 감개무량하다.

사실 연탄가스는 용 사장에게 있어서 잊을 수 없는 기억이 있다. 결혼한 지 일주일 만에 용 사장 신혼부부는 저승길로 갈 뻔하였다. 셋집에 차린 신혼 살림집에서 가스가 새어 죽다가 살았다. 용 사장이 부엌 창문을 부지부식 간에 부수어 간신히 살 수가 있었다. 옆방에 자던 누이와 동생이 아침에 현장을 발견하였다. 용 사장은 물탱크에 머리를 처박고 산소를 마시고 있었다. 새색시인 아내는 사경을 헤매어 병원까지 실려 가 산소통 신세를 진 것이다. 그뿐만 아니다. 마산에 있을 때는 아이들을 포함해 식구가 모두 정신이 오락가락한 경험을 가진 적이 있었다.

우물쭈물하는 시간을 본다
서성이는 빛은 회색빛

얼이 빠진 듯 흐느적하다

파랗게 눈알을 부라릴 때는

쫓다시피 따라갔었지

빨갛게 보이면 멈추었고

노랗다 싶으면 방향을 바꾸었다

어쩌다 깜박이면 삶을 다그쳤지

시간은 생의 길잡이

푯대를 감추고 있었어

언젠가부터

뒤따르는 시간을 보았어

쳐다보기만 하는

    - 송용일 〈시간의 색깔〉

따라서 도시가스가 얼마나 안전하고 편리한 것인가를 용 사장은 잘 안다. 드디어 도시가스 공급을 개시하였다. 아파트가 일반화되지 않아 수요처 개발에 애로가 있었다. 작은 수요처라도 공급하지 않을 수 없었다. 관로 매설에 자본이 많이 소요되었다. 물론 정부에서도 이를 감안하여 관로 매설에 대하여 장기저리 융자를 해주었다. 사업 초기에는 대단히 고마운 정부의 혜택이 아닐 수 없었다.

그러나 이를 악용하는 업체도 있었다. 손익분기점을 넘어 이익이 많이 발생하고 있는 업체가 문제다. 동일한 혜택을 주고 있으니 획일적인 것이 문제다. 정부의 옥석 구별이 필요한 부분으로 생각이 된다. 그러나 아무도 이를 지적하는 사람이 없었다. 업체는 이익이 되니 입을 다물고 당국은 아무도 말을 하지 않으니 모른다. 고리이자로 사채로 둔갑하는 경우도 있다 한다. 대출을 받지 못하는 경우 제2, 제3 금융권으로 기웃거리는 것이 현실이다. 중소기업체를 보면 정말 불공평하다는 생각이 든다. 신용불량으로 사채를 쓰고 있는 자영업체가 딱하기 짝이 없어 보인다.

재벌이라고 사회가 지탄을 하는 것도 일리가 있다는 생각이 든다. 대기업 자회사들은 돈을 구하기 쉽다. 그러니 재벌회사에서는 명함 한 장만 주고 회사를 설립하라고 한다. 빈손으로도 회사를 운영할 수 있다는 것이다. 모회사와 일감 몰아주기를 하니 손 안 대고도 수익을 창출하고 있다. 땅 짚고 헤엄치는 꼴이 아닌가 싶다.

9-9. 자금조달

용 사장도 명함 한 장을 가지고 부지런히 은행 지점장실을 들락거렸다. 사업 초기에는 각종 시설 투자비가 많이 소요된다. 관로 매설에 필요한 자금은 어느 정도 정부 융자로 충당할 수 있다. 그러나 여타 금액은 스스로 조달하여야 한다. 관로 매설 융자도 매출액 비율로 할당을 한다. 따라서 신설회사는 배당액이 적다. 부족액은 사장이 직접 조달하여야 한다. 업계 전체 배당액을 늘리면 혹시 돌아올 할당액이 많을까 싶어 정부 부처에 손을 써보기도 한다.

다행히 통상산업부 차관으로 있는 친구가 얼마간 혜택을 주었다. 용 사장 회사는 매출액이 적은 관계로 별로 도움이 되지 않았다. 하는 수 없이 모회사에 증자를 요청하였다. 그러나 돌아오는 답변은 냉랭하였다. 자체 조달을 하라는 것이다.

모회사 담당 이사인 SP는 지원하기보다 견제하는 인상을 준다. 되도록
이면 계열사 사장에게 군림하려는 눈치다. 모회사 사장이나 부회장에게
고자질하는 듯 가끔 경쟁을 시킨다. 자금조달이 사장의 능력 테스트나 되
는 것 같이 부추긴다. 언짢은 감정을 속으로 억누르며 끝까지 해 보자는
마음으로 은행 문을 두드린다.

용 사장의 주거래 은행은 제일 은행이다. 지점장은 융자의 한도에 따라
윗선의 승인을 기다릴 수밖에 없다. 기다려서 해결될 사항이면 얼마나 좋
겠는가. 하는 수 없이 용 사장은 직접 본점으로 접촉을 시도한다. 본점에
는 해당 부서가 많다. 융자 담당 부서도 있지만, 심사 부서도 있다. 부서
장뿐만 아니라 상무도 있고 전무도 있다. 층층이 설명하며 간곡히 부탁한
다. 결재 라인마다 승인을 받는 것은 쉬운 일이 아니다. 서울을 오르내리
기 여러 번 드디어 결심한다. 행장을 만나 결판을 지을 수밖에 없다고 생
각한다. 행장실을 노크하였다. 비서가 가로막고 이 핑계 저 핑계를 대며
면담을 시켜주지 않는다. 홍 상무와 이야기하란다. 홍 상무와는 여러 번
이미 만나 충분한 설명을 한 바 있다. 그러나 차일피일 늦어지고 있다.

용 사장은 결심한다. 은행장 집으로 찾아가기로 한다. 수소문하여 집을
찾는 것도 쉬운 일이 아니었다. 가까스로 찾아간 집에는 냉대가 심하였다.
인터폰으로 용건을 말하니 집에 계시지 않는다고 한다. 할 수 없이 다음날
다시 찾아갔다. 차가운 말이 흘러나온다. 우유 배달 구멍으로 명함을 넣고
가란다. 말소리를 들으니 가사 도우미 말투다. 행장 얼굴도 대면하지 못하
고 뒤돌아서야 하는 수모를 느꼈다.

소위 대기업 계열회사도 이런 대접을 받는데 중소기업체야 말해서 무얼
하겠는가. 용 사장은 그래도 대기업의 버팀목이 있지 않은가. 대출해준다
고 하더라도 은행으로 봐서는 전혀 위험이 없는 것이다. 그런데도 이렇게
어려운데, 정말 사업하기 쉽지 않다는 생각이 든다.

육중하게 드리워진 문

근접을 불허하며 손사래를 친다

태생이 주물이라서

말을 해도 대꾸가 없으니

여닫는 것만 소임이 줄 알았는데

허락과 불허가 내재하고 있다

지난날 작대기 하나만 걸쳐도

의중을 알았는데

철갑을 두르고 눈을 부릅뜨니

답답한 심정 벽을 느낀다

꽉 닫힌 문 또 하나 있다

열쇠조차 없으니

소통과 불통 그사이에 있다

천국의 계단에도

십자형 열쇠가 있다는데

　　　　－송용일 〈문〉

　용 사장은 사장의 책무를 다시 마음속으로 되뇌어 본다. 허가를 받는
일, 자금을 구하는 일, 외압으로부터 회사를 보호하는 일, 안전하게 회사
를 운영하는 일, 적정 이익을 내는 운영.

　머리도 식힐 겸 다음 날 오전, 오래간만에 친구를 찾았다. 연합신문사
전무로 있는 고교 동기동창이다. 저간의 이야기를 하던 중 용 사장이 현안
문제를 푸념 삼아 이야기를 한다.

　"월급쟁이 사장하기도 간단치 않네."

　"무슨 이야기인데?"

"글쎄. 돈까지 구해야 하니 죽겠어."

"은행에서 안 도와주나?"

"말도 말아. 층층이 승인을 받으려니 힘들어."

"어느 은행인데?"

"제일 은행이야."

"그 은행 행장을 내가 잘 아는데."

"그 행장 우리 선배야."

"그래 나는 몰랐네."

순간, 용 사장 입가에 미소가 돌았다. 이제 안심이다. 선배라고 하니 승인을 받는 것은 시간문제라는 생각이 든다.

"한번 전화 좀 해주라."

"그래 그러지."

비서에게 전화를 부탁한다. 마침 출타 중이라고 한다.

"나중에 전화할게. 걱정 말아."

"알겠어. 고마워"

"참, 한석 선배하고도 친한 사이지."

"아, 그래 한석 선배도 찾아가 봐야겠군."

"야 그건 그렇고, 점심이나 먹자."

"그래. 내가 살 터이니 가지."

"부탁하는 처지인데 내가 사야지."

"무슨 말이야? 찾아온 손님인데 내가 사야지."

용 사장은 그를 따라나섰다. 그가 잘 가는 일식집이다. 롯데 호텔 지하에 있는 모미지다. 전에 용 사장도 한번 간 기억이 있는데 가격이 녹녹지 않은 집이다. 용 사장이 그간 도움을 받은 친구 이야기를 한다.

"금반에 정 의원 도움을 많이 받았어."

"그래 친구 좋다는 것이 뭐야."

"높은 자리 있을 때 잘 봐줘야지."

"그래. 주 교장도 많이 도와주었지."

"그래. 잘되었네."

정 의원, 주 교장, 은 전무는 모두 친한 친구로서 허물없이 지내는 사이다. 점심을 먹은 후 연락을 다짐하고 헤어졌다. 내친김에 한석 선배를 찾아가기로 한다. 그는 법무부 차관으로 있다가 최근 고검 검사장으로 재직 중이었다. 용 사장은 그와 인연이 있다. 그는 친구인 성태의 사촌 형이다. 지난번 휴가차 포항에 들렀을 때도 용 사장은 친구 성태와 점심을 같이한 적이 있다. 찾아가기 전에 먼저 전화를 올렸다.

"무슨 일이 있어요?"

"아니 그냥 뵙고 싶어요."

"그럼, 퇴근 시간 전 4시쯤 오세요."

"알겠습니다."

을지로 입구에서 택시를 잡았다. 택시가 잠수교를 건너 고속버스터미널을 지났을 때 문득 우편에 주유소 하나가 눈에 들어온다. 그 주유소 부지는 전에 정구장이었다. 용 사장과는 인연이 있다. 2년 전 우연히 복덕방에 들렀을 때 그 부지가 매매로 나왔다는 것을 알았다. 거기에 주유소를 세운다면 안성맞춤이라고 생각하였다. 가격을 물어보니 용 사장 형편으로는 도저히 엄두가 나지 않았다. 그러나 욕심이 생겼다. 전력투구하고 싶은 생각이 들었다. 아버지가 주신 재산만 잘 지켰더라면 이 정도는 별것도 아닌데, 생각할수록 아둔했던 지난날이 생각이 났다.

왜 장인어른은 나에게 주식을 권했을까. 원망스러운 마음 금할 수 없었다. 기왕지사 일어난 일 잊기로 한다. 이 땅을 살 수 없을까. 방법이 있기는 한데, 모험해볼까 생각하였다.

용 사장은 당시 국흥상사에서 감사로 재직 중이었다. 회사에서는 회의 때마다 주유소 부지 확보에 열을 올리고 있었다. 우선 계약만 하고 회사에 팔면 될 것 같았다. 그런데 확신이 서지 않는다. 왜냐하면, 부지가 좀 협소한 것 같았다. 만약 사서 중도금을 못 내면 어떻게 하나 생각하니 공연히 골치가 아파진다. 승부사 기질이 없는 용 사장으로서는 결판을 낼 수가 없었다. 월급쟁이는 그냥 현실에 안주할 수밖에 없었다.

바다가 그리워
달려온 강물의 허탈
억센 비바람에 범람할 수밖에 없었네
다가서는 체력의 한계
힘에 부쳐 주저앉으니
삼각지 사이로 습지가 생겼어
갯벌을 누비며 바위를 깎고 싶었는데
범람하게 되니 푯대는 사라졌다
갈 길은 다 해도 흘러온 보람이 있어
남겨진 습지는 광활한 델타
풍요로운 생육이 발랄하다
도중하차라 하더라도
후손들에게 터전이 되었으니
바다에 흐르지 못하여도
보람이 되었네
　　－송용일 〈바다에 흐르지 못하여도〉

확신이 가지만 결심을 할 수 없어 회사에 정보나 알려주어야겠다고 생각을 바꾸었다. 임원 회의에서 또 주유소 부지에 대하여 심층 논의가 있었다. 용 사장은 부지에 대한 정보를 주었다. 사장이 영업이사에게 검토할 것을 지시한다. 회의 종료 후 영업이사가 위치를 확인하더니 상당히 흥미를 느낀다. 그 뒤 아무런 반응이 없었다. 역시 부지가 협소하여 타당성이 없다고 생각하는 것 같다. 아무런 후속 조치도 이루어지고 있지 않다고 생각하였다. 그러나 물밑에서 뭔가 이루어지고 있다는 느낌은 그 뒤에 몇 개월 후에 알았다. 그 장소에 주유소가 서고 있었다.

이상한 것은 국흥상사가 개발하는 주유소가 아니었다. 모두가 꿀 먹은 벙어리 같았다. 용 사장이 궁금해서 물어봐도 아무도 언급이 없었다. 용 사장은 어리석은 자신을 탓하였다. 정말 기막힌 그 자리는 회사가 아닌 개인 명의로 설립되었다. 알짜배기는 챙기는 사람이 따로 있었다. 누가 어떤 경로로 거기에 주유소를 세웠는지 알 수 없었다. 그 주유소는 한국에서 제일 많이 파는 주유소가 되었다. 주유 자동차를 감당할 수 없어서 주유원들은 롤러스케이트를 타고 다녔다.

후회를 되씹는 찰나 택시가 고검 청사 구내에 들어섰다. 황급히 택시에서 내린 용 사장은 청사 안으로 들어간다. 경비원이 용무를 묻는다. 방문 대장에 용건을 기록하는 사이 연락이 되었는지 이 층으로 올라가라 한다. 이 층에는 검사장 사무실과 부속실만 있는 것 같았다. 사무실에 들어서니 한적한 분위기다. 한석 선배가 반갑게 맞이한다.

"웬일로 여기까지 왔어?"

일 년 선배지만 그는 하대를 한다.

"서울 온 김에 뵙고 싶었습니다."

"그래 사업은 잘되나?"

"예, 도와주는 사람이 많아서….."

"애로 사항이 있는 모양이지."

이때다 싶어 용 사장이 말을 한다.

"실은 지금 구하기가 좀 어렵네요."

"대기업이 돈이 많을 텐데…."

"은행에서 융자받기가 쉽지는 않네요."

"어느 은행인데?"

"제일 은행입니다."

"그러면 행장이 박 행장 아닌가?"

"그렇습니다."

"가만있자. 내가 전화 좀 해줄까?"

"그러면 고맙겠습니다."

"알겠다. 그래 우선 차나 한잔하자."

문이 조용히 열리는가 싶더니 여직원이 차를 들고 들어온다. 무슨 차를 마실지 묻지도 않는다. 선택이 없이 인삼차가 들어왔다. 한 선배가 직접 전화기를 든다.

"선배님입니까?"

"그럭저럭 지냅니다. 지난번에 고맙습니다."

무슨 이야기인지 대충 짐작이 오간다.

"다름이 아니고 부탁이 있어요?"

"후배 하나가 월급쟁이 사장인데 회사를 운영하려고 하니 돈이 좀 딸리는 모양인데…."

"어느 회사냐고요?"

"에스 그룹 도시가스 회사라고 하네요."

"아, 잘되겠습니까?"

"감사합니다. 그럼 다음 또 연락하지요."

입가에 웃음을 머금고 전화를 끊는다.

"용 사장, 한번 오란다."

"검토해서 잘 처리하겠다 하네."

"아유, 감사합니다."

퇴근 시간이 가까워 용 사장이 청을 한다.

"저녁을 대접하고 싶은데 어떻습니까?"

"괜찮다. 오늘 선약이 있어."

"그렇습니까?"

하는 수 없이 용 사장은 다음을 기약하고 검찰청을 나선다. 내일은 행장을 만나야지…, 회심의 마음을 감추지 못하고 숙소로 돌아가 푹 쉬기로 하였다. 다음날 호텔을 나서기 전 사우나를 하였다. 용 사장은 리베라 호텔을 좋아한다. 사우나 시설이 마음에 들고 값이 싸기 때문이다. 위치도 좋아 여기저기 일을 하기가 좋다. 강남도 강북도 가기가 쉽다. 주차에도 별 어려움이 없다. 더구나 시골에서 차를 가지고 올 때는 더 편리한 것 같다. 오늘따라 날씨가 화창하다. 식당에 들르니 식욕이 생긴다. 평소에는 간단하게 콘티넨털 블랙 퍼스트로 아침 식사를 하였으나 오늘은 한식으로 갈비탕을 즐겼다.

시간을 보니 오전 9시를 가리킨다. 방문 시간은 오전 10시 이후가 좋다는 것을 용 사장은 잘 알고 있다. 커피 한잔을 하고 나니 9시 30분이 되었다. 콜택시를 불렀다. 신사동을 지나 제3한강교를 지날 때였다. 좌측에 설악아파트 수십 동이 즐비하게 늘어서 있다. 저기 어딘가 나의 땅이 있었는데 또 가슴이 아프다. 왜 그 땅을 그때 팔았는지 후회막급하다. 저 땅을 다시 찾을 수가 없었을까. 용 사장은 몇 년 전 시도를 한 적이 있다. 왜냐하면, 그 땅을 매도 시 매입자가 위장하였다. 나중에 보니 한 건설회사가 실 매수자였음이 밝혀졌다. 변호사와 상의를 한즉 변호사는 쾌히 승낙하였다. 단 성공사례금을 토지의 절반으로 하자고 하였다. 용 사장으로는 별로 나쁘지 않다고 생각하였다. 그러나 땅을 찾는다고 하더라도 반환할 돈이 없는 것이다. 또 결정적인 순간에 결심을 미루고 말았다.

껍데기다
껍데기
깡통 한 개 울부짖고 있다
허우대는 멀쩡한데
속 알맹이가 비어있다
생각 없이 냅다 질렀다
깨강깽 깨강깽
소리가 요란하다
옮겨 들으니
알맹이 빼먹은 놈 나와라
속 알 머리 빼먹은 놈 나와라
내 귀에는 왜 그렇게
들릴까
　　－ 송용일 〈깡통〉

차일피일 시일이 지난 후 친구인 고법 부장판사와 상의를 하였다. 그 친구는 후일 대법관이 되었다. 그 친구가 만류하였다. 큰 건설회사와 싸워서 이길 수 없다는 것이다. 하는 수 없이 마음을 접기로 하였다.

어느덧 을지로 2가에 도착을 하였다. 은행 건물과 약간 떨어진 곳에서 하차하였다. 무엇을 어떻게 말을 할까. 머릿속을 정리하고 싶었다. 걸어서 은행에 들어서니 경비원이 앞을 막는다. 간단히 용건을 말하니 부속실로 전화를 한다. 얼마 후 연락이 왔다. 올라오라는 것이다. 마침 회의가 끝나고 잠시 틈이 생겼는지 방문이 허락되었다. 예약은 어저께 이미 해두었기 때문에 용이하였다. 사무실에 들어서니 부속실에서 안내한다.

반갑게 맞이하는 행장을 대하니 그간 섭섭하였던 감정이 사라진다.

"안녕하십니까, 선배님인 것을 몰랐습니다."

"아― 섭섭하게 생각 말게나."

"은 전무한테서 전화도 오고, 한석 검사장한테서도 왔어."

"융자 건은 내가 알아보지."

"지금 얼마나 필요하나?"

"우선 약 사십억 정도만 있으면…"

"알겠네. 긍정적으로 검토하기로 하지."

비서가 차를 가지고 조심스럽게 들어온다.

"우선 차나 한잔하지."

갑자기 책상 서랍을 뒤지더니 지갑과 수첩을 건네며

"이것 우리은행 기념품인데 가지게."

"아유 감사합니다."

"그래, 회사 설립하는 것이 어렵지."

"네 모두 도와주니 그럭저럭 꾸려갑니다."

용 사장은 그동안 있었던 일을 말한다. 특히 대관 관계 어려움에 대하여 넋두리를 떨었다. 이야기 끝에 행장이 사적인 이야기를 한다.

"내가 처음 부임했을 때 첫 임원인사가 있었는데…."

"호남에 본부장을 이사로 승진시켰어."

"그런데 그 친구가 어느 날 아침 큰 박스를 가지고 왔어."

"그것이 무엇이냐고 물으니"

"백설기라고 하였어."

"알고 보니 돈이었어."

"그래서 당장 비서실장을 시켜 돌려주었지."

"비서실장이 용돈은 좀 챙겨두었지만…."

왜 그런 비밀스러운 이야기를 하는지 용 사장은 이해가 되지 않았다. 그만큼 청렴하다는 말로 해석이 된다. 아니면 비서실장에게 인사를 하라는 말인지 헷갈렸다. 용 사장은 아예 그런 생각은 하지 말라는 그런 취지로 받아들였다. 의기도 양양하게 사무실을 나와 택시를 잡았다.

이제 집에나 들러 볼까 싶었다. 집은 서울에서 인천 방향으로 가는 거리가 좀 떨어진 산본에 있다. 아이들 학교 때문에 아내는 포항에 내려갈 수 없다. 한 달에 한두 번 아내는 옷가지며 부식을 챙겨 포항에 내려온다. 그녀는 장거리 운전을 즐겼다. 운전을 좋아하니 정말 다행이었다. 아마 해방을 만끽하는 것 같다.

산본에 아파트를 산 것도 그녀의 의사였다. 용 사장은 투자를 제대로 해본 일이 없다. 평범한 가정에서는 집이 큰 투자항목이 아닌가. 서초동에 처음 집을 살 때도 그녀가 샀다. 아파트를 보라고 하였는데 느닷없이 빌라를 샀다. 그것도 처형과 함께 집을 보러 다니면서 전화가 사무실로 왔다. 전화 목소리는 요란하였다. 흥분된 목소리로 무슨 큰 보물이라도 찾은 듯이 요란을 떨었다. 기가 막혀 될 대로 대라 하는 자포자기식으로 승낙을 하였다. 이유는 있었다. 짜증이 난 것이다. 큰 처남이 사업을 하다가 망했다. 용 사장도 거금을 날렸다. 처남이 지은 건물에 목욕탕 운영을 한 것이 잘못이었다. 그 건물이 통째로 은행에 넘어갔기 때문이다.

때마침 예정된 인사이동에 용 사장이 본사로 영전될 기미가 있었다. 용 사장은 그 좋은 기회를 누리지 못하였다. 이런 것을 두고 운명이라 하지 않을 수 없다. 복도 무척 없다고 자탄하였다. 왜냐하면, 서울 본사로 영전이 되더라도 서울에는 거처할 집이 없기 때문이다.

집을 마련하기 위하여 목돈이 필요하였다. 할 수 없이 계열회사로 전근 가기를 자청하였다. 퇴직금으로 집을 살 생각이었다. 그것도 본사 규 사장에게 청을 하기로 한다. 마침 규 사장이 출타 중이라 부인에게 사정을 말하고 의사를 밝혔다. 이것이 규 사장과 네 번째 인연이었다. 한평생을 살면서 이렇듯 질긴 인연도 드물다고 생각한다.

바보 같은 결정이었다. 서울 본사로 와서 집은 융자를 받아 살 수도 있지 않은가. 세를 얻어 우선 살면서 또 길이 열릴 수 있는데, 고지식하기 짝이 없는 용 사장이었다. 용 사장은 잠깐 계열회사로 나왔다가 다시 모회사로 복귀하면 된다고 생각하였다. 순진한 생각이 아닐 수 없다. 경쟁이 많은 세계에서 가능한 일인가. 이를 기점으로 용 사장은 출세의 가도에서 비껴가기 시작하였다. 모회사로 영전이 되었더라면 그다음은 임원이 되었을 것이고, 보다 나은 자리를 거쳐 시간을 벌면 서광이 비쳤을 것이다.

왜냐하면, 그다음 정권은 MB정권이 예상되기 때문이다. 포항이라는 연고가 의미를 가질 수 있으니 말이다. MB는 용 사장 중학교 후배다. 그의 형, 이 의원은 국민학교 선배로서 친구 성태와 친밀하다. 성태는 지역 정치인으로서 지구당 부위원장이다. 또한, 그의 부인은 여성위원장이다. 연줄이 충분히 닿고도 남는다. 더구나 성태가 딸의 취직을 부탁하였다. 면접하니 결격사유가 보이지 않았다. 품성도 단정한 아가씨로 생각되어 사장실 비서로 채용을 하였다. 지역에서의 도움이 필요하기 때문이다. 거절할 수 없는 이유는 또 있다. 친구 상도가 조카 취직을 부탁하여 총무과 서기로 채용을 하였기 때문이다. 그러니 같은 친한 친구로서 친구 성태의 부탁을 거절할 수가 없다. 친구 상도는 땅을 사는 데 많은 도움을 주었다.

이른 새벽 잔디를 깎는다
소음을 이기고 다가서는 냄새가 풋풋하다

며칠 전 한 주먹 깻잎은 향기가 고소하였지
자기만의 냄새 가꾸고 싶었다
저간의 냄새는 눈살 찌푸리는 귀태다
귀태는 난청을 낳고
코태는 악취를 낳고
입태는 구취를 낳으니
삶의 터전에 덧칠하는
태어나지 말아야 하는 것들
걱정스러운 나의 냄새
　　　－송용일 〈귀태鬼胎〉

　그뿐만 아니라 공장부지 살 돈까지 빌려주지 않았는가. 그는 이자도 한
푼 받지 않았다. 정말 고마웠다. 그런데 그 돈을 갚은 사연이 기가 막힌다.
모회사에서는 우회적으로 돈을 내려보냈다. 대리점에 돈을 무이자로 지원
하고 그 대리점이 돈을 용 사장 회사에 돈을 빌려주는 형식이었다. 그 돈
에 대한 이자를 무려 연리 19%나 챙겼다. 반면에 친구 상도는 이자를 한
푼도 받지 않았다. 더구나 용 사장 회사에 땅을 팔면서 단지 양도소득세만
보전해주는 것으로 만족하였다. 대리점은 그 핑계로 막대한 이익을 챙겼
으니 세상사 요지경이 아닐 수 없다.

9-10. 운영

회사는 정상적으로 운영되었다. 남은 과제는 오직 매출을 올리는 것이다. 매출은 가스를 공급하는 것이 주된 영업이다. 그러나 복합주택 건축이 많지 않아 가스 외 기타 사업을 병행하지 않을 수 없었다. 그것은 설비사업이다. 복합주택에 가스를 공급할 때는 정압기 시설이라든지 옥내 배관 시설을 하는 것이다. 이 사업은 직접 회사에서 직영하지 않았다.

단지, 용 사장 회사 명의로 수주를 하여 하청을 주는 방식을 택하였다. 하청회사에는 아울러 가정의 각종 서비스를 관리하는 지역관리소에 일을 맡겼다. 지역관리소는 가스 사용량 계량, 실내 시설 분리 및 연결, 가스사용 가정 안전관리 등을 대행하였다. 물론 서비스에 대한 비용은 수급자가 지불하나 안전관리비는 용 사장 회사에서 지급하였다. 이 사업은 어느 정도 활기가 돌았다.

대단위 아파트 건설이 더디어 붐을 타기 시작하였다. 건설회사도 굵직한 우방주택, 보성건설, 청구건설 등 민간회사와 주택공사가 들어왔다. 이들이 수백 세대 또는 몇천 세대 단위로 대단지 아파트 단지를 건설하기 시작한 것이다. 용 사장은 당장 가스 수요가 적으므로 설비사업에서 수익을 보충할 수밖에 없었다. 한 수 더 떠 모회사에서는 가스 사용기기를 개발하고자 추진한다. 각 도시가스 회사를 거점으로 팔고자 하는 것이다.

〈SP〉 이사는 가정용 가스보일러를 제작 판매하는 것을 시작하였다. 그는 대덕단지에 시제품 연구실을 설치한다. 그러나 독자적으로 가스보일러를 제작하는 것이 쉬운 것이 아니다. 박사 1명을 채용하고 연구원을 보강하여도 원하는 제품을 만들 수 없었다. 하는 수 없이 방향을 바꾸어 린나이 보일러 회사와 기술을 제휴한다. 〈에스케이 린나이〉 보일러를 오이엠

방식으로 제작한 것이다.

따라서 각 도시가스 회사에 가스기기 전시장을 설치 판매할 것을 주문한다. 하는 수 없이 용 사장도 지역관리소에 전시장을 설치하였다. 대단위 주택에 설비공사를 수주할 때 가스보일러를 겸하여 주문한다. 가스 수요를 개발하고 설비공사를 수주하는 것도 어려운데, 가스보일러까지 실적을 올려야 하니 힘든 영업을 하지 않을 수 없었다. 용 사장은 주위의 모든 연줄을 동원하여 영업에 몰두한다. 이때 그동안 미루어 놓았던 동생 일수를 지역관리소 사업에 참여토록 한다.

가스보일러라는 기존 선발 회사에서 영업을 강행하므로 수주하기는 역부족이었다. 그리고 각 건설회사에서도 제작회사와 직거래하기를 원하였다. 따라서 영업은 부진할 수밖에 없다. 도시가스 공급은 일반가정에 대하여는 갑의 입장에서 영업을 어느 정도 할 수 있다.

그러나 설비공사를 수주한다든지 가스보일러 주문을 받는 것은 을의 입장이 된다. 문제는 하청회사에서 발생한다. 설비를 하청회사에 맡기면 하청회사가 마무리를 잘해주면 별문제가 없다. 하청회사가 부도가 날 때 골치가 아프다. 드디어 큰 것이 터졌다. 주택공사에서 어렵게 따낸 설비공사를 하청회사가 마무리를 못 하게 되었다. 할 수 없이 용 사장 회사에서 직영할 수밖에 없다. 하청회사 사장은 용 사장이 괄시할 수 없는 처지다. 그는 시청 경제과장의 조카다. 그의 말이 생각난다.

"용 사장, 나의 조카인데, 보증은 못 하겠어. 도와주면 좋겠다."

"더구나 우리 후배인데 잘 생각해보겠다."

그때 그 말이 이런 경우가 있을 수 있다는 것이구나. 하청회사 사장은 막다른 골목에 다다른 사람같이 떼를 쓰기 시작한다. 용 사장 회사에서 부득이 직영할 수밖에 없었다. 공사가 마무리되었을 때 이익금을 자기에게 할애해 달라고 한다. 어이없는 일 같으나 조용히 끝내는 것이 좋다고 생각하였다. 용 사장은 미친개한테 물린 것이다 하고 그의 청을 들어주었다. 언젠가 그가 용 사장 아파트를 방문한 사실이 있다. 선물꾸러미를 들고 들어오는 그를 용 사장 집 개가 물고 날뛰었다. 용 사장이 제지해도 한사코 그에게 달려들기에 느낌이 이상하였다. 그는 피하다 못해 식탁 위로 올라갔다. 그러나 막무가내로 달려들기에 겨우 방으로 개를 격리시킨 적이 있다. 정말 개는 주인에게 해를 끼치는 사람을 식별하는 것 같다. 정말 영리한 개라고 후일 생각하였다. 그 개는 요크셔테리어 종이다.

> 나무가 말을 하는데
> 추위를 무릅쓰고
> 발가벗고 말을 하는데
> 겉치레 하나 없이 말을 하는데
> 그대 누구인지 알 수가 없다
> 오월의 신록이라 하지만
> 잎을 보아도 아리송하고
> 꽃을 보아도 종잡을 수 없으니
> 열매가 열리면 뒤늦게 알아볼까
> 처음에는 긴가민가하겠지만
> 햇빛 가리개로 색안경마저 꼈으니
> 누구인지 알 턱이 더더욱 없네
> 그러니 하는 말을 어이 알겠어
> ― 송용일 〈그대 누구인지〉

혼자 집에 있으니 개도 스트레스가 걸렸는지 매우 비만하였다. 업무 관계로 일찍 들어올 수 없었던 용 사장은 미안하게 생각하였다. 심지어 저녁에

외식할 때도 마음 편하게 먹을 수 없었다. 집에서 개가 나를 기다리고 있다는 생각에 밥맛이 없었다. 식사 중에 남모르게 자리를 빠져나와 개밥을 챙겨주고 변을 보인 적이 한두 번이 아니었다. 하는 수 없이 그는 개를 다른 집에 보내기로 하였다. 직접 보내기가 싫어 다른 사람을 시키기로 하였다. 짐승이지만 작별하는 모습이 마음에 걸려 직원을 시켜 인계하기로 한 것이다. 후일 이야기를 들으니 개가 무척 앙탈을 부려 데려다주는 데 애를 먹었다 한다. 생각해보니 주인이 없는데 낯선 사람이 와서 데려갔으니 개도 얼마나 황당하였겠는가. 정말 미안한 마음이 생겼다.

전에도 하얀 개 한 마리를 키운 적 있었다. 아내가 아이들이 좋아하니 개를 길렀다. 그런데 역시 쉬운 일이 아니라 아이들 몰래 개집에 팔아달라고 맡긴 적이 있다. 아픈 마음을 그때도 느꼈다. 개가 팔렸는지 며칠 후 가게에 들렀는데 개가 좋아서 무척 반기었다. 그런데 데리고 오지 않고 그냥 나오니 개가 고개를 갸웃거렸다. 못내 이상하다는 듯 우리 안에서 쳐다보았다. 개 이름은 해피였다. 해피하지 못한 그 눈을 잊을 수 없다. 개 눈에도 이상한 짓을 한 것이다. 아직도 그 개 이름은 잊지를 않았다.

울산에서 공장에 다닐 때 일이다. 집에서 한 마리 개를 키웠다. 집은 경주에 있었는데 주말에 들리면 까만 똘똘이라 부르는 개가 무척 반기었다. 언제나 떠날 때는 배웅을 하였다. 그것도 기차역까지 와서 되돌아가는 것이다. 그런데 그 개가 길을 건너다 차에 치여 죽은 것이다. 오랫동안 마음이 아팠다. 그 후 개를 키우지 않으려 하였으나 아이들이 원하니 할 수 없이 개를 키웠다.

잎이 있어 바람은 말을 하고
구름은 먹칠하며 비를 읊조린다
뜻은 어디에 있어 그 말 하는지

강물은 흘러가야 하는 곳 스스로 아는지
새는 울어 짝을 찾는데
꽃은 피어 아름다워지려 하네
눈빛이 마주칠 때
그 뜻 모르는 이 있을까마는
모르는 척 오늘에 사니
생명이 있으나 없으나
미물이라 할지라도
존재에는 뜻이 있는 것
깨닫지 않으려 할 뿐
보지 않으려 그 뜻 외면하느니
　　　－ 송용일 〈존재〉

　아무튼, 그 하청업체 사장은 외면하는 사이가 되었다. 그 후 용 사장은 가능한 옥내 설비공사는 가급적 손을 대지 않았다. 그러나 외부 배관공사는 이야기가 다르다. 용 사장의 방침은 가능한 한 지역 업자를 키우고 싶었다. 왜냐하면, 서울 업자를 부르면 시공비가 많이 들기 때문이다. 그들은 객지이므로 숙박비, 교통비, 장비 수급비 등이 많이 든다. 지금 여력이 부족한 용 사장 회사로서는 지방업체를 키우고 싶었다. 그러나 그만한 시공을 할 능력 있는 업체가 없었다. 하는 수 없이 직영하기로 하였다. 배관공사를 시공할 수 있는 사람을 물색하였다. 그러나 사람을 찾기가 쉽지 않았다. 마침 아내가 걱정한다. 처남 취직 이야기를 하는 것이다. 곰곰이 생각한즉 그는 그만한 자격을 갖추고 있었다. 공대 건축과 출신으로서 한 대 석유공사 본사에서 토목 기술자로 일한 경력이 있기 때문이다. 그러나 친인척을 가능한 한 채용하지 않기로 한 마음 앞에 망설였다. 하지만 마땅한 사람을 찾을 수 없어 그를 촉탁 사원으로 채용하기로 한다.

본인에게는 신신당부한다. 절대 용 사장과의 관계를 함구하도록 조치하였다. 그는 기대한 바와 같이 일을 잘하였다. 비록 사업에 실패하여 지금은 몸을 의탁하는 처지다. 그러나 그도 한때는 수백 명을 거느리는 사장이었지 않은가. 주위에서 모두가 일을 잘한다고 칭찬이 대단하였다. 용 사장은 안심하고 일을 맡겼다. 일도 잘 처리하여 내심 잘하였다고 생각하였다.

그러나 본업은 가스를 파는 것이다. 소규모 가정용보다 대량으로 팔 수 있는 곳은 산업체이다. 포항공단은 철강 공단이며 포항제철의 계열 또는 연관 업체들이 많다. 따라서 무엇보다 포항제철에 가스를 공급하는 것이 급선무가 아닐 수 없다. 그동안 포항 강재, 도금강판, 강원산업 등 여러 곳에 가스를 공급하고자 많은 노력을 하였다. 그중에는 성공한 업체도 다수 있었다. 산업체에 공급하기 위해서는 먼저 경제성 검토를 잘하여야 한다. 즉 도시가스로 대체하므로 어떠한 이점이 있는가를 입증하여야 한다. 원가가 절약되고 시설 투자를 하더라도 얼마 후에는 이익이 발생하고, 더더욱 중요한 것은 제품에 아무런 하자가 발생하지 않는다는 것을 입증하여야 한다. 그러니 수요개발이 쉬운 것이 아니다. 상대방 시설 운전에 대하여 알아야 하기 때문이다.

가장 중요한 것은 열효율성과 더불어 제품의 질적 향상이다. 대개의 공장에서는 기계를 제작한 회사가 추천한 연료를 사용하려고 한다. 왜냐하면, 경영자들은 위험을 무릅쓰지 않으려 하기 때문이다. 조금 이익을 보겠다고 시설 투자를 하고 연료를 바꾸지 않으려 한다. 제품에 하자가 생기면 책임을 몽땅 져야 하기 때문이다. 그러니 용 사장은 많은 노력을 하지 않을 수 없다.

산업체 개발을 위해 전문가로 부장 한 사람을 채용했는데 처음에는 전에 있던 직장의 급수를 생각해서 차장으로 채용했다. 그러나 대외관계에 비중을 두기 위하여 부장으로 승진을 시켰다. 그는 기대한 바와 같이 성과를 올렸다. 무엇보다도 경제성 검토서를 잘 작성하여 상대방에게 호감을 주었다. 실무자가 호감이 가더라도 경영진의 결심을 끌어내지 않으면 안 되었다. 그것은 기술 이사와 용 사장의 몫이다. 용건을 앞세워 상대를 방문한다는 것은 정말 고통스러운 일이다. 한 업체를 개발하려면 열 번 이상 경영진을 만나 결심을 촉구하여야 한다. 상상하기 어려운 일이 아닐 수 없다.

포철 연관 업체나 계열업체를 상대하다 보니 느낀 것이 있다. 역시 포항제철을 개발하지 않으면 안 되겠다고 생각하였다. 당시 포항제철에서는 자체에서 생산하는 고로가스를 사용하고 있었다.

어떻게 개발을 할 것인가를 고심하던 중 뜻밖에 희소식이 왔다. 포항제철 모 부장이 도시가스사용을 위한 브리핑을 하겠다고 한다. 용 사장은 이때를 잘 이용하여야 한다고 생각하였다. 아울러 인입 배관 시설도 수주를 받고 싶었다. 막대한 시공비가 예상되어 설비 수입 또한 만만치 않다고 생각한다. 포철 부장이 차트를 가지고 공장을 방문하였다.

용 사장은 몹시 반가웠으나 내색을 감춘다. 브리핑을 마친 포철 부장에게 용 사장이 묻는다.

"왜, 도시가스를 사용하려고 합니까?"

"스테인리스 생산 품질을 개선하려고 합니다."

"지금 사용하는 가스는 문제가 있는가요?"

"생산량도 문제지만 질이 좋지를 않아서 그렇습니다."

용 사장은 감을 잡았다. 질도 질이지만 자체 생산량에 문제가 있는 것이다.

"잘 알겠습니다. 검토를 긍정적으로 하겠습니다."

"그럼 사택에도 가스를 공급하여야지요?"

"네. 지금 검토하고 있습니다."

효자동 사택 또한 가스를 공급할 시 시공비가 많이 든다는 것을 내다보고 있었다. 브리핑이 있고 난 뒤 포철 회사의 동정에 귀를 한껏 기울었다. 그러나 아무런 반응이 없었다. 용 사장은 이 기회에 스테인리스 공장뿐만 아니라 다른 공장에도 연료를 공급하고, 시공도 수주받아야겠다고 생각하고 작전을 세우기로 하였다. 우선 담당 이사와 상무를 만났다. 그들은 별로 달가워하지 않았다.

담당 상무는 유 상무였다. 그는 처가가 경남 함양군 안의면이며 그의 장인이 안의중학교 교장이라는 정보를 입수하였다. 용 사장도 고향이 그 부근인지라 지연을 빗대어 접근하였다. 그러나 별로 반응이 없었다. 그 후 여러 번의 시도에도 불구하고 딴전만 부렸다. 언젠가 골프를 한번 치자고 하니 생뚱맞은 답변이다. 포철 박태준 회장 외에는 누구하고도 공을 치지 않는다고 한다. 나중에 알고 보니 라이언스 김 회장과 친구 상도하고도 가끔 라운딩하고 있었다.

그 정도의 정보로도 충분하다고 생각하고 포철 사장에게 정면 돌파를 시도한다.

용 사장은 포항지역협의회에서 환경분과위에 소속되어있다. 이를 활용해 볼 만하다고 생각하였다. 평소 잘 알고 있는 포항 유지 한 분을 찾았다. 그는 포항시장을 역임하였으며 포항에서는 존경을 받고 있는 인물이다.

용 사장은 그의 부탁을 한번 들어준 바가 있어 그에게 청을 넣었다. 포철 사장과 점심 기회를 한 번 갖자고 하였다. 그는 흔쾌히 승낙하였다. 포철 사장은 그를 깍듯이 대하고 있음을 익히 알고 있는 터이다. 무엇보다도 포철은 공해 문제에 신경을 많이 쓰고 있다. 공기 오염도 문제지만 바다 오염은 더욱 심각하다. 용 사장은 이점에 착안하여 환경분과위원으로 입장 정리를 한 것이다.

오천으로 가는 갈림길에 있는 일식집에서 오찬 회동이 이루어졌다. 점심이 시작되기 전에 용 사장은 소개를 받았다. 환경분과위원이라고 소개를 한다. 상대의 눈치를 살피니 관심의 눈초리가 역력하다. 항포 도시가스 주식회사 사장이라는 말도 빼지 않았다. 환경분과위원회에는 한동대학교 설립자인 송 사장도 같은 회원이었다. 점심을 먹는 중에 자연히 환경에 관한 이야기가 오갔다.

역시 포철에서 많은 노력을 기울이고 있음을 알 수 있었다. 도시가스 사용을 검토하고 있는 것도 그 일환임을 짐작할 수 있었다. 물론 제품의 질적 향상을 위한 것도 있다. 차후 한번 사무실로 방문하겠다는 언질과 함께 헤어졌다.

드디어 포철에서 연락이 왔다. 도시가스 공급 요청을 하는 것이다. 스테인리스 공장담당 이사가 오고 실무적인 접촉이 이루어졌다. 문제가 생겼다. 포철 측에서 공장 내 배관까지 용 사장 회사에서 설치해주기를 바랐다. 용 사장은 포철 울타리까지만 시공한다고 선을 그었다. 효자동 사택지역에 대한 공급도 논의되었다.

길목을 버티는 말뚝
자연보호 구역이란다
손에 든 것도 걸친 것도 하나도 없는데
그리도 당당하고 근엄한지
아무도 거역하지 못한다
묵언으로 하는 말 모두 안다
오염을 거부하는 자세
얼굴을 자세히 보니
환경 보호원인지 그린피스 대원인지

거리낌 없는 늠름한 모습
한발 들어서니
인사를 나누는 색깔들이 있다
고즈넉한 숲속의 이야기
웃음 띤 얼굴들
마음의 평화를 만끽한다
그 길 나서니 하직하는 말뚝
뒷배는 불문율이라네
　　　－송용일 〈말뚝의 경고〉

사택 지역 역시 동일한 원칙을 고수하였다. 마침내 울타리까지만 배관하기로 하고 공장이나 사택 내에는 포철에서 부담하기로 하였다. 용 사장은 한 수 더 떴다. 공장 내 또는 사택 구내에 시공하는 배관 용역을 용 사장 회사에 맡길 것을 조건으로 내세웠다. 물론 비용은 포철에서 부담하는 것이다. 이유는 위험 물질이므로 안전 시공이 우선이라며 항포 도시가스가 전문업체임을 주장한 것이다. 실무선에서는 협상이 성사되지 않았다. 용 사장은 담당 중역인 유 상무를 찾았다. 무슨 소리냐며 자기들도 잘 할 수 있다고 한다. 그리고 효자 사택 경우는 기존 공동구에 파이프를 집어넣기만 하면 된다고 우긴다.

그러나 용 사장은 공동구에는 지중선, 전화선 등이 함께 들어가 폭발 시 모두가 파괴된다고 설득을 하였다. 그래도 막무가내였다. 그는 후일 포철 회장이 된 인물이다.

용 사장은 이대로는 안 되겠다고 생각하고 포철 사장을 찾아가기로 하였다. 포철 사장은 반갑게 맞아주었다. 자초지종 이야기를 하니 관계 임원 모두를 불렀다. 이형팔 이사, 이명섭 이사 및 유상부 상무 등을 불러 의견을 물었다.

용 사장은 가스 배관은 위험하므로 안전하게 시공하여야 하고, 자재도 특수 자재를 사용하여야 한다고 역설하였다. 따라서 이 시공은 항포 도시가스가 전문업체이므로 시공을 맡겨줄 것을 간청하였다. 검토해보겠다는 의견을 듣고 용 사장은 사무실을 나섰다.

얼마 후 항포 도시가스는 포철 구내 설비공사에 참여하게 되었다.

9-11. 이익 창출

1994년 회사를 설립한 지 5년 차에 접어들었다. 매출도 신장이 되고 회사 경영도 안정을 찾았다. 드디어 손익분기점을 넘어 이익을 내기 시작하였다. 정말 감개무량하지 않을 수 없었다. 용 사장은 시간의 여유를 찾아 지역 활동에 적극적으로 참여하였다.

1993년 9월, 용 사장은 포항라이온스에 가입하였다. 곧이어 이사 자격으로 일본 후쿠야마 중앙라이온스클럽에 초청되었다. 이때 일본 사람들의 일면을 보게 된다.

그들은 정말 친절하였다. 격식도 예의도 지나칠 정도로 밝았다. 영접 인사를 수없이 하였다. 공항에 영접 나온 사람들도 많고 영접 방식도 특이하였다. 공항에서도 만세 삼창을 하였다. 후쿠오카에서 후쿠야마로 가는 기차에서도 환영 연설을 하고 만세 삼창을 하였다. 그뿐 아니라 기차에서 내려서도 또 하고 밥 먹기 전에도 하고 도대체 환영 행사가 너무 요란하였다. 무슨 의미인지는 모르겠으나 지나치지 않나 싶을 정도였다.

일본말이 능숙하지 않은 용 사장으로서는 고역이었다. 일본말 할 줄 아는 사람이 없다고 사전에 말을 하였다. 그래서 일본 측에서 영어 안내자를 보냈는데 막상 대하니 서툴러 답답하였다. 오히려 용 사장이 서툰 일본말로 통역하는 편이 낳았다. 용 사장이 팔을 벗고 나선 것이 방문 내내 통역을 한다고 애를 먹었다. 시장도 방문하고 상공회의소 회장도 만났다.

공식 일정 외에 용 사장은 기후 지방을 방문할 기회를 가졌다. 기후는 오사카 북쪽에 있으며 칼의 명소다. 일본 쇼군 오다 노부나가가 이곳을 기점으로 천하를 평정한 곳이다. 그는 이곳의 칼과 포르투갈에서 들여온 장총으로 일본을 제패하였다.

그의 '天下武布'라는 휘호가 앞을 막는다. 그는 대포(철포)로, 대포가 없는 즉 무대포인 다게다 가쓰요리를 나가시노 전투에서 패배시켰다. 여기에서 앞뒤 가리지 않는다는 무대포라는 말이 생겼다고 한다. 이곳은 아직도 26대인 후지와라 기네 후사가 명인의 칼을 만들고 있다.

그런데 여기에서도 가마우지로 고기를 잡고 있었다. 중국과 달리 목에 가는 줄을 묶어 여러 마리를 배에 싣고 간다. 이들을 물에 풀어놓으면 이들이 언어鰻魚를 잡아 올리는 것이다. 작은놈은 그들이 먹고 큰놈은 어부가 빼앗는다. 중국보다는 그래도 좀 배려가 있다. 가마우지는 정말 슬픈 삶이다. 용 사장은 생각한다. 나는 무엇인가. 맨손으로 고기를 잡는 것은 마찬가지다. 잡은 고기는 어디로 가는 것일까.

전문경영인 그것이 무엇이란 말인가. 회사를 일으키고 공장을 짓고, 또 짓고, 지었으나 손에 남은 것은 무엇인가. 나의 정력, 지연, 학연, 혈연 등 나의 배경의 모든 대가는 어디서 찾아야 하는 것인가. 잡은 고기는 어부에게 가는 것이다.

큰 소나무 한 그루

토막이 되어 뒹굴고 있다

몸속을 환하게 비추는 구멍

허공이 살고 있었네

평소 늠름하게 자리하며

푸르게 서 있었는데

버혀지고 나니 속내를 보인다

모든 것 겉치레였어

그늘을 주고

둥지도 틀었는데

속은 텅 비었던 거야

속으로 우는 울음은 눈물이 없다는 것

껍데기는 세월의 흔적만 남기지

먹여 살리는 것은 껍데기인데

안은 텅 비어

살아온 그 모습

허탈하기만 하네

    - 송용일 〈허공을 품고 살았어〉

9-12. 포스코 회사명

일본에서 돌아온 지 수개월이 지났다. 오랜만에 지역협의회에 참석하였다. 포항제철에서도 부사장 이형팔이 참석을 하였다. 그가 포철의 현안 문제를 제기하고 협조를 구하는 것이다. 문제인즉 회사명의 변경에 관한 건이었다. 포철은 그간 광양에도 별도의 공장을 또 지었다. 따라서 광양 사람들이 포철의 회사명에 이의를 제기한 것이다. 불만이 고조되어 데모하는가 하면 정부에 진정하는 것이다. 지역감정이 제기되는 문제인지라 정부에서도 비중 있게 다루고 있었다.

또한, 새로 들어선 김영삼 정부에서는 이때다 하고 회사명 변경을 종용하였다. 정부에서는 한국 종합 제철 또는 국민 제철 등의 이름을 거론하고 있었다. 그런데 이렇게 하면 또 다른 문제가 부각되는 것이다. 포항이라는 이름을 빼면 포항사람들이 받아들이겠느냐는 것이다. 따라서 지역협의회에서 이를 논의하고 공론에 붙여달라는 것이다.

회의장이 술렁거리기 시작하였다. 포항이라는 이름을 빼는 것은 절대 불가하다는 것이다. 예상한 바와 다름이 없다는 포철 측의 표정이다. 이때 용 사장에게 아이디어가 떠올랐다. 어떻게 할까. 여기에서 이야기할까. 별도 포철 측과 만나 이야기를 할까 잠시 생각을 하였다. 회의장에서 제시하는 것이니 채택될 경우 모르는 척하지는 않겠지….

순진한 마음의 발로가 생겼다. 광양과 포철을 만족시킬 수 있는 사명이 있었다. 그것은 포스코라는 한글로 사용하는 이름이다. 당시 사람들은 영어 이름인 Pohang Steel Cooperation의 약자인 POSCO에 익숙해 있었다. 따라서 포항사람들은 아무런 변화를 느끼지 못할 것이다. 또한, 광양 쪽에서는 포항이라는 이름이 감추어졌으니, 이의를 제기하지 않을 것이라는 확신이 생겼다. 포철 측으로서는 지금까지의 이미지 변경이 전혀 없다. 게다가 한글로 사명만 바뀌는 것이니, 외국의 각종 인허가 및 특허에 아무런 변화가 야기되지 않는다. 따라서 사명을 변경할 시 발생 되는 비용을 대폭 절감할 수 있다. 일거다득이 아닐 수 없다. 용 사장은 자신만만하게 제안하였다.

일순 회의장이 조용해졌다. 포철 이 부사장의 안색이 순간 달라졌다. 왜 그것을 몰랐는가 하는 자책감이 스쳐 보였다. 감정을 감추고 포철 입장에서 검토하겠다고 얼버무린다. 회의는 다른 안건으로 이어졌다. 회의장을 빠져나오니 모 대학 교수가 아쉬운 듯 말을 건넨다. 왜 그런 이야기를 선뜻 하느냐는 핀잔이다.

이름이라는 것
둥근 것인지 각진 것인지
거추장스러운 것인지 편리한 것인지
사물 따라 느껴지는 생각이 다르다
더욱이 사람이라면
부르기도 전에 생각은 떠올라
틀 속에 갇힌다
그 이름 나에게도 있어 궁금하지만
나는 알지 못한다
어떻게 생긴 모습인지
부르는 사람의 가슴속에
각인된 그 이미지
한평생 이루어 놓은 결실 같은데
알 수가 없다

나의 것이 분명한데

죽어서도 남겨지는

스스로 알지 못하는 나의 이름

    - 송용일 〈이름이라는 것〉

그런 좋은 아이디어는 특허청에 우선 상호등록을 하고 제시를 해야지, 안타깝다는 식으로 말을 한다. 용 사장도 그때서야 특허라는 말을 되새기며 후회를 한다. 순발력은 또 상실감으로 바뀌었다. 그때라도 재빠르게 서울 특허청에 신청하였다면 늦지 않았을 것이다. 그 교수도 특허를 내었는지 넌지시 알아보는 것이었는데, 후일 짐작이 된다.

서울에는 당시 친구 중철이 법무사무소를 하고 있었다. 그는 헌법재판소 심판 국장을 마지막으로 법무사무소를 개소한 것이다. 당시 개소식에는 헌재 소장도 참석한 것을 용 사장은 보았다. 전화 한 통만 하여도 친구가 어련히 알아서 특허 신청을 해줄 것 아닌가. 정말 후회스러운 일이 아닐 수 없다. 회사명 하나 지어주는데 수수료를 말한다면 얼마나 큰 것인가. 개인 이름 하나 작명하는데도 대가가 있다. 더구나 굴지의 회사일 경우는 상상을 초월하는 것일 것이다. 그리고 돈보다도 명예가 따르지 않는가. 포철이 존재하는 한 포철의 사명이 포스코라고 사용되는 한 얼마나 영예스러운가. 후대에까지 자랑거리일 것이다.

후일 친구 중철을 만났다. 그 이야기를 하니 한탄을 한다.

"나에게 전화만 한 통 하지. 내가 알아서 잘해줄 텐데."

모든 것 다 지나간 이야기. 용 사장은 잊기로 하였다. 그 후 가끔 포철이 부사장을 만나면 농담 반 진담 반으로 말을 건넨다. 심지어 목욕탕에서도 발가벗고 만나는 경우도 잊지 말라고 상기시킨다.

"이 부사장, 회사명 사용하면 술 한잔 사시오."

"……."

"알았습니까?"

"……."

이 부사장은 씩 웃기만 하며 묵묵부답이다. 그런데 예상과 달리 포철에서는 사명 변경을 하지 않고 있었다. 수년이 지나도 사명은 예나 다름이 없었다. 용 사장은 괜한 관심을 가졌다고 생각하였다. 5년이 지난 어느 날 용 사장은 캐나다에서 신문을 보고 깜짝 놀랐다. 포철 사명이 바뀐 것이다. 그것도 포스코라는 이름으로 바뀐 것이다. 순간 마음이 착잡하였다. 현실로 다가서니 후회가 충격으로 다가섰다. 친구 성태에게 전화하였다. 자초지종 이야기를 하니 잘 이해가 가지 않는 모양이다. 종전부터 포스코라고 사용하던 말인데 뭐가 바뀐 것이냐는 의문이다. 자세히 설명하니 그때야 이 부사장에게 알아보겠다고 한다. 이 부사장의 답변이 싱겁다. 그것 대수롭지 않다는 듯이 말을 하더라는 것이다.

용 사장도 그 정도에서 체념하기로 하였다. 피차 회사를 그만둔 입장에서 더는 이야기하는 것이 무슨 의미가 있겠는가. 그런데 왜 지금 와서 회사명을 바꾸었을까 생각하니 이런 추론이 선다. 누군가 5년 전에 개인 명의로 특허를 한 것이다. 그런데 포철과 협상이 잘되지 않았던 것 같다. 포철 측에서는 5년이 지난 시점에서 회사명을 채택한 것이다. 왜냐하면, 특허 유효기간이 5년이라는 것을 포철 측에서 염두에 둔 것 같다. 용 사장으로서는 아무튼 평생의 후회로 남았다.

9-13. 화재 사고

1995년 운명의 날이 다가선다. 회사는 순조롭게 운영되고 있는 것 같았다. 마음을 놓고 있을 때 다급한 전화가 들어왔다. 배관 과장의 목소리다.

"사장님 사고가 났습니다."

"무슨 사고야?"

"화재가 나서 사람이 다쳤습니다."

"어디서, 어떻게 된 것이야?"

"공사 현장에서 가스가 누출되었고 불이 났습니다."

"불은 이제 꺼졌고 환자는 병원에 이송이 되었습니다."

"현장에 누가 있나?"

"기술 이사님이 계십니다."

"원인이 무엇인가?"

"매설 파이프 엔드포인트에서 가스가 새었습니다."

"그런데 지나가던 차에 불이 붙었습니다."

"몇 사람이 다쳤나?"

"세 사람입니다."

"화상 정도는 어떤가?"

"잘 모르겠습니다."

"엔드포인트에서 왜 가스가 새었나?"

"마감 처리한 밸브가 열려있었습니다."

"어떻게 그런 일이 발생하나?"

"밸브 스탬이 이상하게 역작동을 하였습니다."

"마지막 지점에 블라인딩을 왜 하지 않았나?"

"곧 작업이 연속될 것이라 생각하여 하지 않은 것 같습니다."

게이트 밸브는 스탬이 올라가 있으면 열려있는 것이고 내려가 있으면 닫혀있는 것이다. 그런데 그 밸브가 공교롭게도 스탬이 내려가면 열리고 올라가면 닫기는 밸브였다. 한마디로 말해서 불량품을 그대로 사용하였던 것이다. 시공자는 밸브 스탬과 관계없이 닫았고, 공사감독은 마무리 점검 시에 스탬이 올라가 있으니 열린 것으로 판단, 스탬이 내려가도록 즉 잠기도록 조치한 것이다. 결과적으로 열어놓은 것이 되어 가스 공급 시 가스가 새어 나온 것이다. 말도 안 되는 이야기이다. 용 사장은 아래 의문점을 지적하지 않을 수 없었다.

1. 자재 검수는 누가 무엇을 점검하였단 말인가. 검수 시 밸브를 작동하면 충분히 역작용하는 것을 알 수가 있다. 게다가 납품회사는 부도가 나 있는 상태란다.

2. 시공자는 왜 알면서 불량 밸브를 사용하였는가. 시공자가 밸브를 조작할 때 역작용한다고 생각하면 즉각 보고를 하여야 하지 않는가. 공사감독자는 도대체 왜 몰랐는가. 왜 마지막 부분에서 블라인드 즉 마감 조치를 즉시 하지 않았는가.

산기슭을 돌아서니
화상을 입은 흔적들이 먹먹하다
고즈넉한 오솔길을 탓하고 싶다
이 길이 아니면 불씨인들 얼쩡거렸을까
봄이 왔다고
고개를 믿었을 새싹들
화마의 쓰나미에 밀려

부동의 숙명 앞에 맞받았으니

뿌리인들 온전할지

화상을 입은 그들이 안쓰럽다

지난날

삶의 터전에서 남겨진 화상

그들의 고통이 다가서니

마음에 남겨진 기억이 쓰리다

그 상처 세 살이 돋지 않았을 터인데

산비탈 화상이 아프다

     - 송용일 〈산불〉

9-14. 사고 수습

결론적으로 말을 한다면 총체적 부실이다. 이런 것은 모두가 내부적 문제다. 용 사장은 이런 내부적 일은 뒤로 미루었다. 해결할 문제는 외부에 있었다.

1. 방송 등 언론기관에 보도를 자제토록 할 것.
2. 경찰, 검찰 등 수사기관에 대하여는 직원에 대한 법적 조치를 최소화할 것.
3. 시청, 도청, 안전공사 등 감독관청의 회사에 대한 행정조치 역시

최소화할 것.

4. 환자 및 가족에 대하여는 치료 및 보상 등에 최선을 다할 것.
5. 모회사 등 투자회사에 대하여는 적절히 보고하고 간접피해가 가지 않도록 할 것.

용 사장은 현장에 달려가고 싶었으나 가 보나 마나 현장은 정리가 되었을 것 같다. 우선 대내외에 대하여 정위치에서 사고를 수습하지 않을 수 없었다. 기술 이사가 현장에 있으니 그 정도는 알아서 대처할 것으로 생각한다. 우선 사장의 정위치를 사무실로 하기로 하였다. 모든 보고와 연락이 여기로 집중되므로 Control Tower를 용이하게 할 수 있기 때문이다. 맨 먼저 모회사에 간략하게 보고를 한다. 모회사 규 사장의 말은 간단명료하다.

"알겠습니다."

"용 사장이 잘 처리하시고, 모회사 이름이 노출되지 않도록 하십시오."

"네. 알겠습니다. 추후 상세히 말씀드리겠습니다."

"그것은 걱정하지 말고 사고 수습을 잘하기 바랍니다."

용 사장은 마음속으로 모회사에 조금도 누를 끼치지 않겠다고 다짐을 한다. 그러나 일면 섭섭한 마음이 드는 것은 웬일일까. 숨도 돌이킬 수 없이 각 신문사 및 방송국에서 벨이 울리기 시작한다. 변명의 여지가 없는 사실이지만 일단 숨을 돌리고 봐야 한다. 우선 사과부터 하고 현재 자초지종을 알아보고 사고 전모를 파악한 뒤 알려 드리겠다고 한다. 관리 이사로 하여금 병원에 가서 환자 상태를 알아보도록 조치한다. 환자 가족들에게는 정중한 사과와 더불어 끝까지 치료하겠다는 것과 모든 책임을 지겠다는 회사의 입장을 말씀드리도록 하였다. 용 사장은 이런 경우 어느 정도 수습되는 정황을 보고 환자 가족을 만나는 것이 좋다고 생각한다. 왜냐하면, 환자

가족들이 매우 흥분된 상태이기 때문이다. 얼굴을 보이면 수습은커녕 오히려 봉변만 당하는 것이다. 이는 오랜 경험에서 오는 일종의 노하우다. 그간 공장에서 사업장에서 얼마나 많은 유사한 사고를 경험하였는가. 인명사고, 기름유출사고, 화재 사고, 유류 부정사고 및 각종 교통사고 등 그 많은 사고를 처리하지 않았던가. 생산과 분배 현장에서 일어날 수 있는 불가피한 사고가 많았다. 용 사장은 기왕 일어난 사고이니 조용히 처리하는 것이 우선이라고 생각한다. 그런 나머지 일차적으로 여론부터 잠재우기로 한다. 방송국은 두 곳이다. 먼저 KBS부터 찾았다. 사전에 연락하였으므로 국장이 자리에 있었다.

"국장님, 물의를 일으켜 죄송합니다."

"일부러 그런 것도 아닌데."

"지금까지 이런 일이 없었는데."

"수습은 잘되고 있습니까?"

"네. 좀 도와주셔야겠습니다."

"알겠습니다."

"어떻게 그런 일이 생겼습니까?"

"자재에 하자가 있었습니다."

"네 그렇습니까."

"아무튼, 환자들에게 신경을 많이 써야겠습니다."

"물론이지요. 최선을 다하겠습니다."

"그럼, 국장님만 믿고 따른 일을 좀 처리하여야겠습니다."

용 사장은 대충 사죄의 말을 하고 다른 방송국으로 달려갔다. 마찬가지로 사죄설 발언이 이어지고 다음 한번 뵙겠다고 언질을 주며 신문사로 향하였다. 신문사는 중앙일간지 지국도 있지만, 지방신문이 더욱더 문제다. 그들을 하나하나 모두 찾아 협조를 구하는 것은 어렵다. 그들도 그 점을 잘 알고 있으므로 협의체 비슷한 조직이 있어 창구를 일원화하고 있다.

다행히 그 구심점에 친구가 있었다. 그 친구는 중학교 동창생이었다. 모든 일을 그 친구에게 입막음을 잘해달라고 부탁을 하였다. 그는 재주가 많아 지방 언론계에서 영향력이 컸다. 따라서 후일 손꼽히는 폐기물업체 홍보이사로 취업할 정도였다. 언론 계통에는 그 정도로 일차 수습을 하고 경찰서로 발길을 돌렸다.

경찰서에는 관련 직원들이 조사받고 있었으며 기술 이사도 자리하고 있었다. 회사 운영이 걱정되므로 배관 과장만 남기고 기술 이사를 회사로 돌려보내었다. 경찰서에는 공사 담당자, 공사감독 및 배관 과장이 조사를 받는 것이다. 이들을 보는 용 사장의 가슴이 아팠다. 사고를 낸 것은 미우나 조사받는 모습은 애잔하기 짝이 없었다. 부모의 마음이 이와 같으리라. 수사과장을 거쳐 경찰서장을 만났다.

"서장님, 잘못해 죄송합니다."

"용 사장, 큰일 날 뻔했습니다."

"정말 죄송합니다."

"그만하기 천만다행입니다. 사람이 죽었으면 어떻게 할 뻔했습니까?"

"네. 정말 큰 일 날 뻔했습니다."

"그러나 안전 문제는 짚고 넘어가야겠습니다."

"소방당국에서도 철저히 대처할 것입니다."

"안전 공사에서도 조치가 있을 것입니다."

"기왕지사 일어난 일이니 직원들에 대하여 선처를 부탁드립니다."

"알겠습니다. 참작하겠습니다."

"앞길이 창창한 젊은이들입니다. 그들의 장래를 생각해서 최대한 선처를 부탁드립니다."

"알겠습니다. 아무튼, 절차는 밟아야 하니까. 피해자들과 잘 합의를 하시기 바랍니다."

　서장의 말은 모든 것이 환자 가족들과의 합의가 우선이라는 것이다. 용 사장은 일단 서장실을 나와 수사과로 발을 돌렸다. 직원들이 아직도 조사를 받는지 대기하고 있었다. 그들은 매우 불안해 보였다. 아마 구속을 면하지 못할 것이며, 앞으로 다가올 형벌에 대하여 나름대로 걱정하는 듯하다. 오로지 믿는 것은 용 사장인 듯 물끄러미 바라보는 모습에 마음이 아프다. 용 사장은 그들을 한 사람씩 손을 잡으며 안심을 시켰다.

　　창가에 둥지 하나 있다
　　보기 드문 긴장된 모습
　　어미는 눈을 똥그랗게 뜨고
　　때때로 먹이를 주며
　　날개로 새끼들을 덮어주니
　　그들은 어미 가슴에 연신 파고든다.
　　먹이 주는 어미
　　파고들 가슴
　　지켜주는 눈
　　따스하게 덮어주는 날개
　　그립고도 그리운 정겨운 모습
　　모성조차 외면당하는
　　오늘의 현실
　　아이들의 몫으로 남는다
　　　－송용일 〈둥지〉

경찰서를 나오니 갑자기 허기가 몰려온다. 그러고 보니 점심을 걸렀다.

목구멍이 포도청이라더니 늦은 점심을 들기로 하였다. 벌써 오후 4시가 아닌가. 입이 바짝 마른다. 가까운 곳에 식당이 마땅치 않아 회사로 발길을 돌렸다. 용 사장은 자기가 할 일을 곰곰이 생각해본다.

9-15. 환자 치료

나의 일은 직원들에 대한 형사적 책임을 최소화하는 것이라고 다짐을 한다. 회사 식당에서 라면 하나로 점심 겸 저녁을 때웠다. 비서와 아주머니에게 덤으로 일을 시키는 것 같아 미안하다. 관리 이사가 그간 여러 가지 진행 상황을 보고한다.

"병원 관계는 어떻게 되고 있어요?"

"가족들의 항의가 대단합니다."

"환자 상태는 어떤가요?"

"모두 얼굴에 화상을 입었습니다."

"2명은 2도 화상이고 1명은 좀 덜한 것 같습니다."

"병원을 좀 더 큰 곳으로 옮기면 어떤가?"

"환자 한 사람이 그 병원 원무과장 부인이라서 그 병원을 고집합니다."

"그래. 그러면 할 수 없지."

"포항에서는 제일 큰 병원이니 잘할 것입니다."

"그건 그렇고 내가 지금 병원에 가고 싶은데."

"안 가는 것이 좋습니다. 가족들이 너무 흥분하고 있습니다."

용 사장은 좀 진정되는 상황을 보기로 하고 병원에 전화를 걸었다. 병원 장도 총무과장도 우연찮게 친구들이다. 원장은 수술 중이라 연결이 되지 않아 신 과장에게 전화를 걸었다.

"신 과장, 우리 환자 상태가 어떤가?"

"정확히 알 수 없으나 화상이 대단해."

"자네 병원 가족이라면서?"

"응, 맞어. 한 사람이 원무과장 부인이지."

"어떻게 하면 좋겠어?"

"좀 경과를 보자."

"자네가 좀 잘 수습해 주게."

"내가 어떻게 하겠나, 시간이 해결해야지."

"자네 병원에서는 치료가 가능한가?"

"그것은 걱정하지 마라. 최선을 다하겠어."

"원무과장 성격이 어떤가?"

"괜찮아 억지 쓰는 사람은 아니야."

"기왕지사 어떻게 하겠나."

"내가 사과를 하고 싶은데 언제쯤 가면 좋을까?"

"글쎄 좀 진정이 되면 기회를 보는 것이 좋겠어."

부득이하게 발생한 사고라 할지라도 미안하고 죄송하기 짝이 없다. 본인은 물론이고 가족들의 마음을 생각하니 무엇에 비하겠는가. 괴롭고 송구한 마음 금할 길 없다. 회사의 책임자로서 그 책임을 통감하지 않을 수 없다. 기왕지사 일어난 일이라 하지만 돈으로 보상을 한다고 하여도, 본인과 가족의 행복을 앗아간 그 책임을 어찌 면할 수 있다는 말인가. 상상만 해도 끔찍한 일이 아닐 수 없다. 완치가 된다고 하더라도 그 얼굴을 본인과 가족들이 어떻게 감내할 수 있다는 말인가. 물론 어떤 방도를 쓰더라도 제 얼굴을 찾아보겠다. 성형수술도 할 수 있는 데까지 할 것이다. 수십 번을 성형하는 일이 있더라도 가급적 본 얼굴에 가까운 모습을 찾아 줄 것이다. 화상을 입은 얼굴로 밥상머리 어떻게 앉을 것인가, 어미로서 아이들을 어떻게 대할 것인가, 외출은 고사하고 남편을 대할 때마다 그 자책감을 얼마나 느낄 것인가.

용 사장은 중학교 시절 병원에 입원한 어머니를 간호한 적이 있었다. 어느 날 옆방에서 지옥의 울음 같은 소리를 들었다. 홀로 사는 노인 한 분이 화상을 입어 들어온 것이다. 밤새도록 늑대가 우는 소리가 새벽이 되어 달과 함께 사라졌다. 나중에 보니 그는 엿 공장에서 엿을 고던 중 화상을 입었다고 한다. 돌보는 가족도 없이 쓸쓸히 생을 마감한 그 소리는 잊을 수가 없다. 하루속히 환자들을 문병하고 싶었다. 그러나 기회를 봐서 병문안도 하고 환자 가족들에게 용서를 구하기로 하자.

그 사이 모회사에서 전화가 왔다. 담당 이사 PS라는 것을 직감하고 목청을 가다듬었다. 진행 상황이 어떠냐고 묻기에 최선을 다하고 있으니 걱정하지 말라고 안심을 시켰다. 감을 잡아보니 무엇인가 꼬투리를 잡고 싶은 눈치다. 이자들이 어느 정도 수습이 되면 뭔가 조치가 있겠구나! 짐작이 왔다.

가마구지 신세를 느낀다. 고기를 잡아도 생색이 나지 않을 뿐 아니라 못 잡으면 폐기 처분하지 않는가. 더구나 어부나 어구에 손상을 입히면 그 대가는 불문가지다. 피곤한 몸을 이끌고 숙소로 돌아가니 아내가 마침 서울에서 내려왔다. 반가운 인사도 제대로 못 하고 밥상에 앉았다. 몹시 피곤하다. 아내는 무슨 일이 있느냐고 묻는다. 화재가 발생하였다고 간단히 말하고 몇 술 뜬 뒤 거실로 들어간다.

텔레비전을 켜니 때맞춰 뉴스가 나온다. 사고에 대한 뉴스가 짤막하게 언급되었다. 다행히 지방 뉴스에서만 언급되니 마음이 놓였다. 소파에 앉아 조금 졸다시피 화면을 보고 있는데 도대체 눈에 들어오지 않는다.

머릿속에는 온통 사고 수습에 관한 일로 가득 찼다. 일찌감치 자리에 누웠다. 그러나 잠이 올 리가 없다. 엎치락뒤치락하니 머리가 깨어질 것 같다. 자는 둥 마는 둥 밤을 지새웠다. 칼칼한 목을 가다듬고 아침밥을 대충먹고 집을 나선다. 오늘은 무엇을 어떻게 하여야 하나 곰곰이 생각한다. 우선 병원에 들러 환자와 환자 가족을 만나야겠다. 그리고 경찰서에 들러 사건이 어떻게 진행되고 있는지 알아봐야겠다고 생각한다. 직원들에 대한 형사 처벌을 가능한 최소화 하여야겠는데 어떻게 하여야 할지 답답하다. 사무실에 들어서니 경찰서에서 연락이 왔다고 한다. 사장을 만났으면 한다고 한다. 책상에 앉기 전에 경찰서로 향하였다. 수사과장이 서장을 좀 만나면 좋겠다고 한다. 서장실로 들어서는 용 사장 얼굴이 약간 굳어있다.

"서장님 찾으셨습니까?"

"네, 앉으시죠. 차나 한잔합시다."

"용 사장, 아무래도 환자 가족과 합의를 보아야겠어요."

"그렇지 않으면 임원진까지 문책하지 않을 수 없네요."

"알겠습니다. 서장님 가능하면 감독 선까지만 좀 부탁합니다."

서장실을 나오는 용 사장은 발걸음이 무겁다. 수사과장에게 잠깐 들러 협조를 부탁하고 유치장으로 갔다. 배관 과장과 눈이 마주쳤다.

"고생이 많구나."

"아니, 저희들 잘못인데요. 사장님 죄송합니다."

"그래 잘 좀 견뎌봐."

"미안합니다."

"최선을 다해 수습할 터이니 걱정하지 마."

"환자들은 좀 어떻습니까?"

"나도 아직 못 가봤어."

"가족들에게 정말 미안하네요."

"지금 가보려고 해. 서장이 가족들과 합의를 하라고 하네."

"사장님 정말 면목이 없습니다."

초췌한 얼굴을 보니 가슴이 먹먹하다. 저들을 어떻게 해야 하나. 어떻게 하든지 간에 가족들과 합의를 하여야겠다고 결심을 한다. 경찰서를 나와 병원으로 발걸음을 옮겼다. 병원에는 관리 이사가 대기하고 있었다.

"언제 왔지요?"

"오전 10시쯤 왔습니다."

"그러고 보니 11시 넘었네."

"환자 가족들을 만나보았는지요?"

"네, 망연자실하고 있습니다."

"신 과장이 있는지."

"네. 조금 전 사무실에 있는 것 같았습니다."

환자를 보기 전에 신 과장 사무실로 우선 발길을 옮겼다.

"신 과장, 나왔어."

"용 사장 왔구먼."

"신경을 써주어 고마워."

"뭐 나야 하는 일이 있나."

"환자 상태는 어떤가?"

"조금 전 담당 의사에게 물어보았는데, 좀 안정이 되었다고 하더군."

"그래 다행이네."

"환자를 좀 봐야겠어."

"그렇게 하게나."

신 과장이 입원실로 안내를 한다. 발걸음이 무겁다. 꼭 죄수 같은 마음으로 뒤를 따른다. 입원실로 들어서기 전 신 과장이 먼저 방문을 열고 누군가 무슨 이야기를 나누는 것 같다. 잠시 후 들어오라는 눈짓을 받고 방을 들어서니 환자들이 한방에 가지런히 누워있다. 모두가 얼굴을 흰 붕대로 쌓아 눈도 보이지 않았다. 주위에는 환자 가족들이 서성거렸다. 무조건 고개를 숙이는 용 사장

"죄송합니다."

"죄송하다면 다입니까?"

"죽을죄를 지었습니다."

"사람이 이 꼴이 되었는데 어떻게 할 것입니까?"

"죄송합니다. 최선을 다하겠습니다."

"남의 가정을 풍비박산을 내어도 유만부득이지, 어떻게 할 것입니까?"

"죄송합니다. 전력을 다해 치료하겠습니다."

가족들은 용 사장 멱살을 잡고 싶은 심정이다. 신 과장도 있고 하니 몹시 자제하는 눈치다. 거듭 용서를 빌고 환자 한 사람씩 가까이 다가선다. 물끄러미 바라보다 뒤로 물러섰다. 정말 가슴이 찢어질 듯 아팠다. 입원실을 나온 용 사장은 숨을 돌이키고 원무과장실로 향한다. 원무과장이 멍하니 하늘을 쳐다보고 있었다. 어색한 인사가 오가니 신 과장이 자리를 피해준다.

"과장님, 죄송합니다."

"……."

"무엇을 어떻게 사죄하여야 할지 모르겠군요."

"지금 저는 아무 이야기도 하고 싶지 않습니다."

"그렇겠지요. 그 마음 잘 이해합니다."

"골치가 아프니 다음에 이야기하기로 하지요."

"그렇게 하시지요."

치료에는 최선을 다하겠다고 거듭 말을 한다. 할 수 있는 데까지 성의를

보이겠다고 진정성을 보이려 애를 쓴다. 침묵만 흐르는 분위기를 감지한 관리 이사가 건의를 한다.

"사장님 다음 또 뵙기로 하고 오늘은 그만 가시지요."

"과장님 정말 죄송합니다. 진정되면 그때 또 뵙겠습니다."

간신히 어색한 인사를 하고 돌아서는 용 사장. 망설이다 병원장실을 찾는다. 마침 원장이 자리에 있다고 한다.

"이 원장 자리에 있었네."

"응 그래 환자를 만나보았어?"

"보기는 하였는데, 어떻게 하여야 할지 모르겠어."

"우리 병원에서 최선을 다해 보겠으니 걱정하지 마."

"물론 그렇겠지만 큰 병원으로 가야 하는 것 아닌가?"

"걱정하지 마. 우리 병원에서도 충분히 치료할 수 있어."

"화상 정도가 어떤가?"

"두 명은 2도 화상이고 한 명은 좀 괜찮아."

"치료가 끝난 후 성형수술을 하면 좀 보기가 괜찮을까?"

"성형이라는 것이 한 번에 만족할 수 없지."

"여러 번 하게 되면 좋아지지 않겠어!"

"아무튼, 잘 부탁하네."

"알겠어. 우리 병원 원무과장 부인인데…."

"그럼 나는 담당 의사를 좀 만나보고 가겠네, 참 점심이나 같이하지."

"뭐 괜찮아 정신 좀 차리고 다음에 하지."

"그럼 그렇게 하세나."

병원장실을 나온 용 사장은 담당 의사를 찾았다.

"선생님, 저희 회사 사장님이십니다."

관리 이사가 소개를 한다.

"안녕하십니까, 수고가 많습니다."

"네⋯."

"저희 환자 상태가 어떻습니까?"

"2도 화상이라 정말 불행 중 다행입니다, 생명에는 관계가 없습니다."

"치료가 잘되겠습니까?"

"감염만 안 된다면 그렇게 어렵지는 않습니다."

"선생님, 잘 부탁합니다."

"그럼요, 원무과장 부인인데 신경을 많이 쓰고 있습니다. 그리고 병원장님과 총무과장님도⋯."

"치료 후 성형수술을 하면 혐오스럽지는 않겠습니까?"

"글쎄요, 얼굴이라서 더구나 코하고 귀가 화상을 많이 입어서."

"성형이 어렵나요?"

"여러 번 해야겠지요, 요즈음 기술이 좋으니까."

"그렇게 보기 싫지는 않을 것입니다."

용 사장은 한숨을 쉬고 마지못해 일어선다. 잘 부탁한다는 말을 여러 번 하고 또 한다.

말을 하지 않는 흔적은 없다

황산을 오르는 어깨걸이 짐꾼들

무게의 훈장이 꿈틀거린다

휴화산 같은 어깨

용암이 흘러내리는 것 같아

삶이 안쓰럽다

산비탈을 오르는 짐의 무게가

한계에 부치는지

종아리마다 경련을 일으킨다
낙타 등처럼 짓눌린 어깨에는
식솔들의 면면이 어려있다
힘이 빠질까 봐 말조차 아끼는데
하소연이 처절하다
짐을 벗게 하소서
주어진 길이라면 거두지 마소서
묵언이 따른다
　　- 송용일 〈짐꾼〉

　다시 찾아뵙겠다고 말을 한 후 총무과장실을 찾는다. 혹시나 신 과장이 있으면 점심을 같이 먹을까 하여서이다. 그는 벌써 구내식당에서 점심을 먹고 있었다. 우선 봉변은 모면하였다는 안도감과 함께 병원을 나서니 바람이 시원하다. 허기가 밀려와 관리 이사와 함께 식당을 찾는다. 육거리에서 죽도시장으로 가는 오른쪽에 있는 허름한 식당이다. 점심시간이 좀 지났나 싶었는데도 사람들이 만원이다. 이 층으로 자리를 옮겼다. 옹색한 공간이지만 엉덩이를 비비고 앉았다. 관리 이사가 굳이 이런 집에 왔느냐는 눈치다.
　"김 이사 이 집이 마음에 안 드나요?"
　"아닙니다. 좀 낡아서요."
　"이 집이 집은 이래도 잘하는 음식이 있어."
　"그래요, 무엇인가요?"
　"가자미 미역국인데 맛이 좋아요."
　"가자미라니요, 그러면 광어인가요?"
　"그래요. 시원하고 좋습니다."

"우리 부산에서도 유명합니다."

"아, 그렇습니까. 속이 불편할 때는 좋습니다."

요즈음 스트레스가 너무 많이 걸려 속풀이를 좀 하고 싶었는데, 마침 잘되었다고 생각하며 관리 이사와 마음속 이야기를 나누어본다.

"김 이사 금반 사건 말이야 어떻게 생각해?"

"……."

"근본적으로 밸브에 문제가 있는 것 아닌가?"

"그렇기도 합니다만 감독만 잘하였으면 미연에 방지할 수도 있지요."

"납품을 받았을 때 검수는 누가 하였는가?"

"물론 저의 쪽 구매담당자가 합니다만 기술적인 문제는 기술부서에 자문을 구합니다."

"납품회사는 어디인가?"

"그 회사 알아보니 문제가 있어 문을 닫았다고 합니다."

"사장은 어떻게 되었어?"

"부도가 나서 잠적을 한 모양입니다."

하지만 구매부서에서 책임을 면할 수는 없는 것이 아닌가. 그렇게라도 추궁하고 싶었다. 그러나 이 마당에 거기까지 문책을 한다면 범위가 너무 넓어진다. 이 부분에서는 더 이상 논의하지 않기로 마음을 먹는다.

문책보다 우선 구치되어 있는 직원들 문제를 빨리 해결하는 것이 급선무다. 머지않아 검찰로 이송될 것 같은 느낌이다. 잠시 후 기다리던 식사가 나왔다. 역시 뼈까지 곰이 되어 달고 시원한 맛이 미역과 더불어 속을 후련하게 해준다. 역시 이 맛이야. 어머니도 자주 끓여주었던 그 맛이다. 어릴 때는 이런 맛도 모르고 먹었다. 이제는 이 맛을 느끼니 돌아가신 어머니 생각이 간절하다. 허기를 면하니 이제는 어떻게 할까 망설이다 사무실로 직행을 한다. 오래 앉아보지 못한 사무실에는 적막감이 돌고 있다.

9-16. 검찰

책상에 놓인 신문에 눈이 간다. 지방신문에 대서특필로 기사가 나왔다. 중앙신문에 나오지 않는 것이 천만다행이다. 지방신문에는 며칠간 연속으로 기사화될 것이라고 예상하고 있던 바이다. 통상적인 업무를 대충 뒤적이고 있는데 기술 이사로부터 전화가 왔다. 경찰서에서 연락이 왔는데 검찰로 송치된다고 한다. 누구누구가 송치되느냐고 물으니 배관 과장, 공사 감독, 공사 기사라고 한다. 용 사장은 경찰서로 급히 달려갔다. 수사과장실도 거치지 않고 서장실로 직행하는 용 사장이 다급하다.

"서장님 검찰로 이송을 한다면서요?"

"그렇습니다. 과장, 감독자와 실무자입니다."

"서장님 감독자 한 사람만 하면 안 되겠습니까?"

"곤란합니다."

"공사를 진행하여야 하는데 배관 과장이 필요합니다."

"글쎄, 그건 잘 알겠습니다만…."

"서장님 부탁합니다. 회사에서 일을 하여야지요."

"그건 검찰에 가서 이야기를 하시지요."

완강하게 말하는 서장을 더 이상 설득할 수 없다는 것을 직감하고 검찰청으로 직행을 한다. 검찰청은 경주에 있다. 검찰청은 대구에 고검 및 지검이 있고 경주에는 지청이 있다. 무작정 가서 지청장을 면담하기가 어려울 것 같아. 친구 상도와 상의하기로 한다. 마침 그가 사무실에 있었다.

"사무실에 있었네."

"웬일인가?"

"혹시, 검찰 지청에 아는 사람 있나?"

"알지. 지청장도 잘 알고."

"그러면 좀 도와주어야겠어."

"화재사고 때문인가?"

"그럼 검찰로 넘어가나 봐."

"내가 선도위원장이지 않나?"

"그래, 그럼 잘되었네."

"전화 한 통 넣어줘."

"그럴 것 있나. 나하고 같이 가세."

그는 직접 지청장에게 전화를 건다.

"지청장님. 저 김 상도입니다."

반가워하는 목소리가 들린다. 좋은 친구다. 주위 사람들에게 인심을 잃지 않아 모두가 호감을 느끼고 있다. 선친이 죽도 시장에서 솥 장사를 하였다. 그가 부친에 이어 사업을 일으켜 막대한 부를 쌓은 것이다. 인간성이 좋아 포철에서도 많이 도와주어 포항에서는 굴지의 철근 대리점이 되었다. 그는 포철뿐만 아니라 마산에 있는 한국철강 하고도 유대가 좋다. 철근이 귀할 때는 마산까지 가서 철근을 구해 납품한다. 그런 관계로 건설업자들 사이에서도 인기가 좋다. 그는 또한 재산을 모아도 돈을 쓸 줄 알았다. 가난한 사람들에게는 동사무소를 통하여 명절 때마다 쌀을 백여 가마니씩 풀었다. 더구나 학자금이 없는 아이들에게는 장학금을 지급하기도 하였다. 심지어 친구들과 어울리면 언제나 그가 주머니를 풀었다. 상도와 지청장은 허물없는 사이 같다.

"다름이 아니고 조금 있다가 뵙고 싶은데요."

"좋습니다."

쾌히 승낙하는 목소리가 들린다. 하는 일을 제쳐놓고 그가 자기 차로 갈 것을 종용한다. 용 사장은 백만대군을 얻은 느낌이다. 경주로 가는 마음이 가볍다. 검찰청에 들어서니 긴장이 되지 않는다. 여느 때 같으면 마음이 매우 무거웠으리라. 오늘은 어려운 일을 앞에 두고 별로 걱정스럽지 않다. 그것은 믿는 구석이 있기 때문이다. 친구 상도는 수위실에 간단히 신분을 밝히고 방명록에 몇 글자 적고는 바로 이 층으로 올라간다. 지청장실로 들어가나 생각하였는데 옆방 부장 검사실에 먼저 들어간다. 잠시 후 나와 지청장실로 들어가면서 같이 들어가자고 하기에 용 사장도 따라 들어간다.

"아유…. 우리 김 회장님이 여기까지 웬일이십니까?"

"청장님 그간 안녕하셨습니까?"

"우리 김 회장님 덕분에 잘 지내고 있습니다."

"소개하겠습니다. 도시가스 용 사장입니다."

용 사장이 조심스럽게 명함을 내밀며 인사를 한다.

"아, 네. 신문에 보았습니다."

"잘 부탁드리겠습니다."

"어쩌다, 그런 사고가 발생하였는지요. 고생이 많겠습니다."

"죄송합니다."

"아직 사건이 이송되지 않아 잘 모르겠습니다만…."

"네 모두가 저의 불찰입니다."

"사장님이 무슨 잘못이 있습니까?"

상도가 거든다.

"청장님 아시다시피 지금까지 제가 부탁 올린 것 하나도 없습니다."

"그럼요, 그래서 김 회장이 좋습니다."

"그런데 요번에는 좀 신세를 져야겠습니다."

"네 알겠습니다, 최선을 다해 보겠습니다."

"자, 그럼. 차나 한잔합시다."

탁자 위에 녹차가 김이 모락모락 나고 있었다. 말없이 차를 마시면서 여담으로 몇 마디 오간다.

"언제 골프 한번 모시겠습니다."

"김 회장에게는 상대가 안 되니 재미가 없지요."

"별말씀하십니다. 청장님이 봐주시니까 그렇지요."

"아니, 실력이 없어서."

"그럼 주말에 부킹을 해 두겠습니다."

"괜찮습니다."

지청장이 용 사장에게 말을 건넨다.

"너무 걱정하지 마십시오."

"네. 고맙습니다."

"나중에 한 번 들리시고 가실 때 부장검사를 한번 만나시지요."

"네. 알겠습니다."

친구 상도와 용 사장은 잠시 후 자리를 일어선다. 사무실을 나오니 부속실에서 비서가 부장 검사실로 용 사장을 안내한다.

"안녕하십니까? 도시가스 사장입니다."

"아 네…, 사고 때문에 오셨군요."

부장검사는 지청장과 달리 대하는 태도가 딱딱하다. 당장 무슨 조사라도 하려는 자세라서 마음이 굳어지는 용 사장,

"진작에 한번 봬야 되는데 죄송합니다."

"……."

묵묵부답으로 쳐다보기만 한다. 순간 쑥스러운 분위기가 오가는데 부장검사가 고압적인 자세로 말을 한다.

"아직 사건이 이송되지 않아 잘 모르겠습니다."

"네, 아무튼 부장님께서 잘 살펴주시면 감사하겠습니다."

"……."

잠시 무거운 침묵이 흘렀다.

"그럼, 다음에 또 뵙겠습니다."

어색한 첫인사를 건네고 사무실을 나서는데 용 사장은 마음이 무겁다. 앞으로 몇 번이나 들락거려야 할지 답답하다. 용 사장과 친구 상도는 천천히 검찰청을 나선다. 포항으로 돌아오는 차 속에서 친구 상도가 말을 건넨다.

> 들숨에서 멎은 듯
> 무겁게 드리운 회색빛 참선을 본다
> 애절한 기원이 있어 울림이 있었던 개울물도
> 두껍게 제 몸 얼려 소리를 낮추었다
> 빙점 아래 목이 쉰 나목들의 골목
> 공중의 집들은 얼기설기 바람 곁 내어주고
> 번지도 색깔도 없어
> 엽서 한 장 날리지도 않는다
> 묵언은 언제나 의문의 부호가 찍혀
> 덕지덕지 몸 갈피 두른 걸음이 부산하다
> 무늬를 내려놓은 겨울 숲
> 왜 알몸으로 있어야 하는지
> 선문답이 오간다
> 날숨이 요란한 이른 봄
> 날으는 산비둘기 보게 되려나
>   ─ 송용일 〈묵언〉

"너무 걱정하지 말아. 잘될 것이다."

"그래. 내일 나 혼자 다시 가야겠어. 내일 이송이 될 것 같아."

"그래. 그것이 좋아. 지청장하고 단판을 지워봐."

"알겠어. 그렇게 해야지."

용 사장은 휴대폰으로 기사에게 자기 차를 친구 사무실에 대기토록 하였다. 도착하니 차가 대기하고 있었다. 회사로 가기 전에 경찰서에 잠깐 들렀다. 내일 검찰청으로 이송이 될 것이라고 한다. 착잡한 마음으로 회사로 차를 돌렸다. 회사에 도착하니 모회사 부사장으로부터 전화가 걸려왔다.

"용 사장. 어떻게 잘 돼갑니까?"

"걱정하지 마세요. 검찰청에 갔다 오는 길인데 잘될 것입니다."

"수고가 많습니다."

"고맙습니다. 신경을 써주셔서."

"그럼, 잘 처리하시기 바랍니다."

"네. 걱정하지 마십시오."

환자를 생각하여도 직원들을 생각하여도 마음이 무겁고 착잡하다. 환자 가족들에게는 미안하지만. 직원들에게는 법적 처벌을 가볍게 받도록 하고 싶다. 무거운 마음으로 퇴근을 하는 용 사장, 어디 가서 소주라도 한잔 걸치고 싶었으나 참았다. 집으로 직행을 하면서 내일은 어떻게 하나 곰곰이 생각해본다. 집에 들어서니 아내가 눈치를 본다. 간단히 세수하고 거실에 돌아와 텔레비전을 켰다. 아내가 저녁을 먹으라고 종용한다. 별로 먹고 싶지도 않지만 몇 술을 떴다. 거실로 돌아가는 용 사장은 또 텔레비전을 켰다. 몸과 마음이 고단하여 자리에 누울까 생각하다가 그래도 뉴스는 보고 자리에 누워야겠다고 생각한다. 지방 뉴스에 혹시 관련 기사가 나오지 않을까 마음을 졸이는데 잠잠하다. 안도의 숨을 돌이키며 소파에 비스듬히 누워 내일을 걱정한다. 텔레비전을 켜놓아도 눈에 들어오는 것은 없다. 정신없이 멍하게 생각에 잠기다 보니 11시가 되었다. 서재로 들어가 자리에 누웠다. 잠이 오지 않는다. 거의 뜬눈으로 밤을 새웠다.

아침 8시 부랴부랴 세수하고 아침은 먹는 둥 마는 둥 집을 나선다. 검찰청으로 직행을 할까 망설이다 사무실로 향하였다. 사무실에 들어서자마자 검찰 지청장실로 면회 신청을 하였다. 예상외로 면담이 허락되었다. 마음을 가다듬고 경주에 있는 검찰 지청으로 차를 몰았다. 검찰청에 들어서니 지청장이 조용히 기다리고 있었다.

"청장님, 어저께는 심려를 많이 끼쳤습니다."

"마침 사건이 이송되어 좀 보았는데."

"회사 책임이 적지 않은 것 같아요."

"잘 알겠습니다. 모두가 제 불찰입니다."

"그래서 임원중 한 사람이 책임을 져야 하지 않을까 싶은데."

"청장님, 그러시면 곤란합니다."

"감독자 선에서 마무리가 되도록 선처를 부탁합니다."

"글쎄, 잘 생각해보겠습니다만 나중에 부장검사와 잘 상의하시지요."

"네, 알겠습니다. 제발 감독자 선에서 사법 처리가 되도록 부탁드립니다."

"아무튼, 부장검사와 상의 바랍니다."

"네. 알겠습니다."

지청장실을 나서는 용 사장의 마음이 착잡하다. 부장 검사실은 들어가기가 정말 마음이 내키지 않았다. 그러나 주어진 일이다. 용 사장이 아니면 누가 해결을 한단 말인가. 사장이란 우산 같은 역할을 하는 자리가 아닌가. 문을 들어서니 부장검사가 자리에 없다고 서기가 말을 한다. 할 수 없이 한쪽 의자에 앉아 잠시 기다리니 부장검사가 들어왔다. 넙죽이 인사를 하고 사무실에 들어서니 공기가 싸늘하다.

"사장님 아무래도 기술 이사를 입건하여야겠습니다."

"아유. 부장님 회사 운영이 곤란합니다. 제발 감독자 선에서 해결토록 하여주십시오."

"그건 곤란한데요."

"정말입니다. 사고가 난 뒤에는 공장을 더욱더 안전하게 운전하여야 합니다. 배려를 좀 해주시기 바랍니다."

"알겠습니다. 생각해보겠습니다."

"그럼, 배관 과장 정도는 구속하여야겠습니다."

"부장님. 배관 과장이 없으면 배관공사를 어떻게 합니까."

"제발 감독자 선에서 마무리를 해주시면 감사하겠습니다."

"좀 그건 곤란한데요."

부탁하고 돌아서는 용 사장의 얼굴에 수심이 가득하다. 회사로 돌아오는 길이 편치 않아 상도 사무실에 들렀다. 마침 그가 자리에 있었다.

"김 회장, 내가 점심 살 터이니 좋은 데 가세."

"아유 웬일이야, 어디 갔다 왔어?"

"지청장 만나고 오는 길이야."

"그럼 되었어. 원하는 바는 잘 말씀드렸나?"

"그럼. 사정하였지."

"아무튼, 밥이나 먹으면서 이야기하세."

"마침, 생대구가 좋은 놈이 들어왔대."

용 사장과 친구 상도는 대구탕 집으로 간다. 상도는 대구 매운탕을 용 사장은 대구지리를 시켰다. 잠시 후 싱싱한 대구탕과 대구지리가 나왔다. 얼큰하게 국물을 마시던 친구 상도가 말을 한다.

"자네 너무 걱정하지 말아."

"그래. 김 회장만 믿는다."

"믿어봐. 내가 명색이 검찰청 선도위원장 아니냐."

"그러고 한 번도 나는 부탁한 사실이 없어."

"그래. 미안하다. 맨날 신세만 지는구면."

"괜찮아. 모처럼 부탁하는 일인데 잘될 것이야."

맛있게 점심을 먹은 후 다방에 들렸다. 단골 다방인지라 벌써 친구들이 이야기꽃을 피우고 있었다. 친구들이 용 사장을 보고 위로의 말을 건넨다. 고마운 말들이다. 마침 병원 신 과장이 와있었다.

"신 과장, 우리 환자들 상태는 어떤가?"

"죽을 고생이지. 치료 잘 받고 있지?"

"아무튼, 신 과장이 신경을 좀 잘 써주게나."

"그거야 여부가 있나."

"가족들은 어떤가?"

"말도 하지 마. 걱정이 태산이야."

"왜 안 그렇겠어."

대충 친구들과 인사를 하고 회사로 돌아오는 길에 경찰서에 들렀다. 사건이 검찰로 이송된 터라 서장과 수사과장에게 검찰청에 다녀온 이야기를 하기 위해서이다. 서장이 너무 심려 말라고 위로의 말을 한다. 심려를 끼쳐 죄송하다는 인사를 남기고 사무실로 돌아왔다. 사무실에 돌아오니 모회사뿐만 아니라 이곳저곳에서 사고에 대한 문의가 빗발친다. 더구나 각 언론기관이 집요하게 물어온다. 이제 용 사장도 지쳐 목이 잠기고 있었다.

9-17. 언론

이런 가운데 방송국에서 연락이 왔다. 포항시민들에게 공개적으로 사과의 말씀을 하는 것이 좋겠다고 한다. 용 사장은 오히려 잘되었다고 생각하며 일정을 잡았다. 그것도 오늘 저녁 생방송으로 하기로 하였다. 저녁 7시 뉴스 시간으로 잡혔다. 사람들이 퇴근하고 주부들이 식사를 준비하는 시간이다. 방송국에서 원하는 시간은 용 사장이 피하고 싶은 시간이다.

용 사장은 관리 이사와 함께 30분 전에 방송국에 도착하였다. 방송국장은 자리에 없고 보도부장이 안내한다. 그의 지시에 따라 사전 준비를 하였다. 기다리는 동안 약간 초조하였다. 마음속으로 하고 싶은 말을 정리하였다. 드디어 스튜디오에 들어서니 아무것도 보이지 않는다. 마이크가 있는 쪽 같기도 한 곳에서, 선 자세로 시작 신호에 따라 정신없이 말을 하였다.

"안녕하십니까. 저는 항포 도시가스 사장입니다. 금반에 뜻하지 않는 사고를 일으켜 죄송합니다. 사장으로서 책임을 통감하며 사후 유사한 일이 없도록 최선을 다할 것입니다. 금반 사고로 인해 피해를 입은 환자와 그 가족들에게 심심한 사과를 드리며 또한 철저한 치료와 충분한 보상을 할 것을 다짐합니다. 동시에 시민 여러분들에게도 심려를 끼쳐 송구스럽다는 말씀을 드립니다.

저는 포항 나루 끝에서 유아 시절을 보내고 측후소가 있는 희망봉 밑에서 학창 시절을 보내었습니다. 예기치 않게 저에게 포항에 도시가스를 공급하라는 기회가 주어져 저는 얼마나 마음이 기뻤는지 모릅니다. 저는 일제강점기 목탄 트럭이 소티재 언덕배기를 오를 때 뒤에서 밀기도 하였으며, 화목이 없어 측후소 산 사방공사 때 심은 나무를 뽑아다 땔감으로 쓰던 일을 기억하며 추운 겨울 구공탄 불이 꺼져 냉기를 겪었던 시절을 알고 있습니다.

　무릇 삶이란 불을 어떻게 쉽게 얻을 수 있는가가 행복한 생활을 가늠한다고 생각합니다. 드디어 최상의 연료를 공급할 수 있다는 자긍심을 가지고 포항에 공장을 세워 안전성 있는 가스를 공급하게 되었습니다. 저는 제가 자란 이 고장에 연료 혁명을 가지고 온 것에 자긍심을 느낍니다. 그러나 불행하게도 이번에 불상사가 발생하여 송구하기 짝이 없습니다.

　포항시민 여러분, 제가 여러분의 도움으로 도시가스 공장을 세운 것에 대하여 감사하게 생각하며 금반과 같은 불상사에 대하여 넓으신 아량으로 용서하여주시면 저희 회사가 시작은 미약하나 장대하게 발전하는 회사가 되도록 노력하겠습니다. 감사합니다."

　두서없이 말을 하고 나니 관리 이사가 하는 말이

　"사장님 숨도 안 쉬고 말을 하시네요."

　"실수한 것 없는가요?"

　"잘하셨습니다."

　"그럼, 갑시다."

　스튜디오를 나오니 보도부장이 차나 한잔하란다. 용 사장은 고맙다고 말하고 저녁이나 먹자고 하였다. 보도부장이 동의하여 잠시 후 방송국장과 더불어 육거리에 있는 일식집을 찾았다.

　"국장님, 여러 가지 심려를 끼쳐 미안합니다."

　"아니, 별말씀하십니다."

　"제가 시민에게 말할 기회를 주셔서 감사합니다."

　"저희가 도와줄 일이 별것 있습니까."

　용 사장이 변명할 기회를 가진 것은 오히려 다행이다. 그들이 생방송 기회를 준 것은 용 사장을 위한 것은 아니지만 용 사장은 기회로 이용하였다. 이제 저들이 생색을 내고 있는 것이다.

"앞으로 종종 신세를 지겠습니다."

"포항시민들이 관심이 많아서 한 프로 넣었습니다."

"매스컴을 타서 이제 유명인사가 되었습니다."

"아하! 이제 저명인사가 되었으니 장래가 촉망되겠습니다."

"별말씀을 다 하십니다."

언중유골이라더니 뼈 있는 말들이 오갔다. 사실 맛없는 밥을 먹고 나니 속이 거북하다. 이런저런 이야기를 대충하며 자리에서 일어섰다. 답답한 시간이 오갔다.

> 왔던 곳도 가야 할 곳도 누군들 알 까마는
> 너의 전생은 내가 안다
> 한 세상 휘저었던 대양의 자유가 아닌가
> 코다리로 젖은 몸 말리며
> 노가리로 선술집 드나들었지만
> 물기를 털면서 名退가 되더니
> 그로서 명태는 생을 다한 거야
> 태어날 때부터 고난을 겪은 북어
> 숨 한번 제대로 쉰 적 있었던가
> 삭풍으로 배를 채우며 울며불며
> 세상 어딘가 비비적거렸지
> 얼다 마르다 역경을 거듭하기 수십 번
> 비로소 이름하여 황태라 하니
> 다시 태어난 현자를 생각한다
>   송용일 〈북어 너의 전생은 내가 알지〉

간단히 작별 인사를 하고 용 사장은 친구들이 자주 만나는 다방으로 갔다. 자리에는 오늘따라 아무도 보이지 않는다. 용 사장은 늦은 시간이지만 회사에 잠깐 들렀다. 이미 모두 퇴근하고 없었다. 경비대장이 서성거리고 있어 현 상황을 물었다. 별일 없다고 한다. 책상 위 간단한 서류 정리를 하고 용 사장도 퇴근한다. 집으로 가는 길에 병원에 잠깐 들를까 하다 바로 집으로 향한다.

9-18. 형사책임

선잠을 깬 아침이다. 오늘은 어떻게 하지 궁리를 한다. 아무래도 검찰청에 들여 마무리하여야겠다고 생각한다. 아침을 대충 먹고 집을 나섰다. 회사에 출근하니 분위기가 어수선하다. 관리 이사와 기술 이사와 함께 차를 한잔하는데 서로 말이 없다. 기술 이사가 검찰에 이송된 직원에 대하여 궁금한지 진행 상황을 묻는다.

"사장님, 검찰에서 어떻게 할 것 같습니까?"

"기술 이사까지 책임 문제를 거론하는데 한사코 말렸어요."

"그러면 어느 선까지 사법처리가 될 것 같은가요?"

"감독자 선에서 마무리하도록 간청하고 있어요."

"백 과장은 괜찮은가요?"

"백 과장은 공사 관계 때문에 곤란하다고 말했어요."

"감독과 담당자 정도면 괜찮겠는데요"

"알았어요. 최선을 다해야지요"

임원들과 대충 업무 이야기를 나누다 보니 9시 반이 되었다. 지금쯤 출발하면 경주에 10시 좀 지나 도착할 것이다. 그때 지청장을 만나면 되겠다고 생각하고 사무실을 나선다. 어깨가 무겁고 발걸음이 잘 떨어지지 않는다. 10시 20분경 검찰청에 들어서니 지청장이 기다리고 있었다. 포항에서 출발하기 전 방문 일정이 잡힌 탓이다.

"청장님 또 뵙습니다."

"네, 오셨군요."

"이제 송치도 되었으니 어찌 되는지요"

"알았어요. 부장검사와 상의하였는데, 두 사람 정도는 구속하여야겠어요."

"그럼, 누구누구인가요?"

"감독자하고 담당자 정도로 하기로 하였습니다."

"감사합니다."

"그렇게 알고 기다리십시오."

"네. 알았습니다. 그렇게 되면 조업에 큰 지장은 없겠습니다."

용 사장은 마음이 좀 가벼워졌다. 감사히 인사를 하고 사무실을 나온 후 부장 검사실에 들렀다.

"부장님 감사합니다."

"청장님의 많은 배려가 있었습니다."

"잘 알겠습니다."

후일 다시 찾아뵙겠다는 인사를 한다. 가벼운 마음으로 검찰청을 나서니 하늘이 맑아 보인다. 회사에 도착하자 임원들에게 결과를 이야기하였다. 모두가 안심하는 분위기이다. 그러나 감독자나 담당자에게도 가벼운 처벌이 있기를 바라는 마음이다. 회사 구내식당에서 오래간만에 직원들과 함께 식사하였다. 수습이 좀 되어가는 기분이다. 이제 병원 문제만 잘 해결되면 되겠다고 생각한다.

목이 잠겨 말하기가 거북하다. 직원들의 사기도 올릴 겸 간부들과 식사를 같이 하기로 한다. 오래간만에 바다가 보이는 횟집에 모였다. 널따란 바다가 펼쳐져 있으니 속이 시원하다. 간부 한 사람이 위로한다.

"사장님, 이번 사고로 고생이 많았습니다."

"아니지요. 여러분이 심려가 컸습니다."

용 사장이 말을 계속 이어간다.

"금반 사법 처리는 가능한 최소화하도록 노력하였습니다."

"전에도 유사한 사고를 많이 겪었습니다."

"그러나 그것은 대개 피해자가 우리 직원이었습니다."

"팔다리 잃은 직원도 있고, 머리가 유조차에 끼여 사망한 사람도 있고, 용접하다가 불에 타 죽은 사람도 있었습니다."

"그뿐 아니라 기름유출사고, 화재 사고 등 많은 사고를 겪었습니다."

"최고 책임자로서는 이번이 처음입니다."

"그러나 일을 하다 보면 있을 수 있는 일입니다."

"안전사고는 순간의 방심에서 일어납니다."

"정말 주의들 하시고 심기일전하여 더욱더 안전한 작업을 하도록 합시다."

모두가 아는 일장 잔소리를 하고 나니 마음이 편치 못하나 불가피한 일이다. 다들 기죽지 말라고 하는 소리인데 오히려 주눅이 들지나 않을까 염려가 된다.

나는 껍데기

자신을 위해 살고 싶어라

님 따라 살고 님 따라 죽는 님 바라기로 사는 삶
님을 감당할 수 없어 속살이라도 보이게 되면
나의 탓이라 자책하였네
님이 떠나고 나면 나 또한 떠나야지 하면서도
어느 뉘 지붕 위라도 올라 비바람 막아주고 싶은
또 다른 바람이 있으니
님이 남이고 남이 님이라는 것
남을 위해 사는 길도 나의 삶이라는 것
깨닫고 보니 세월이네

　　―송용일 〈굴피〉

3장

휴지의 유골

10. 전출

직원들과 저녁 회식을 하고 집에 돌아오니 모회사로부터 집으로 전화가 왔다. 모회사 부사장의 목소리다. 목이 잠겨 겨우 통화를 하는데

"용 사장. 일이 어떻게 진척이 되어 가고 있소."

"잘되어가고 있어요. 거의 마무리 단계입니다."

"그러면 이제 용 사장 포항을 벗어나는 것이 좋지 않겠소."

"무슨 말인지요."

"청주 이사장이 그만두는데 차제에 청주로 옮기시면 좋겠습니다."

"그래요. 꼭 그렇게 해야 한다면 할 수 없지요."

순간 맥이 풀리는 느낌이다. 직접 설립한 회사에서 정년까지 함께하고 싶었는데 예상치도 않는 일이 벌어졌다. 오비이락이라고 하더니 이런 일이 일어나고 전출이 된다니, 책임을 지고 물러나는 것 같기도 하고 일면 무거운 짐을 더는 것 같아 홀가분하기도 하다. 아내가 옆에 있어 부득이 이야기하지 않을 수 없다. 어차피 알아야 할 일인데 통화내용을 짐작하는 듯한 아내의 얼굴을 바라보며 오히려 잘되었다는 듯이 말을 건넨다.

"여보, 나 포항을 떠나야겠어."

"왜, 그래요"

"청주의 이사장이 그만두나 봐."

"오히려 잘되었네요."

"청주로 가면 서울이 가까워서 당신은 좋겠어."

"여보, 이상하지. 점쟁이 말을 믿을 수 없지만 얼마 전 기회가 있어 가보았어."

"그 보살이 하는 말이 곧 전근 가게 될 것이라 하며 지금은 좋지 않다고

하던데."

"왜 그래. 글쎄 몸에 이상이 온다나 그러던데…."

"별소리 다 하는구먼."

11. 질병

그 소리를 듣고 나니 요즘 뭔가 몸에 이상이 있는 것 같다. 가끔 사타구니 사이 회음부가 쿡쿡 찌르는 느낌이다. 사무실 의자가 크고 무거워서 그런가 보다 생각하였다. 사장이라고 책상과 의자는 왜 그렇게 큰 것을 놓았는지, 불편하기 짝이 없어 보통 평의자를 평소 사용하하였다.

좀 긴 문서를 직접 작성할 때나 보고서를 볼 경우는 오래 앉아있어야 하는데, 그놈의 무거운 의자의 가장자리가 언제나 회음부를 압박하였다. 그것을 미련스럽게 견디며 일을 끝내고 하였다. 피가 잘 순환되지 않아 그렇다고 혼자 생각했었다.

그러나 걱정되어 비뇨기과 병원에 들렀다. 항문을 손가락으로 촉진을 하더니 별 이상이 없다고 하여 지금껏 참아왔다. 이것이 생명을 위협하게 될 줄은 정말 몰랐다.

12. 부임

전근 날짜를 한 달쯤 남겨두고 있는 이때 모회사에서 후임자를 보내겠다고 한다. 우선 부사장으로 앉혀 업무인계를 서서히 시켜달라는 것이다. 별 이의 없이 그 조치를 수긍하였다. 업무수행에 차질이 생길 것이라고 예상하지 못하였다. 왜냐하면, 직원들에게는 다른 지침이 가끔 하달되기 때문이다.

용 사장은 가능한 그의 의사를 존중하도록 하였다. 어차피 다음 대표이사 자리를 인계받기 위하여 온 사람이다. 그의 의사를 따라 주는 것이 좋다고 생각하였다. 그러던 중 업무수행의 불편함이 전달되었는지 모회사에서 후임자를 일단 철수시킬까 하고 묻는다. 그러나 용 사장은 그대로 현상 유지하는 것이 업무 파악에 용이하다고 생각하여 그대로 두라고 한다.

어느덧 한 달이 지나 용 사장은 청주로 이사를 하게 되었다. 우선 혼자 부임을 하고 여관에서 기식하며 업무 인수받았다. 우선 급한 것이 사택을 얻는 것이다.

마침 신축 아파트가 있어 거처를 정하고 이사 날짜를 잡았다. 힘들었다면 힘들었고 보람이라면 보람이라는 포항을 떠나니 감회가 새삼스러웠다. 이곳에서 생을 다하겠다고 생각하였는데 이렇게 떠나다니, 남들은 속도 모르고 말이 많다. 영전이라고 생각하는 사람은 사고가 난 사람을 서울 가까운 회사로 전근을 시킨다고 수군거렸다.

한편 지역유지들은 모회사에 이야기해서 발령을 취소하도록 진정을 하자고 하는 사람도 있었다. 그런저런 이야기들을 뒤로하고 용 사장은 청주로 이사를 하였다. 이삿짐을 내려놓으려는데 마침 집 열쇠가 없어 아내가 한숨을 쉰다. 용 사장이 열쇠를 여관에 두고 온 것이다.

"당신, 왜 그러냐고 하니?"

"내가 먼저 집에 들어가 할 일이 있는데….."

"무슨 일인데?"

"……."

용 사장이 물어도 묵묵부답이다. 용 사장은 여관으로 가서 열쇠를 가지고 오니 벌써 이삿짐 일부가 집 문 앞에 기다리고 있다. 아내가 잠시 보이지 않아 용 사장이 문을 여니 인부들이 짐을 일부 집안으로 들였다. 어디서 뒤늦게 나타난 아내의 얼굴이 사색이다. 왜 그러냐고 다잡아 물으니 나중에 말하겠다고 한다.

어수선한 가운데 이삿짐을 모두 정리하였다. 피곤한 밤을 어떻게 보내었는지 깨고 나니 아침이다. 서둘러서 용 사장은 출근하였다. 직전 사장은 당분간 고문으로 위촉되었다. 용 사장의 일과는 시작되었다. 용 사장은 사고를 당한 뒤 업무의 중점은 안전에 두었다. 하나에서 열까지 안전을 중심으로 일이 수행되었다.

며칠이 지나 용 사장이 아내에게 묻는다.

"당신 왜 그렇게 이사 오는 날 기분이 좋지 않았지?"

"실은, 전에 보살이 액땜하는 부적을 말하였는데 그것을 못 하였어."

"별소리 다 하는구먼. 도대체 그 부적이 뭐야."

"이삿짐을 집에 들이기 전에 먼저 부적을 행하라 하였는데 이삿짐이 먼저 들어왔어요."

"부적을 하면 어떻게 되는데?"

"큰 병을 사전에 막을 수가 있데요."

"병은 무슨 병이야? 건강한데. 흰소리 그만하지."

"여보 아무래도 운명은 피할 수 없나 봐. 일이 왜 그렇게 꼬이지."

"아하! 시원찮은 소리 그만하자고."

용 사장은 아내의 말을 일축하고 일상 업무에 집중한다. 주청 도시가스 회사의 일은 너무나 안이하고 단순해 보였다. 이미 정상 조업을 하고 있어 걱정할 일이 없었다. 용 사장은 자신도 영전인지 좌천인지 갈피가 서지 않았다. 급여명세가 통보된 후 알게 되었다. 해마다 급여를 인상할 시기에 용 사장은 급여변동이 없었다. 그는 사고의 대가를 받았다고 생각한다. 좌천의 일환인 것이다.

13. 좌절

주청 도시가스로 전입해온 지도 2년, 처음 다녀온 해외 출장은 어색하다. 일이 삶의 전부인 그는 언제나 회사에서 멀어지면 불안하다. 용 사장의 집은 회사에서 20분 거리에 있는 5층 규모의 아파트다. 엘리베이터에서 내리니 문밖에는 차가 벌써부터 대기하고 있다. 검은색 자동차가 빤작거리며 용 사장을 맞이한다.

"사장님, 잘 갔다 오셨습니까?"

"응, 별일 없었나?"

운전사가 공손히 인사를 한다. 충청도 사람의 전형적인 억양이 다정하다. 형식적인 인사지만 반가움이 담겨있다.

"요즈음 회사가 매우 뒤숭숭한 것 같습니다."

"왜 그래?"

"은행이 부도가 난다고 야단인 것 같아요."

차가 미끄러지듯 언덕길을 넘었다. IMF를 맞은 지 벌써 5개월이 지났다. 세월은 아랑곳없이 잘도 흐른다. 화창한 5월의 하늘 아래 낯익은 건물들이 스치며 차창에 일렁이는데 오늘따라 느낌이 이상하다. 대학 건물 옆 넓은 공지에는 개발이 한창인데 공사 진척이 주춤거리는 듯 썰렁하다.

반듯하게 구획이 잘되어있으나 점점이 보이는 공터에는 잡초가 무성해 개발에 진통을 앓고 있음을 알 수 있다. 머지않아 서울 신촌 대학가 못지않은 변화가 생길 것만 같다. 여유가 있으면 한 필지쯤 사두는 것이 좋다고 생각한다. 인근에는 대학교가 있고 대학병원도 있으니 말이다. 높다란 건물이 몇 개가 시공되고 있는데 보아하니 학생들을 상대로 하는 원룸아파트 같다. 벌집 같지만, 경제성이 있는 것 같다.

저런 빌딩을 가지고 있으면 노후가 괜찮을 것 같은데 집사람이 별로 관심을 보이지 않으니 괜한 생각을 하는 것 같다. 그녀는 마음이 전부 이민에 쏠려 있다. 그녀 아버지는 브라질 이민을 하려고 마음먹었었다.

터전을 움켜쥐고
뿌리를 놓지 않는 한 그루 나무
이식을 하려고 밑동을 들어 올리니
저항이 거칠다
벌렁 드러눕는
반항의 원천에 상처가 많다
터전에 대한 집착일까
적응에 대한 두려움일까
불문곡직 옮겼더니
몸살을 하는지 시들시들하다
부엽토를 한 자루 넣고

물을 가득 주면서 달래 본다
정들면 고향이니
마음 붙이고 살라고
　　　- 송용일 〈이주〉

　그런데 집안에 변고가 생겨 그만두었단다. 그래서 미련을 버리지 못하고 있다. 그녀 아버지는 평생 공직에서 일하였다. 세무공무원으로서 각 지역에서 세무서장을 하였다. 매우 청렴하고 부지런하여 4·19와 같은 국가 변혁기에도 유일하게 살아남았다.

　평소 밭일을 좋아해 퇴근 후에는 텃밭을 가꾸는 것이 그의 일과였다. 퇴비는 항상 인분을 많이 사용하였는데 위생상 그는 인분을 끓여 사용하였다. 농사에 대한 자기만의 철학이 있었다. 퇴직 후에도 미련이 있어 본격적으로 농사를 지었다. 대구 반야월 부근에 땅을 3천 평이나 확보했었다.

　감히 다른 사람들이 생각지도 않는 파인애플 농장을 시작하였으니, 이민에 대한 그의 열정을 짐작할 수 있다. 혼자 힘으로 농사를 지을 수야 있을까마는 동생이 마침 기식을 같이하고 있는 때라 가능하였다.

　친인척에 대한 정이 남달라 부모를 일찍 잃은 탓으로 넷이나 되는 동생들을 전부 성가 시켰다. 심지어 그들의 자녀들까지 돌보았다. 심지어 장모뿐 아니라 처제, 처남들까지 함께 살았으니 후덕한 삶의 일면을 들여다볼 수 있다. 아내에게 핑계가 또 하나 생겼다. 아니 핑계라기보다 강력한 주장이었다. 큰아들이 알레르기 체질 비염으로 오랫동안 고생을 하고 있었으니, 고교 3학년 때 발병하여 공부하는데 애로가 많아 그것이 걱정이다. 아침에 공부방에 가면 코를 푼 휴지가 쓰레기통에 가득하였다. 기억력은 고사하고 그 고통을 짐작하고 남음이 있었다. 자식의 고통을 대신하고 싫은 것이 부모의 심정임은 틀림이 없다. 할 수 없이 대학 1학년 때 미국 시애틀로 유학을 보내었다. 무슨 연고가 있어서가 아니고 습도가 높아 알레르기 환자들에게 좋은 장소이기 때문이다. 정말 기적같이 비염이 완화되고 피부에 부스럼도 호전되었다. 그러니 그녀는 무조건 이민 가야 한다고 고집을 굽히지 않는다.

이런저런 생각을 하는 중 어느덧 차가 공단으로 들어선다. 용 사장 회사는 공단 내 사통 팔 통으로 도로가 잘 나 있는 북쪽 구석에 있다. 그런데 웬일인지 자동차 통행이 한산하다. 오래간만에 오니 그러려니 하는데 어느덧 차가 정문을 들어선다.

정문 경비원이 허겁지겁 거수경례한다. 경비실에는 경비대장과 교대근무 경비원이 근무하고 있다. 금년 50세를 갓 넘은 듯 보이는 경비대장이 성큼 다가선다. 교대 경비원이 뒤따라 도열 하니 용 사장은 차 문을 열고 밖을 나가 별일 없었느냐고 인사를 한다. 헛인사겠지만 역 부러 내려서 악수를 하고 본관 사무실에 들어선다.

용 사장 앞으로 경리부장이 허겁지겁 다가선다. 경리부장은 사려 깊고 고향이 강원도 출신이라 살가워 대인관계가 부드럽다. 회사 살림을 할 뿐 아니라 사장이나 임원들의 사적인 일도 잘 도와주었다. 따라서 직급은 부장이지만 임원들과 잘 통했다. 임원들과 골프를 치러갈 때도 꼭 동행한다.

그 전 사장부터 내려온 관례이므로 그대로 답습하고 있다. 이 회사에 처음 부임했을 때 부장이 동행하기에 좀 언짢았다. 이 회사에서는 으레 그래 왔나 보다 하고 관망하였다. 알고 보니 그가 뒤치다꺼리하고 있기 때문이었다. 인사도 없이 침통한 표정으로 다가서는 경리부장, 허둥지둥 하는 태도가 평소 같지 않은 모습에 용 사장도 순간 긴장을 한다.

"사장님, 은행들이 문을 닫고 있습니다."

"뭐, 은행이 문을 닫다니? 무슨 이야기야?"

도대체 이해가 가지 않는다. 오늘날까지 상상도 해보지 않았다. 한 푼 두 푼 돈을 모아도 모두 은행에 돈을 맡기는데 은행이 망하다니, 그러면 맡겨둔 돈은 어떻게 된다는 말인가.

"주거래 은행인 국민은행은 건재하답니다."

"정말 다행이네."

순간 서울신탁 은행은 어떤가 하고 묻는다.

"동결된 예금이 많다고 합니다."

순간 얼굴이 일그러지는 용 사장, 사장실로 직행을 한다. 회사 일보다 개인 일에 신경을 곤두세울 수밖에 없었다. 내색은 하지 않지만, 용 사장이 좀 계면쩍어하는 사이 경리부장이 선뜻 눈치를 챈다. 바쁠 때 그에게 개인 월부금을 대신 납부토록 하였기 때문이다.

사장실은 2층에 있다. 단숨에 오르다 보니 숨이 헐떡거린다. 2층에는 복도 좌우편으로 중역실이 있고 비서실, 회의실이 있다. 예나 다름없이 질서 정연하고 깨끗하며 조명도 밝다. 비서가 반갑게 인사를 하며 맞이한다. 인사를 받는 둥 마는 둥 비서실을 지나 사무실에 들어간다. 전무 상무들이 기다렸다는 듯이 다가서며 인사를 한다.

"잘 갔다 오셨습니까?"

"네."

"안 계시는 사이 세상이 많이 달아졌습니다."

"……."

"무엇보다 금융계통이 말이 아니네요."

"글쎄, 말입니다."

관리 상무는 나이가 좀 많은 탓인지 평소 좀 여유로운 사람인데 오늘따라 얼굴이 심각하다.

"세상이 어쩌려고 그러는지 모르겠군요."

관리 상무 말이 떨어지기 전에 용 사장이 자리에 일어선다.

"미안하지만 제가 지금 좀 바쁜 일이 있어서 어디 좀 다녀오겠습니다."

평소 같으면 커피라도 한잔하며 출장 갔던 일도 대충 이야기할 텐데 용 사장은 간단히 인사를 하고 비서실에 자동차를 대기시키라고 지시한다. 차를 대기시켰다는 연락이 없어 복도로 나서는 용 사장,

"왜 이렇게 늦어?"

비서가 전화로 확인을 하는 모습이 보인다.

"잠깐 화장실에 간 것 같습니다."

참다못해 현관으로 내려서니 차가 달려온다.

"신탁은행으로 가지."

"죄송합니다."

운전기사는 말이 떨어지기 무섭게 신탁은행 지점으로 차를 몬다. 갑자기 5월의 하늘이 우중충해지는 듯하다. 좌우를 쳐다보니 공장들이 즐비하다. 옹기종기한 공장들이 아프다고 소리치는 것 같다. 머지않아 모두가 문을 닫게 되지 않을까 걱정스럽다. 벌써 여러 공장 들은 한산하다. 개미 한 마리도 다니지 않으니 냉기가 감지된다.

부피를 더할 때 보람차다

통뼈를 보고서야 느꼈습니다

신진대사가 설법하는 좌선의 결과입니다

구세주같이 데뷔도 하지만

살결이 뜯길 때마다 고통은 여생 앞에 섭니다

순백으로 태어났어도 오물을 뒤집어쓰고

수장을 당해야 하니

물이 된다는 것은 보이지 않는 것

무로 회귀하는 것

흙이 되더라도 시신이 남는다는 것은

더 높은 존재입니다

소진하는 빈도는 원천에 다가서는 것

시간은 이를 재촉할 뿐입니다

가진 것 소진하고 나면 남는 것 통뼈 하나

두루마리 휴지의 유골입니다

     - 송용일 〈휴지의 유골〉

저 공장에 도시가스를 공급하고자 얼마나 쫓아다녔던가. 도시가스를 사용하기 전에는 대개 방카시 나 중유를 사용하였다. 경제성 검토를 해서 그들에게 연간 얼마만큼 에너지 원가 절약이 되는가를 설명해 주었다. 에너지는 그들에게 제품의 원가를 결정하는 중요한 요소다. 또한, 제품의 질도 향상한다. 경제성이 입증되어 회사에 크게 이바지한다고 생각하여도, 혹시 제품의 질이나 공정처리에 문제가 야기되지 않을까 고심을 하였다.

그 때문에 기존 시스템을 바꾸지 않으려 한다. 어떤 공장에서는 바꾸고 싶어도 초기 투자가 부담되어 결정하지 못한다. 시설 변경에는 많은 초기 투자가 소요될 뿐 아니라 기간도 오래 걸린다. 따라서 시설 변경에 따른 제품 생산량 및 재고량 조절도 필요하다.

이경우 용 사장 자신이 경영진을 설득하고 이해를 구해 정책 결정을 한다. 실무자 나 간부들은 잘못되었을 경우 돌아올 책임을 걱정한다. 공연히 위험을 무릅쓰고 감행하지 않는다. 즉 무난하게 해오던 방식에 안주하려 하기 때문이다. 이경우 경영층과 담판을 짓는 것이 첩경이다.

조바심이 나는 가운데 은행에 도착하니 걱정을 숨길 수 없다. 운전기사도 표정이 어둡다. 평소 10분 정도 걸리는 길이 한 시간 정도 걸린 느낌이다.

신탁은행은 삼거리를 끼고 번화한 거리에 있어 주차장도 협소하고 건물도 낡았다. 그래도 회전문이 있어 정문은 묵직하다. 무게를 느끼며 문을 열고 사무실로 들어서니 객장이 어수선하기 짝이 없다.

객장에 들어서니 좌우로 고객용 의자가 있고 가운데는 통로가 열려있다. 좌우 양 끝에는 고객들이 각종 서식을 쓸 수 있는 허리 높이의 테이블도 놓여있다. 보안원 겸 안내원이 고객을 안내한다.

평소 같으면 은행원 두 명 정도는 서서 어깨에 띠를 두르고 홍보도 하고 고객의 질문에 응하기도 하였다. 오늘은 모두가 어디서 무엇을 어떻게 하여야 하는지 갈팡질팡이다. 평소에는 지점장이나 차장이 안으로 안내를 해서 용무를 보았다. 그러나 오늘은 직접 지점장실로 직행한다. 지점장실은 직원 사무실을 지나 뒤편 안쪽에 있다.

사무실을 지나는 사이 탄식하는 소리, 고함치는 소리가 소란하다. 답을 하느라 절절매는 직원들 역시 난장판 같은 분위기다. 안내도 받지 않고 지점장실로 들어서니 지점장이 놀란 듯 맞이한다. 구석진 자리에는 큼직한 책상이 놓여있고 책상 위에는 자그마한 수석도 몇 점 있다. 새를 닮은 문양석들이다. 벽 쪽에는 책장이 덩그렇게 놓여있고 해묵은 책들이 먼지가 앉아있다. 책장 위에는 무슨 상장인지 트로피도 몇 개 있는 듯하다.

신탁은행에는 용 사장이 노후자금으로 무리해서 개인연금을 들어둔 것이 있다. 1년만 더 부으면 만기가 되는 상황인데 이 무슨 일이란 말인가. 지점장이 자리에 앉기를 권한다. 하얀 덮개로 씌워진 소파가 유난히 차갑다. 용 사장 회사에서도 거래를 일부하고 있는 관계로 신경을 쓰는 지점장, 그는 처음 거래를 트기 위해 용 사장 회사를 방문하였을 때도 친근감이 들었다.

은행원답지 않게 굵은 체구에 성격이 활발하고 선이 굵어 보였다. 호기를 부리는 모습도 좋아 거래를 턴 바 있다. 경리부장이 미리 연락하였는지 책상 위에는 관계 서류가 놓여있다. 유동성 확보를 위해 금리 30%의 고율로 상품을 내어놓았기에 매력이 있다고 생각하여 그동안 모아둔 목돈도 넣고 정기적금도 들었다. 매달 일백만 원 정도를 납입하고 있었으니 적은 돈이 아니다. 만기 후에는 매월 상당한 액수를 7년간 수령하게 되어 있어 용 사장은 노후에 별걱정이 없다고 생각하였다.

"사장님이 드신 개인연금은 아무 일 없습니다."

"전액 보장합니다."

언제는 보장한다고 하지 않았나. 지점장이 무엇을 알겠어. 어느 순간 정책적으로 부득이하다고 말하면 그만 아닌가. 마음이 개운치 않다. 도대체 믿을 수가 없다. 모든 것이 안갯속같이 불분명하다.

바닥에 떨어진 동전 한 잎
하얀 눈망울이 초롱초롱 눈웃음을 치고 있다
무심코 지나려다 외면할 수 없어
호주머니에 넣었다
짜디짠 그 느낌 피눈물이 흐르고 있다
장사치의 허리춤을 돌아 노숙자의 손을 거쳐
월급쟁이 바지에서 철렁거렸을 백동전
이 피눈물을 은행이 그냥 삼켰다니
누군가 가로채었다니
배 째라는 듯 눈만 멀뚱멀뚱하는 은행
어디다 수혈한 것인가
흡혈귀들이 득실거리는 세상
목이 잘린 사람들을 본다
　　　　—송용일 〈동전 한 잎〉

일단 사무실로 돌아가서 좀 더 관망하기로 하였다. 돌아오는 길은 갈 때와 달리 잠깐 사이 회사에 도착하였다. 생각이 복잡한 탓이리라. 결정은 언제나 시간의 흐름을 의식하지 못한다. 사무실에 들어서니 갑자기 아무 생각이 나지 않는다. 머리가 하얗다. 이런 것을 두고 멘붕이라고 하는 모양이다.

창문 가득히 하얀 구름이 흐르고 있다. 소파에 앉아 멍하니 앉아 구름을 바라보는데 누군가 노크를 한다.

"네, 들어오세요."

여비서가 문에 들어서며

"사장님, 차 한잔 올릴까요."

"응. 그러지"

"무슨 차로 할까요?"

"조금 전에 커피는 마셨으니 녹차로 하지."

잠시 후 비서가 차를 들고 들어오는데 관리 상무가 따라 들어온다.

"차를 한잔 더 가져오지."

비서에게 눈짓하니

"아니 저는 방금 들어서 괜찮습니다."

관리 상무는 사양하고 그동안 밀린 회사 일에 대하여 보고를 한다. 여느 때 같으면 이것저것 물어볼 만도 한데 대충 듣기만 한다. 빨리 끝내기 위하여 묻고 싶은 말이 있어도 보고를 끝낸다. 혼자 시간을 좀 갖고 싶기 때문이다.

관리 상무가 자리를 비우자 책상 위에 다리를 걸치고 깊은 생각에 몰입한다. 전화도 오지 않으니 조용하기만 하다. 출장 가서 돌아온 것을 모두 모르는 것 같다.

기술 전무도 사장의 심기를 짐작이나 한 듯 얼굴을 보이지 않는다. 평소 내성적이고 꼼한 사람이다. 근래에 와서는 용 사장과 사이가 별로 좋지 않다. 용 사장이 기술계통 업무 분야에 많이 관여하는 연유로 생각된다.

그와는 공장에 같이 근무한 기간이 있어 서로 어느 정도 아는 사이다. 특히 설비공사에 있어서 발주 내정가를 결정할 때 좀 불만이 있는 것 같다. 공사부장과 그의 제시안을 절충하는 것이 그에게는 못마땅한 모양이다. 공사부장은 내정가를 비교적 높게 책정하는 편이다.

반면에 기술 전무는 많이 깎는 편이라서 용 사장은 적당한 선에서 중간치를 택한다. 업자가 예가가 낮으면 낙찰 금액이 낮아 공사가 부실할 수 있다고 생각하기 때문이다. 대개 원청업자들은 하청을 준다. 공사 금액이 낮으면 업자들은 부실 공사를 할 수밖에 없는 구조적 문제가 있다.

그사이 퇴근 시간이 되었다. 평소 같으면 오랜만에 임원들과 저녁 식사라도 하겠지만 오늘은 마음이 내키지 않아 집으로 직행한다. 집으로 돌아가는 마음이 착잡하다. 세상이 이렇게 될 줄을 어떻게 짐작이나 할 수 있었단 말인가. 직장이 열악하거나 부도가 난 회사 직원들은 어떻게 되는 것인가. 회사에서 월급을 받을 수 있다는 것이 이렇게 다행으로 생각된 적은 없었다.

금년도도 회사 경영 실적이 좋으니 얼마나 기쁜 일인가. 지난해에는 흑자가 많이 나서 잉여분을 어떻게 처리해야 할지 매우 곤혹스러웠다. 즐거운 비명이라고 아니할 수 없었다. 궁리 끝에 분식회계를 하기로 하였다. 어렵게 분식할 필요 없이 12월 매출 일부를 차기 회계연도로 이월한 것이다. 방법은 12월 매출액을 줄이는 것. 도시가스는 공공요금이나 다름이 없다.

과다하게 이익이 난 것을 알면 요금 인상은 고사하고 인하 압박이 가해지기 때문이다. 가만히 생각하면 불쌍한 것이 소비자다. 정말 양심 가책이 느껴지는 부분이며 때로는 양심선언을 하고 싶다. 정부에서는 업체들의 말만 듣고 매해 요금을 인상해 준다. 그러니 업체에서는 갖가지 인상 요인을 부각해 요금 인상을 관철한다.

표면상으로는 물가상승 관계를 내세우나 드러나지 않는 부분이 있다. 기름이나 가스나 모든 것이 용량 산정이 문제다. 원료 수급량 및 불출량 사이에는 그 양의 정확성이 모두 문제가 되는데 업체에서는 자기들도 모르게 이익이 계산되기도 한다.

공식적으로 인정되는 계량 오차 허용 손실 부분이 업체에는 유리하게 작용하는 경우도 있다. 제품 간에는 운송 수단별로 수송 손실이 인정되고 메타기에는 허용오차라는 것이 인정되고 용기에는 저장 손실이 인정되며 용기간 이적 시에는 이적에 따른 손실이 인정되며, 그뿐만 아니라 온도에 의한 보상 치도 작용한다. 한때는 각 주유소에서 손실 보정치를 악용하여 비자금을 조성한다는 소문도 나돌았다.

솔직히 말해서 기름 한 드럼이 얼마인지 알 수가 없다. 그러나 시중에서는 200ℓ로 알고 있다. 부피라는 것이 온도에 따라 들쑥날쑥하기 때문이다. 가스계량기도 누구도 정확하게 검사를 할 수가 없다. 온도에 따라 부피가 다르고 부피가 같다 하더라도 열량이 다를 수가 있다.

누가 그것을 점검할 수가 있느냐 하는 것이다. 농담으로 도시가스업자끼리 하는 말이 '공기를 얼마나 썼었느냐?' 하는 농담이 있다. 고의로 공기를 타는 것은 아니나 부피를 속일 수 있다는 것이다. 기름을 예로 들면 기름 1Gal은 3.785ℓ 다. 이것을 시중에서는 5가롱 말통에 넣어 20리터로 거래를 하고 있다.

이뿐 아니다. 가스 경우 정부로부터 장기 저리 이자로 시설 장치 보조금이니 관로 투자비 등을 특별융자로 받는데 이것은 공짜나 다름없다. 개인이 대출을 받으려고 하면 갖은 애를 쓰는 모습을 본다. 신용불량자들은 수 배의 이자를 내고 제2 금융권이나 사채시장을 누비고 있지 않은가.

이런 현실 앞에 미안하기도 하다.

> 바르르 떠는 저울눈
> 정신을 못 차리는 듯 몸무게를 허둥거린다
> 망설이는 모양새가 햇볕이라도 제대로 얹어서
> 무게라도 바르게 재야겠다는
> 그들의 의지는 엷다
> 눈치만 보는 혈압계 디지털이라고 자만하지만
> 숫자를 얼버무리기만 하니
> 올곧게 읽지 못하는 오늘의 잣대들
> 눈치만 보고 있다
> 　　　－ 송용일 〈저울눈〉

집에 도착하니 계단을 오르는 발걸음이 무겁다. 현관문을 들어서니 아내는 부재중이다. 아내는 많은 시간을 사우나탕에서 보내고 있다. 종일 사우나를 즐기는 것이 아니다. 몸이 불편한 아주머니들에게 부항을 떠주기도 하고 상담도 한다. 동네 사우나탕이다 보니 이런저런 부인들이 많이 온다. 어떤 부인들은 생활고에 가정사까지 자문한다.

그들을 물질적으로 도와줄 수는 없으나 마음으로나 위로해 주는 모양이다. 남편이 회사 사장이라고 하니 심리적으로 의지가 되는 모양인지 인기가 대단하다.

한때 불교에 심취한 그녀다. 반야심경, 천수경, 지장경, 법화경 등 불교 경전을 암송하기도 한다. 자기도 모르게 사람 인상을 보는 경지에 이르렀는지 사주 관상을 봐주기도 한다. 부인네들한테 상담사 역으로 좌정하게 되어 종일 시간을 보내고 있다.

아내가 없으니 혼자 방으로 들어가 편한 옷으로 갈아입는다. 기분전환
도 할 겸 간단하게 샤워하는 것이 좋다고 생각한 용 사장, 욕실로 들어가
려는데 그녀가 들어오는 기척이 난다.

> 당신이 있기에
> 삶을 딛고 있음을 알고 있습니다
> 당신에 있기에
> 슬기롭게 버티고 있음을 알고 있습니다
> 괴롭고 외로울지라도
> 믿음이 있어 당신을 기대고
> 절망이 앞을 가려도
> 분명 당신이 있기에
> 내일이 있음을 알고 있습니다
> 지나온 세월이
> 함께 하는 세월이었듯이
> 다가오는 세월도
> 그런 세월임을 믿고 있습니다
> ─ 송용일 〈당신이 있기에〉

"미안해요. 일찍 들어오셨네요."
"응⋯. 몸이 좀 좋지 않아서 그냥 들어왔어."
옷도 제대로 벗지도 않고 부엌으로 들어가는 아내를 본다. 전후 사정도
모르는 아내가 측은해 보인다. 노후 연금이 달아났으니 앞으로 노후가 걱
정된다. 회사는 언제까지 보장이 되는지 장담할 수도 없다. 정년까지 다닌
다고 하더라도 겨우 3년 남았다.

그동안 얼마나 벌 수 있을지 퇴직금이라 해봐야 회사를 여기저기 옮겼으니 얼마 되지 않을 것 같다. 재벌 기업이 좋다고 하지만 임원들은 임원이 될 때 퇴직금을 일시로 수령한다. 게다가 그룹 내에서 이 회사 저 회사 옮겨 다니다 보면 근무 기간이 짧다. 그때그때 퇴직금을 받는 관계로 돈이 전부 부스러기 돈이 되어 목돈이 되지 않는다. 그러니 재산형성이 되지 않아 빛 좋은 개살구다.

식사 준비가 다 되었다는 아내의 말이다. 별로 식욕이 당기지 않았으나 식탁 앞에 다가앉는다. 출장을 다녀온 뒤라 색다른 음식이 있어도 대충 건성으로 몇 술을 든다.

"왜 더 잡수지 않아요?"

"별로 식욕이 없어서…."

"그래도 좀 더 잡수세요."

"아니 되었어."

"오늘은 전에 말하던 절에 갔어요."

"그 아주머니가 너무 용하다고 같이 가자고 하기에 따라갔는데…."

"그 정도 말은 나도 하겠더라고요."

아내의 말에 대꾸도 하지 않고 거실로 돌아가 소파에 앉자마자 텔레비전을 켠다. 역시 모라토리엄에 관한 이야기다. 모라토리엄이란 국가의 대외 채무불이행을 말한다. 발생 사유는 대외 경상수지 적자와 단기 유동성 외화 부족이란다. 한마디로 말해서 태국, 인도네시아 등으로부터 번지는 외환위기를 막지 못했다는 것이다. 김영삼 정부 4년 차에 환율 안정만 고집하다가 외화가 전부 다 빠져나간 것도 한 원인이란다.

왜놈들 버르장머리를 고쳐준다고 하더니 일본한테도 당한 것 같다. 단기성 외환에는 투기를 쫓아다니는 핫머니가 많은 것이 사실이다. 정부에서 대책으로 IMF에서 195억 불, 세계은행에서 70억 불, 아시아 개발은행에서

37억 불, 도합 302억 불로 해결한다고 대책을 설명하고 있다.

용 사장은 자기와 직결되는 문제라고 생각하지 않는 것 같다. 별 관심 없이 흘려듣기만 할 뿐 발등에 떨어진 자기 문제에 골몰한다. 설거지를 마치고 아내가 옆자리에 앉는다. 머리가 아픈 것은 그만 보자면서 채널을 돌린다. 드라마에 열중하는 아내를 본다. 아내에게 말을 할까 말까 망설인다. 말을 해봐야 그녀인들 무슨 말을 하겠어. 당신이 알아서 하라고 하겠지.

세상 돌아가는 꼴, 모르기는 마찬가지인데 혼자 고민하기로 한다. 건성으로 보던 드라마가 끝이 나니 열 시가 되었다. 잠도 오지 않지만, 용 사장은 샤워하고 잠자리로 들어간다.

얼마 후 아내가 자리로 들어오는 기척이 난다. 잠을 설치면서 곰곰이 생각한다. 공연히 믿고 있다가 전부 날릴 것만 같다. 마음을 굳혔다. 뜬눈으로 잠을 설친 용 사장은 대충 아침밥을 먹는 시늉만 하고 출근을 한다. 아깝지만 해약해서 얼마라도 찾아야겠다고 생각하고 출근 즉시 은행에 들렀다. 회사 일을 처리할 때는 비교적 냉정하게 매사에 임하였다. 그러나 자기 일 앞에서는 평정심을 잃었는지 갈팡질팡하고 있다.

"사장님 생각이 정 그러시면 할 수 없지만 정말 아깝습니다."

이자가 높아 정말 좋은 연금인데 하면서 해약을 해준다. 해약금을 손에 드니 순간적으로 허탈하다. 용 사장이 가입한 개인연금은 이자가 매우 높다. 금융기관에서 유동성을 확보하기 위해 고율의 이자를 붙인 상품이다. 무려 연리 30%에 이른다. 만기가 되면 정확히 알 수는 없으나 상당한 금액이다. 고정적으로 7년간 지급하는 것으로 되어 있다.

그동안 힘겹게 매월 일백여만 원이나 되는 돈을 적금 형식으로 부었다. 그것을 믿고 퇴직 후 한동안 안정된 생활을 할 수 있다고 생각하였다. 물거품이 된다고 생각하니 허탈하다. 이것이 용 사장에게는 살면서 평생 후회할 일이 될 줄을 몰랐다. 결과는 언제나 어처구니없는 실수가 되었다. 해약금액을 쥔 손이 힘이 빠진다.

> 언제나 있으려니 생각하였다
> 없다는 사실 앞에 허탈한 마음
> 운전조차 불안정하다
> 발가벗긴 듯 몸을 가눌 수가 없다
> 마음도 몸도 비우고 살자 하였거늘
> 지갑이 뭐길래 이렇듯 공허한지
> 허리를 펼 수 있는 것도
> 배를 채울 수 있는 것도
> 실체가 무엇인지 자각이 든다
> 더하여
> 거리를 활보할 수 있는 것도
> 고개를 고추 세우게 하는 것도
> 다른 하나 또 있지
> 어느 뉘인지
> 항상 있으려니 생각하는 옆지기
> 이 몸 세우고 있었지
>   – 송용일 〈지갑〉

사무실에 일단 돌아와 앉아있으니 마음에 갈등이 많다. 다시 취소할 수는 없을까. 앞으로 다가올 노후가 걱정이다. 아버지가 주신 그 많은 재산이 생각난다. 서울에서 아파트 열 채 이상 살 수 있는 거금이었지. 주식에 투자한다고 그리고 종내에는 처남 사업에 모두 날렸으니 어이가 없다. 주식으로 실패한 후 부스러기 돈으로 종합시장 내에 있는 점포 하나 사두었다. 그것 역시 번영회장이 사기를 쳐 은행에 담보로 잡혀 재산권 행사도 할 수 없다.

그것은 주상복합단지를 짓는다고 해서 동의해준 것이 화근이었다. 용사장은 살면서 아버지 말씀을 따르지 않는 것을 많이도 후회한다. 모든 잘못된 일은 아버지 말씀을 어겼기 때문이라는 뉘우침이다. 아버지는 결혼도 무척 반대하였다.

그러나 언제나 사람 하나는 본인이 잘 선택하였다고 생각한다. 다른 면에서는 아버지 말씀을 따랐으면 생활이 어렵지 않았다고 생각한다. 장인이 주식을 하는 바람에 생전 알지도 못하는 주식에 아버지가 주신 전 재산을 투자하였다.

1978년도에는 1억 원 상당의 동아 건설주를 가지게 되어 생각지도 못하는 돈을 벌었으나 결과적으로는 빈털터리가 되었다. 주식이라는 것은 허가된 도박장 같은 것이다. 허울 좋은 말로 자본주의의 꽃이니 자본을 모으는 시장이라고 말을 한다. 그러나 몇몇 사람들이 합법적으로 사기를 쳐서 억울하게 돈을 버는 장소라고 생각된다.

돈을 좀 땄다 싶으면 자기도 모르게 마술에 걸린 듯 밑천마저 날아가게 만든다. 언제나 부자 같은 마음인데 주머니 푼돈은 말라 거지같이 지낸다.

어느 날 장인어른은 말을 했다.

"자네도 이제 부자야."

그 말이 귀에 쟁쟁하다. 1978년도에 집 한 채 값이 3백만 원 정도면 꽤 괜찮은 시절이다. 아버지가 주신 돈 2천 5백만 원으로 1억 원이나 되는 돈을 벌었으니 정말 상상하기 어려운 큰돈이다. 그뿐 아니라 좀 남은 돈도 직접 주식에 손을 대어 모두 날렸다. 여기저기서 끌어모은 마지막 돈도 처남이 사업을 하면서 부도를 내었다. 모두 날아갔으니 아버지 말씀이 사무칠 수밖에 없다.

> 깡통이 구르는 소리
> 카랑카랑하다
> 바람 불 때마다 요란하다
> 뭉개지는 체통은
> 스스로 자초한 것이지
> 고단한 몸
> 침대에 하루를 누이니
> 빈 뼈들의 울음소리
> 골다공 소리
> 깡통이 구를 때
> 객장 저 멀리서
> 계좌들은 얼마나 울먹이는가
> ─ 송용일 〈빈소리〉

　언젠가 울산 집에 갔을 때 아버지는 삼산지구에 경지 작업을 하는 것을 보여주었다. 땅을 사기를 권했다. 그렇게 하고 싶기도 하였는데 장인에게 돈을 달라고 하기가 좀 부담스러웠다.

　주식이 잘되고 있는 터에다 어머니가 계모인지라 선뜻 마음을 정하지 못하였다. 계모는 역시 계모. 어머니는 용 사장이 결혼도 하기 전에 돌아가셨다. 병약한 몸이라 종래 간경화로 생을 마감하였다.

　본시 간이 나쁜 것은 아니었다. 마음이 약한 어머니는 서울에 있을 당시 옆집 학생들이 방을 도배하는 것을 도와주었다. 자식 같은 생각이 들었으리라. 선한 일을 할 때는 이상하게 마가 끼인다. 의자에서 떨어져 갑자기

오른쪽 팔이 부러졌다. 딛고 있던 의자가 접이식 의자였던 것이다.

대학병원에서 입원 치료를 하였다. 복합 골절이라 무려 4개월을 투병하였다. 그동안 항생제를 장기간 먹은 게 결과적으로 간이 나빠진 것이다. 어머니가 돌아가시고 나니 새로 들어온 계모는 가족 간에 불화를 일으켰다. 결혼도 안 한 동생들은 불만을 토로하는 것이 일상이었다. 아버지는 성직자로서 중립을 지키느라 힘들어하였다. 불신은 점점 누적되어 갔고 아버지조차 거리가 멀어져 갔다.

그런 연유라 할까. 아버지 말씀을 경청하지도 않았고 소홀히 여긴 면도 없지 않다. 대학 졸업 후 취직시험도 그렇다. 경제기획원 경제계획직 시험에 합격하고도 아버지에게 말씀도 안 드렸다. 외삼촌에게만 면접시험에 도움을 얻고자 말을 하였다. 당시 외가에 기식하고 있었기 때문이다. 대신에 한대석유에 입사할 때는 응시 때부터 아버지에게 말을 하였다. 아버지는 많은 도움을 주었다.

14. 회장 서거

그래도 회사가 아무 일 없으니 얼마나 다행한 일인가 싶다. 용 사장 회사는 가스회사로 에스 그룹의 계열사이다. 이때 에스 그룹에는 큰 변화가 일기 시작한다. 회장이 폐암으로 치료차 미국으로 가고 기획실장인 부회장이 직무를 대행하게 되었다.

설상가상 얼마 후 회장 부인이 병간호 중 과로로 사망하였다. 최 회장은 그것도 모르고 투병을 하고 있었으니 이런 비극이 어떻게 있을 수 있단 말인가. 참담하다. 하느님은 정말 한 사람에게 모든 복을 주시는 것 같지는 않다. 엄숙하게 회장 부인의 장례가 치러졌다. 장례식장은 워커힐호텔 별관으로 최 회장이 연말연시 각사 임원들을 초청하여 파티하던 장소다. 파티 때마다 각사 임원들은 회사별로 도열하여 회장과 악수하였다.

그는 통돼지 바비큐를 좋아했다. 음식을 즐겨 먹는 각사 임원들을 보는 회장의 모습이 선하다. 그때마다 자기가 성취한 과업에 만족을 느끼는 것 같았다. 광활한 대지를 점령한 정복자의 마음이었으리라. 각사 임원들이 검은 리본을 가슴에 달고 문상을 하니 한나절이 걸렸다. 서로들 조심스럽게 눈인사만 한다. 오래간만에 만났으나 때가 때인지라 요란하게 소리를 낼 수도 없다.

불행은 이어지는 태생이 있는 모양이다. 모두의 염원을 뒤로하고 1998년 8월 최 회장이 돌아가신 것이다. 좀 호전이 되었다 하여 국내로 이송된 것이 명을 단축한 것인지 모른다. 그는 폐암이었다. 그의 형도 그러했다. 그룹의 창업자는 그의 형이다. 그의 형은 성질이 좀 남성적이고 강했던 것 같다.

사무실에서도 슬리퍼를 신고 다녔다 하니 그의 성품을 짐작할만하다. 항간에 들리는 말에는 마지막에 자기 병을 고쳐주는 자에게는 자기 재산 반을 주겠다고 애걸하였다고 한다. 그가 수원에서 조그마한 직물공장을 일으켜 그룹의 기반을 잡은 것은 깔깔이 옷감 덕분이란다. 술집 아가씨가 입은 옷감을 보고 만들었다 한다.

병이 위독할 때 미국에서 공부하고 있던 동생을 불러 그룹 운영을 맡겼다. 당시 회사 규모는 방대해 섬유, 건설, 무역 등 많은 분야로 약진한 상태다. 동생 최 회장은 그 후 정유, 통신, 관광, 해운 등 많은 분야에 사업을 확장한다. 그룹 전체가 동생 최 회장에게 귀속되고 있었다.

국가든 회사든 모두 마찬가지인 것 같다. 이 씨 조선 세조를 연상하는 사람도 있었다. 그런데 동생 최 회장 역시 일부에서 그렇게도 생각되었다. 그는 사회로부터 존경받았다. 용 사장도 그를 유일하게 존경하는 기업인 이라고 생각한다.

서울농대를 나와 시카고대학에서 경영학을 공부한 유능한 분이다. 이공 부문과 인문을 겸비한 훌륭한 경영자다. 그의 마지막 유언이 유명하다. 요 란하게 유택을 만들지 말고 화장을 하라고 하였다. 재벌 모두가 사망 후 요란하게 장례를 치르고 거창한 유택을 장식하는 풍조를 외면한 것이다. 그는 식견에 걸맞게 기업경영 체제도 확립하였다. 경영지침서인 SKMS는 기획관리, 인사관리, 재무관리, 판매관리 등 경영 전반에 대한 지침을 정 하고 있다.

바다가 그리워

달려온 강물의 허탈

길은 멀어 범람할 수밖에 없었네

힘에 부쳐 주저앉으니

다가서는 체력의 한계

삼각주 사이로 습지를 만들었어

갯벌을 누비며 바위를 깎고 싶었는데

범람하게 되니 푯대는 사라졌다

갈 길은 다해도 흘러온 보람이 있어

남겨진 습지는 광활한 델타

풍요로워 생육이 발랄하다

도중하차라 하더라도

후손에게 살아갈 터전이 되었으니

그 강 바다에 흐르지 못하여도
넓고 깊어 보람이 되었네
　－송용일 〈바다에 흐르지 못하여도〉

　기획실장인 길 부회장은 이를 전 그룹 직원들에게 세뇌 교육을 시켰다. 한대 석유공사를 인수 합병한 뒤 한대 석유공사는 회사명을 공유로 바뀌었다. 소속 직원들이 국영기업체 체질에서 벗어나도록 세뇌 교육을 철저히 시켰다. 심지어 연수원에서 일주일 정도 합숙 훈련을 시키면서 경영지침서를 김일성 어록같이 암기를 시켰다.

　그뿐만 아니라 워커힐호텔 뒤편 아차산을 오르내리는 극기 훈련을 시켰다. 국영기업체에서 잔뼈가 굵어 기업적 경영 마인드가 없다는 전제하에 스파르타식 훈련을 시켰다.

　당시 피점령군의 서러움을 뼈저리게 느꼈다. 길 부회장은 소탈한 성격으로 진주 출신으로 서울상대를 졸업하였다. 대기업에 몇 번 기웃거린 것 같으나 수원에 있는 소규모 직물공장에 입사하였다. 작은 직물회사를 대기업으로 키운 공로가 있다.

　그의 말인즉 한대 석유공사 사람들을 평하여

　"사업에 현장성이 없어."

　"도대체 손익계산서 하나도 작성할 줄 모르다니."

　"외국어 잘하면 무엇하나?"

　"외국어는 언어의 약속이고 암기야."

　그는 외국어를 잘하는 사람을 그렇게 폄하하였다.

　훗날 그는 전문경영인으로서 그룹 회장을 역임하였다. 선물투자 실패로 실형을 살게 되었고 그룹 회장 자리도 그만두었다. 한때는 전경련 회장도 겸임하였다.

장례식장은 엄숙하고 조용하다. 유가족을 위시해서 길 부회장, 항 부회장 등 주요 그룹 임직원들이 조객 문상을 받았다. 무거운 분위기 가운데 그들은 각자 분주히 미래에 관한 계산하고 있었다.

드디어 경영 대권을 두고 파워게임이 시작된 것이다. 그들 두 사람은 서 대학교 상과대학 동기동창들이다. 그들은 선배인 동창 한 사람과 함께 그룹 원로들을 경영일선에서 퇴출시켰다는 후문이 있다.

길 부회장은 직물공장부터 회사를 같이한 공로가 있다. 그 반면 항 부회장은 일본 이도츠 상사에서 발탁된 중도 입사자이지만 정유회사를 인수하는데 지대한 공로가 인정되었다.

마침내 유가족 연석회의에서 길 부회장이 회장으로 추대되고 항 부회장은 경영 이선으로 물러나게 된다. 항 부회장의 라인인 스에 에너지 규 사장도 물러나고 용 사장에게도 남의 집 불구경이 아니었다. 불똥이 이상한 방향으로 튄 것이다.

15. 마지막 인연

"사장님, 전화입니다."
인터폰으로 들리는 비서의 말이 다급하다.
"누구지?"
"규 사장입니다."
순간 스치는 생각이 착잡하다.

이 양반이 웬일이야, 갑자기 전화라니….

사실 그는 며칠 전에 그만둔 스에 에너지 사장이다. 스에 에너지는 용 사장이 근무하는 주청 가스회사의 모회사이며 에스 그룹의 기간 회사다. 소식을 접하고도 위로 전화를 올리지 못해 마음 한구석이 편치 않았던 차다. 실은 전화를 하려고 기회를 찾고 있었는데 분위기가 어수선하고, 어떻게 생각하면 오해를 살 수 있다고 생각하여, 내심 고심하고 있는 중이다. 수화기를 들었다.

"네. 접니다."

"실은 제가 전화를 올리려고 생각하고 있었는데, 웬일이신가요?"

"나 용 사장을 좀 만나서 할 이야기가 있어요."

"그래요 어디서 뵐까요?"

"용 사장 회사에 곧 도착할 것입니다."

음성이 심상치 않다. 사실 따지고 보면 규 사장은 올해 61세로 정년을 넘었으므로 당연히 그만둘 때가 되었고 더구나 명예로운 정년퇴직이라고도 생각할 수도 있다. 단지 에스 그룹 회장이 갑자기 병사하는 바람에 그룹 전체가 요동치고 있고, 그 외에도 스에 에너지 대표이사이며 부회장인 항 부회장 역시 함께 그만두는 형편이다.

항 부회장은 올해 56세로 용 사장보다 한 살 아래고 정년을 아직 4년이나 남겨놓은 상태이니 오히려 억울한 면이 있으나 규 사장은 그렇지 않다. 최고경영자가 바뀌니 있을 수 있는 일이고 국가나 회사나 마찬가지며 사주가 아닌 이상 부득이한 사항이다.

에스 그룹 최 회장은 용 사장이 존경하는 사람 중의 한 사람이다. 사람 인품은 가까이서 모시지 않아서 잘 알지 못하나 경영 스타일이 마음에 들었다. 경영 보고회 때 격식을 따지지 않는 그가 좋았다. 몇 가지 사례를 들자면 모두가 긴장한 상태로 경영 보고를 하려고 하면 느닷없이 잡다한 이야기를 한다. 언제나 자세는 탁자 위에 양발을 걸치고 담소한다.

"올가을 집에 밤이 많이 열렸는데 이것 따서 좀 나누어 먹어야겠어."

"조깃값이 왜 그렇게 비싸지?"

한 임원이 짓궂게

"그럼, 회장님은 조기를 사서 잡수시지 않습니까?"

그런즉 대답이 걸작이시다

"나야 누가 갖다주니 먹지."

"그럼, 회장님은 맨날 공짜만 드시네요."

당돌하기 짝이 없는 말투다. 그래도 그는 별로 언짢아하는 내색을 내지 않는다. 그러고는 하시는 말씀이 점심 먹으러 가자며 옆방 식당으로 자리를 옮긴다. 잔뜩 긴장한 분위기가 해이해진다. 마치 무장해제를 당한 느낌이다.

최 회장은 죽어서도 세간의 이목을 끌었다. 앞서 말한 바와 같이 명당자리 거창한 묘는 절대 하지 말라는 유언을 남겼다. 화장하였으니 그의 인간됨을 읽을 수 있다. 그는 경영지표로 패기를 항상 앞세웠으며 패기에 대한 그의 정의는 일과 싸워서 이기는 기질이라고 한다. 구체적으로 패기를 직원들에게 신장시키기 위하여 단전호흡을 권장하였다.

또한, 기업이란 그 목표가 이윤을 창출하는 것이고 경영인은 연결핀 역할을 하는 것이란다. 기업의 영구적 성장을 시도하는 것이다. 앞서도 언급한 바와 같이 사원의 자세라든지, 기획관리, 판매관리, 구매관리, 생산관리, 등 각종 경영 전반에 대한 경영원칙을 구체적으로 정의하여 직원들이 업무수행 시 지침으로 삼을 수 있도록 하였다.

반면에 미국 등 외국 연구 기관에 경영 기법을 연구토록 하였다. 에스 그룹이 한대 석유공사를 인수하게 된 것도 순전히 최 회장의 개인 공로다.

그의 말인즉

"내가 한대 석유공사를 인수할 수 있었던 것은 시카고대학에서 같이 공부한 친구 덕이지. 그가 사우디 왕국의 왕자이었거든. 글쎄, 오매불망 꿈꾸었던 정유공장을 인수하게 된 것은 오랜 나의 숙원이었어. 지성이면 감천이라고 그것이 이루어지더군. 그래서 사업 목표는 1,000% 성장을 세워야 하는 거야.

갈프 주식회사가 철수 시 지배 소유주식을 판다고 하니 정부에서 공개적으로 인수회사를 물색하였지. 삼성그룹하고 우리가 경쟁하게 되었는데 회사 규모로 봐서 삼성과는 비교도 될 수가 없지.

갈프 주식을 인수하려면 1억 불이 필요한데 삼성은 내자를 동원해서 달러를 마련한다고 하였지. 그러나 우리는 사우디에서 1억 불을 빌려준다고 하니 내자 유출 없이 외화가 들어오게 되고 또 사우디에서 하루 원유를 3만 배럴을 공급해주겠다고 하니 원유 공급선이 확보되는데 정부가 손을 아니 들어줄 수 없지.

사실 여기에는 리베이트에 관한 뒷말이 있었으며 정권 비자금과 연관이 되어 있다는 설도 있었다. 당시 에스 그룹은 부도 직전이라는 소문이 세간에 파다했다.

그러나 현찰만 당시 시가로 하루 80억 원이 들어오는 한대 석유공사를 인수하니 하루아침에 기사회생할 수 있었다. 세간에서는 새우가 고래를 먹었다고 비아냥거렸다. 그러면 뭣하나 주인 없는 나그네이니 몸집이 큰들 별수가 없었다.

한대 석유공사에 근무하는 직원들은 전전긍긍하며 완장을 찬 사람들에게 휘둘렸다.

한겨울 우듬지 난간에
황금빛 얼굴들이 싱싱하다

뻐꾸기가 싫은 것은
남의 집에 알을 낳기 때문이지
겨우살이도 한 몸 같지만
원천이 다르니
흡혈을 당하는 굴참나무
누구를 위해
저렇듯 버티었는지
   - 송용일 〈겨우살이〉

경비실로부터 규 사장이 도착하였다는 연락이 왔다. 마중하러 이 층 복도로 용 사장이 나가니 비서가 그를 안내하고 들어온다. 얼굴을 대하자 악수하는 자세가 어색하다. 직감적으로 심상치 않다는 생각이 든다. 단단히 뭔가 각오를 하는 모양새다.

비서가 방문을 노크한다.

"응, 들어와."

방문이 살며시 열린다. 그녀가 한 발을 방안에 드려 놓으면서 차는 무엇으로 들겠느냐고 묻는다. 용 사장이 규 사장을 흘깃 본다.

"아무것이나 좋아요."

"그러면 녹차로 준비하겠습니다."

그녀가 방문을 닫고 나간다. 침묵이 잠시 흐른다. 무척 망설이는 눈치다. 무슨 말을 하려고 그러나 속으로 생각하는 용 사장.

"참 그만두시게 되어 섭섭합니다."

"부회장까지 하고 그만두셔야 하는데."

인사치레로 입에 발린 말을 한다. 별로 반응이 없다.

"다름이 아니고 윤 이사도 자기가 살 여고 그런 것으로 알고 있지만…"

뜸을 들이는 사이, 비서가 차를 가지고 들어와 탁자에 두고 나간다.

그녀도 분위기가 심상치 않다고 생각했는지 무척 조심스럽다. 윤 이사라니 갑자기 뜬금없는 소리다.

아마 윤 이사가 부장 시절 자기에게 섭섭하게 한 일이 있는 것 같다. 사장실 실장이며 인사 총무 담당 창 상무와의 관계 같기도 하다. 평소 알려진 것과 다르지 않은가. 박 이사가 승승장구하기에 그가 뒤를 봐주고 있는 줄 알았는데, 실은 좀 다른 것 같다.

당시 모두 창 상무에게 줄을 설려고 한 것은 사실이다. 왜냐하면, 창 상무는 에스 그룹에서 성장한 사람이니 무게가 실릴 수밖에 없다. 스에 에너지 주식회사는 원래 한대 석유공사로서 국영기업체이었다. 에스 그룹이 인수하였기 때문에 점령군과 피점령군 같은 그런 상황이다.

창 상무는 사람이 점잖고 모가 나지 않는 성격이라 별로 군림하고 싶은 생각이 없었다. 그러나 주위에서 그를 실세라고 해서 매사 눈치를 보니 어느 중역보다 힘이 실리고 있었다. 단지 그를 통제할 수 있는 사람은 같은 에스 그룹 출신인 대표이사 항 부회장밖에 없다. 가끔 부회장과 사장이 부재 시 회의 주재는 부사장보다 창 상무가 주도하는 것으로 알려졌다.

용 사장은 당시 식민지 시절 대한제국을 생각하였다. 그러니 윤 이사인들 부장 시절 분위기를 탈 수밖에 없었을 것이다. 그는 교육 훈련을 담당하고 있었기 때문에 업무상으로도 창 상무와 직결되어있었다.

원래 그는 용 사장이 과장 시절 기간 사원으로 함께 일을 했는데 용 사장이 그를 교육 훈련 분야로 추천하였다.

그는 군 복무 시절 미군 카투사 부대에서 교육을 담당하여서 적성일 것으로 생각하였다. 그는 역시 그 분야에서 두각을 나타내어 승진을 계속하여 이사대우까지 된 것이다. 그에 관한 우스개 이야기가 많다. 잊어버리는 버릇이 많아 언제나 하는 말이, 건망증과 기억력은 다르다는 것이 그의 지론이었다.

그는 또한 담배가 골초다. 한 번은 오토바이 사고가 났는데 넘어진 상태에서도 담배를 피우고 있었다. 어느 정도 골초인지를 가늠할 수 있을 것이다.

용 사장과 그는 사적으로도 인연이 있다. 용 사장이 그의 주선으로 선을 본 적이 있기 때문이다.

규 사장이 머뭇머뭇하더니 말을 잇는다.

"용 사장도 이해는 가는데….”

그때야 이 양반이 후임 스에 에너지 사장이 된 창 사장에 대하여 용 사장이 보낸 축전을 섭섭하게 느끼고 있구나 생각하며 듣기만 하는데, 문득 그와의 인연이 떠오른다.

규 사장과 용 사장은 1962년 스에 에너지 주식회사의 전신인 한대 석유공사에 공채 1기로 함께 입사하였다. 그는 용 사장보다 5살 위이며 공군 중위로 제대하였으며 서 대학교 문리대 정치과를 나왔다. 당시 21살로 대학을 갓 졸업한 용 사장은 그를 선배같이 대하였다. 사실 최연소 합격자는 서 대학 공대 화공과를 나온 선 김이었다.

그와도 인연이 좀 있다. 용 사장은 그를 영문 첫 글자를 따서 SD라고 불렀으며 나이가 비슷해 나름대로 친하게 지냈다. 그는 이후 다른 회사로 가서 이한 석유회사를 설립하는 데 주도적 역할을 하였으며 나중에 모 정유회사 회장을 역임하였다. 그와는 사적인 인연이 있었다.

1968년 미국 걸프 회사 필라델피아 공장에서 같이 교육 훈련을 받았다. 그때 YMCA 호텔에서 그의 제안으로 함께 기식하였다. 그는 매우 용의주도하고 머리가 좋아 필라델피아 정유공장에서 칭찬을 많이 받았다.

한 예로서 한식이 먹고 싶을 때 호텔 방에서 라면을 끓여 먹는데, 냄새가 방 밖으로 나가지 않도록 문 틈새마다 신문지로 막을 정도로 용의주도

하였다. 귀국 시 공장장에게 선물을 준비하는 데도 볼펜꽂이에 공장장 이름 첫 글자를 넣어 값이 싸면서도 생색이 나는 것을 준비하였다. 마음속으로 놀라움을 금치 못하였다.

귀국 후에 그와 같이 프로젝트 하나를 하였는데 프로그램하는 솜씨가 대단하였다. 그가 작업한 마스터 프랜은 결과물을 보고도 이해가 선 듯 가지 않아 한참 씨름한 적도 있었다. 그의 외모는 키가 작고 좀 왜소하여 여자들에게는 별로 인기가 없는 것으로 생각하였다. 그러나 예상외로 회계과 여직원과 연애를 하였으며 결혼도 하였다.

그녀는 결혼 후 남편이 승승장구 출세하니 귀부인이 되었다. 여자는 남자 만나기 달렸으며 속담처럼 뒤웅박을 생각하게 하였다. 결국, 그는 연상의 여자와 결혼을 한 셈이다. 그는 실력이 인정되어서 한대 석유공사 사장을 역임한 박 사장의 추천으로 박정희 대통령에게 천거되어 한이 석유를 설계하고 설립한 것으로 전해지고 있다.

그 후 이란이 지분을 철수하고 아람코 회사가 인수하게 되었으며 차후 회장까지 되었다. 그는 은퇴 후에도 그동안 모은 수백억 원의 돈을 장학사업에 투자하여 장학재단을 운영하였으니 모범적인 삶을 영위하였다고 본다.

파도는 바람이라네
석녀라 하더라도
사랑하기 나름이라며
철석거리는 파도는 말을 한다
하얗게 부서지는 사랑의 언어들
힘찬 너울로 으르렁거린다
달은 사랑의 매파이려니

울부짖는 파도의 절규

구애가 처절하듯 애무는 눈물겨워

말없이 잉태가 찾아드니

우윳빛 출산을 하였지

바다는 기댈 수 있는 언덕

바위인들 어이 꽃을 피울 수 없으랴

금언을 낳고 있었어

　　　－ 송용일 〈석화〉

16. 시험

　그러고 보니 입사 시험에 관한 이야기를 하지 않을 수 없다. 용 사장의 경우는 취업하기가 무척 여건이 좋지 않은 상황이었다. 박정희 군사 혁명 이후 군이 절대적 위치에 있는 시기다.

　당시 용 사장은 취직시험을 치르려고 하여도 응시조차 할 수 없었다. 왜냐하면, 병역면제자 딱지가 붙어있기 때문이다. 돌이켜보면 징병 검사 시 판정관에게 많이도 사정하였다. 류머티즘성 관절염을 앓은 병증이 발견되어 불합격 처리된 것이다. 시험을 친다고 하더라도 전국적으로 기업체라는 것이 별로 없었다.

　공무원이 아니면 은행, 한국전력, 대한석탄공사, 대한중석, 호남, 충주 비료 등등 몇몇 회사로서 손으로 꼽을 수 있는 정도이다. 모두 병역 필한

자를 대상으로 하고 있어 시험을 칠 기회가 없었다. 다행히 경제기획원 경제 계획직 임용고시와 한대 석유공사 채용시험에는 병역면제자도 응시 자격이 부여되었다. 시험이라는 것이 운이 있어야 한다고 용 사장은 그때 절실히 느꼈다.

대학입시에 실패한 전력이 있는 용 사장은 시험에 대하여 좀 강박감이 있었다. 당시 기독교 계열의 고등학교를 졸업한 용 사장은 성적이 괜찮아 연 대학교는 무시험 전형으로 입학할 수 있었다. 그러나 꼭 서 대학교 상과대학을 가고 싶어 응시하였는데 실패하였다. 사실 법과대학을 애초 목표로 하였으나 실력이 되지를 않아 상대를 택한 것이다.

떨어진 이유를 굳이 든다면 좀 이야기가 구차스럽다. 시험 당일 시험장소를 잘못 알아 허둥댄 것이다. 당연히 종암동 상과대학 건물로 생각하였는데 그것이 착오였다. 상과대학이 아니고 숙명여고 건물인 것이다. 촌놈인지라 외사촌 누이를 믿고 따른 것이 잘못되었다. 외가인 청운동에서 종암동 상대 건물까지 갔으니 늦을 수밖에 없었다.

택시를 타고 부랴부랴 숙명여고로 다시 돌아갔다. 시간이 임박하여 고사장 입실이 허용되지 않았다. 사정사정하여 겨우 입실을 할 수 있었으나 마음이 안정될 수가 없었다. 더구나 전날 밤에는 너무 추워 뜨거운 물주머니 즉 유담프를 끼고 잤는데 물이 새어 다리에 화상까지 입었다. 설상가상 몸과 마음이 만신창이가 되었으니 결과는 좋지 않을 수밖에 없었다. 할 수 없이 재수하여야겠다고 마음을 먹었다.

그러나 당시 절친한 친구인 중철의 작은형이 서 대학 상대를 다녔는데 "대학 나오면 모두 마찬가지야, 후기대학인 성 대학교도 좋아요."

거듭 권하는 말에 공부를 다시는 하기 싫고 또 빨리 졸업해서 공무원인 아버지를 도와야겠다는 생각이 들어 성 대학교에 진학하게 되었다. 사실 당시 연 대학교에 다시 추가 응시할 수는 있었으나 청강생이라 하기에 포기하였다. 나중에 알고 보니 이들 모두 졸업 시에는 학사학위를 정식으로 받았다. 처음부터 학교에서 연 대학교에 무시험 전형으로 추천될 수 있었는데 거절한 것이 후회되었다.

친구 중철은 고 대학교 법과에 진학하였으며 당시 그의 고모부가 검찰총장으로 있어 종로 4가에 있는 관사에 동거하고 있었는데 그의 사촌누이가 용 사장이 놀러 가면 양과자를 내어놓고 하였다.

그의 사촌 역시 경복고등학교를 나왔으나 대학에 실패하여 재수하는 형편이어서 서로들 가끔 어울렸다. 그 후 중철은 법원 행정직으로 진출하여 헌법재판소 심판 국장에 이르렀으며 그의 사촌은 경찰직으로 나갔다.

그러나 이번 시험은 달랐다. 경제기획원 임용시험은 안국동 종묘 남쪽에서 실시되었다. 경제기획원 통계청 뒤편 건국대학교 건물에서 치러줬다. 약 2천 명 정도 운집한 것으로 생각한다. 그런데 그중에 합격자는 고작 10명이었다. 당시 용 사장은 공부를 많이 한 것도 아니다.

그 전날 이정환 교수가 지은 경제원론이란 책에서 시험문제가 모두 출제가 되었으니 이것이 운이 아니고 무엇이겠는가, 하여튼 합격자 발표가 중앙청 게시판에 붙었다. 정문에서도 그의 이름을 볼 수가 있었으며 거리가 족히 500m나 되는 거리에서도 이름을 읽을 수 있었으니 정말 믿어지지 않는다.

당시 그의 꿈도 왜 그렇게 정확한지 알 수가 없었다. 전날 밤 꿈에 큰 대문이 있는 집으로 들어가는 꿈을 꾸었다. 수많은 사람이 대문 앞에서 서성거리기만 하고 들어가지를 않았다. 용 사장은 뛰어 들어갔으며 박 대통령이 계단 입구에서 악수하였다. 그런 꿈을 꾸었으니 너무나 꿈이 정확하였다.

그 당시 연이어 한대 석유공사가 박 대통령의 경제개발 5개년 계획에 따라 설립이 되었다. 병역면제자도 응시 자격을 줘 응시할 수 있어 이 역시 운이 좋아 용 사장은 합격이 되었다. 시험은 영등포 어딘가 신광여고 건물에서 시행되었다. 약 5천 명 정도가 운집하여 북새통을 이루었다. 합격자는 사무계 25명 기술계 25명 모두 50명 정도였다. 이 또한 용 사장에게는 극적인 이야기가 된다.

시험을 치른 뒤 그는 잠시 대구에 내려가 있었다. 친구인 무조에게서 합격 통보 연락이 왔다. 하는 말이

"야! 합격이야."

"그런데 오늘이 면접시험이래."

"올라올 수가 있어?"

"오전 10시부터인데…. 어쩌지."

참 기가 막힌다. 올라갈 수가 없다. 어떻게 꿈이 이렇게 맞출 수 있을까 생각한다. 지난밤 꿈에 시골로 전보가 왔는데 전보를 받아 쥐고 처음에는 매우 기뻤으나 바로 시무룩 해지는 것이었다. 전보를 받아본 장소는 고향집 앞빼미 논두렁이었다. 깨고 나니 무척 이상하게 생각되었다. 바로 이런 이야기이구나 생각하니 무척 꿈이 용하다고 생각하고 새삼 놀랐다.

구월이 다가설 때쯤
피는 사유를 누군가 묻는다면
나는 나의 꽃잎을 봅니다
한여름 햇살이 엷어진 자리
때늦다 어느 뉘 아쉬워한다면
나는 나의 몸매를 봅니다
서늘한 바람이
나에게 얼마나 어울리는지
온몸으로 흔들고 있습니다

코스모스 피는 날에

물결치듯 손짓하는 것은

결실 앞에서

모든 것이 때가 있다는

우리들의 말입니다

— 송용일 〈코스모스 피는 날에〉

17. 고향

시골집은 언제나 마음에 기둥같이 자리하고 있었다. 증조할머니, 할아버지, 할머니, 삼촌들이 있고 머슴들이 고모와 함께 기거하던 시골집은 마음의 자리 터였다. 동네 입구에 무게를 안고 자리하고 있던 집, 그 시골집은 위채가 덩그러니 자리하고 있고 옆에 아래채가 있으며 아래로 광과 디딜방아가 있는 디귿 글자 모양인데 용 사장은 위채 작은방에서 태어났다.

원래 태어난 집은 그 후 헐리고 새로 신축되었으며 동네에서 제일 좋은 집터라고 말한다. 동구 밖에는 학교가 있으며 학교 뒷마당에는 큰 느티나무 고목이 있었다. 그 나무는 아이들이 즐겨 노는 놀이터이자 동네를 지켜주는 당산나무 같은 것이다.

용 사장은 초등학교 2학년 때인가 이 학교를 잠시 다닌 적이 있다. 아마 아버지가 공무원으로서 워낙 박봉이라 가족을 건사할 채비가 되어 있지 않아 얼마 동안 시골집에 맡겨둔 것으로 생각된다. 시골 아이들은 도시에서

온 아이라고 무척 부러워하면서 기차에 대한 것도 물어보고 바다를 끼고 있는 도시라고 말하니 배에 대해서도 신기하게 물었다. 그중 한 아이 길상은 도시 아이를 놀려주는 재미로 토란을 먹어보라고 꼬시어 멋도 모르고 먹었는데 목이 간지러워 죽을 뻔하였다. 그는 괴로워하는 것을 보고 재미있다고 박장대소하였다.

그때 그들은 장난이 심하였다. 어른들 고무신 가장자리를 베어 새총을 만들기도 하고, 족보 표지를 찢어 딱지를 만들어 어른들로부터 호된 질책을 받았다. 그 뒤 두고두고 족보 찢은 놈이라고 놀림을 받았다. 족보가 두껍고 콩기름 칠을 해서 아주 딱지 지질로는 좋았던 것 같다.

한 번은 학교 주변에 구덩이를 파서 살짝 은폐하였더니 똥 장구를 지고 가던 동네 아저씨가 넘어진 일도 있다. 학교에서나 집에서 야단이 나기도 하였다.

그 후 사과 단지가 생겨 집집이 과수를 하니 매우 유족하게 되었다. 전에는 춘궁기마다 장래 쌀을 내어 먹을 정도로 빈곤하였는데 용 사장 집에서도 부업으로 할아버지는 돗자리를 겨우내 짜고, 마늘 농사랑 미나리 재배랑 삼도 많이 심었다. 삼이 대마초라는 것을 나중에서야 알았지만 삼을 밭에서 베어와서 집에서 쪘다.

그때마다 그의 친척들은 품앗이하면서 함께 일하였다. 이때 가끔 그의 작은집 아저씨가 삼을 말아서 피우는 것을 보았다. 어린 마음에 왜 그것을 피우는지 의문이었다. 담배가 없어서 그러느냐고 묻기도 했는데 그것이 대마초인 것을 나중에 알았다.

그 당시 시골에는 마약에 많이 노출되어 있었다. 증조할머니는 배가 아프다고 하면 가끔 성냥 알갱이만 한 크기의 새까만 고약 같은 것을 주었다. 먹으면 감쪽같이 배가 낫고 했다. 나중에 알고 보니 그것이 아편이었다.

증조할머니는 가끔 집도랑 부근에 심었다. 꽃이 아름다웠다. 꽃이 지고 열매가 열리면 칼집을 내어 진액을 채취하였다. 그 꽃이 양귀비이고 진액이 아편인 것이다. 그리고 할아버지는 돗자리를 짜셨다. 왕골을 집 앞 논에 심었으며 그것을 베어서 껍질을 벗겼다. 기다랗게 잘게 쪼개 말린 다음 날줄로 사용한다. 용 사장이 활대에 끼여 찔러 넣으면 할아버지는 나무로 만든 바디로 쳤다.

그러면 옷감을 짜듯 짰는데 그것이 돗자리이다. 활대로 찌르는 것이 무척 팔도 아프고 힘이 들었다. 할아버지와 그는 돗자리를 짜면서 많은 이야기를 나누었다. 할아버지는 혼자서 씨줄을 물레에 내렸다.

긴긴 겨울밤을 종종 지새우셨다. 한편 작은방에서는 할머니랑 어머니랑 베를 짜고, 사랑방에서는 머슴들이 가마니를 짰다. 군것질이 하고 싶다 하면 고방에서 증조할머니는 엿이랑, 유과랑 홍시랑 곶감이랑 많이도 내어주셨다. 가끔 동네 아주머니들이 방에 모여 앉아 같이 길쌈을 하였다. 그때 먹던 동치미, 고구마, 고등시 감이 그리도 맛이 있었는지 가끔 그리웠다.

6·25 전쟁 때는 그의 마을도 예외 없이 공비로 고통을 많이 입었다. 같은 날 기제사가 십여 가구가 된다니 짐작이 갈 것이다. 인민군을 본 것은 처음 서당에서이다. 군관으로 보이는 키가 큰 장교가 예의도 깍듯이 훈장에게 이야기하였다. 늦은 밤이라도 군복은 하의 양쪽에 붉은 줄이 선명하였다. 또한, 어깨에는 견장이 요란하게 붙어있었으며 아주 멋있게 보였다.

그 후 용 사장 집은 인민군이 대거 밀려와 하루를 자고 갔는데 아수라장이 되기도 했다. 그중에는 여군들도 있어 그들은 이불을 찢어 붕대를 만들고 음식을 준비하고 식량도 많이 거출했다. 용 사장 집은 면적이 300여 평이 되니까 부대 본부를 차려 놓은 것이 아닌가 싶다.

그 뒤에도 십여 명씩 짝을 지어 야간에 마을로 내려왔으며, 그때는 개가

요란하게 짖어 그들이 온 것을 으레 짐작하곤 하였다. 그때마다 증조할머니는 그를 치마폭에 두르고 하는 말이

"게 누구요?"

"산에서 내려온 인민군입니다."

"어떻게 오셨소?"

"문 좀 열어주시라요, 할마니."

문을 열고 보니 앞에는 군관 한 명이 권총을 차고 있고 그 뒤에는 서너 명이 장총, 따발총을 메고 있었다. 그 뒤에는 대나무로 보이는 작대기를 걸친 바지저고리 농민들이 있었다.

잠시 침묵이 흐르고 군관이 '해방되면 몇 배로 갚을 터이니 쌀을 좀 달라.'고 한다. 증조할머니는 부엌으로 가서 됫박으로 쌀을 퍼서 준다. 그들은 고맙다고 연신 절을 하며 수첩에다 자세하게 내용을 기록한다. 후일 이것이 화근이 되어 동네 사람들은 부역했다고 하여 경찰들 손에 많이도 곤욕을 당했다. 언제나 날이 새면 전투경찰이 와서 공비토벌을 하였으며 그 과정에서 수첩이 발견된 것이다.

용 사장 집도 예외가 아니어서 할아버지 할머니가 주재소에 붙들려 가서 갖은 고초를 당하였다. 그러나 아버지가 당시 경상북도 공무원이라는 이유로 생명은 부지하고 풀려 나왔다. 한때 공비들이 후퇴할 때 삼촌들을 끌고 가기도 하였다. 그러나 구사일생으로 살아 돌아왔다. 그 후 평온한 일상으로 돌아갔다.

할아버지는 그에게 서당에 가서 한문을 공부하기를 권하였다. 그래서 서당을 다녔으며 이때 큰아이들도 많아 그들과 동거하기도 하였으며 밤이면 밝은 달빛 아래 도랑에서 가재를 잡곤 하였다. 그때 공부한 글이 천자문, 추구 등 한문책이다. 그 후 포항에 있는 초등학교에 복학하였다. 공부상대가 되지 않아 바로 4학년으로 편입하였다.

후일 고향은 너무나 변하였다. 고향은 언제나 그의 머릿속에만 있다고 입버릇처럼 중얼거렸다. 그는 고향에 대한 시를 이렇게 읊었다.

고향이란
떨어져 봐야 그리워지는 것
멀어져 있을수록 가까운 것
그리울수록 선명해 보이는 것
돌 하나 나무 하나
기억나지 않는 것이 없으니
바래지 않는 기억이라면 고향이니
뼛속이 앓이고 눈물이 나는
모든 것 피가 되고 살이 되었으니
먼 길 돌아
오솔길 그리며 찾아갔었지
가슴은 벅찬데 허무가 스며들었어
집 앞까지 확 트인 도로
정어린 고향을 모두 삼켰어
샘터도 없고 돌다리도 대나무숲도
얼룩빼기가 새김질하던 구릉도
하늘 높이 선 감나무도
비닐하우스만 펄럭펄럭
고향에 갔어도 고향은 낯설었어
내 고향은 머릿속에만 있네
　　－송용일 〈고향에 가 보니〉

18. 합격

전화통에서 들여오는 친구 무조의 말이 쟁쟁하다.

"합격이야. 합격 그런데…."

그는 마치 자기 일인 양 기뻐하며 소리쳤다. 그리운 친구다. 자존심이 너무 큰 친구, 그의 형은 당시 동아일보 정치부 기자였으며 필화 사건으로 투옥되었다. 학자금 뒷바라지를 하던 형이 옥살이하니 형편이 말이 아니었다.

그는 고베의 아베마리아를 잘도 불렀으며 독일어를 전공하였다. 한때 무역을 하는 오퍼상 회사에서 근무하다가 뒤늦게 럭키 회사 미용 자재 대리점을 차렸다. 한때 실직의 충격으로 눈이 멀어 투병했던 연유인지 일찍 타계했다.

친구 무조의 전화를 받은 용 사장. 한동안 말이 없다. 수돗가에서 빨래하던 하숙집 아주머니가 의아해한다.

"학생 왜 그래?"

"합격이래요."

"아유, 잘됐네."

"그런데 오늘 아침부터 면접시험이래요."

"애고 이를 어쩌나."

"할 수 없지요."

냉담하게 말을 하기는 하였는데 섭섭하다. 그래도 믿는 구석이 있었다. 기획원에서 연락이 오면 그리로 가면 되지. 내심 그렇게 생각하면서 별로 낙담하지 않았다. 기획원에서는 한 달이 되는데도 연락이 없다. 들리는 말에는 통계국에서 일한다고 한다.

그래서 별로 마음이 내키지 않는다. 한대 석유공사는 업종이 좀 낯설어 구미가 당긴다. 누군가에게 이 말을 해야 할 것 같아 친구 상은에게 전화를 한다. 자초지종 이야기를 하니

"야! 너는 재주도 좋다. 치는 시험마다 붙니."

"아무튼, 서울에 올라가 봐. 내 거기로 갈게."

그는 고향이 이북이라도 여성스러워 말투가 부드럽다. 그의 어머니는 서문시장에서 장사하였다. 음악을 좋아하는 그는 후일 피아노 가게를 차렸다. 서울 백화점 어딘가 있었다.

어느 날 밤길에 오토바이 사고로 유명을 달리했다. 그와는 인연이 많았다. 서울 용두동에 그가 살 때 그의 집에 자주 놀러 갔다. 그의 집에는 어머니 외에 형님이 한 분 그리고 누이동생이 둘이 있었다. 그런데 이상한 것은 모두 결혼하지 않는다. 물어본즉 통일이 되면 이북에 있는 아버지가 보는 데서 결혼을 하겠다 한다.

혼기를 놓친 형님이 걱정이었다. 누이들도 과년한데 말이다. 전화를 끊고 나니 얼마 후 그가 왔다.

"어떻게 할 거니?"

"하숙집 아주머니가 좌우간 올라가 보라 하네."

"그래 좌우간 역에 가보자."

잠시 생각하다가 대충 가방을 챙겨 기차역으로 갔다. 서울 가는 기차표가 있을 리가 없었다. 미리 표를 사두지 않으면 안 되는 상황이다. 비행기는 운행되지도 않았고 상상할 수도 없는 시절이다. 무작정 역장실로 들어갔다. 상은이가 앞질러 말을 한다.

"얘가 고시에 합격했는데. 오늘 면접시험이래요."

"표를 구할 수 없겠습니까?"

"오늘 오후 4시 전에 도착하여야 하는데요"

"재건호밖에 없을 것 같습니다."

약 7~6시간 걸리는 것을 계산해서 하는 말이다. 오전 10시 재건 호를 타서 오후 4시 도착한다고 하더라도 시험장에 도착할까 의문이다. 50명 정도 면접하려면 꽤 시간이야 걸리겠지만, 늦게 된 사유를 잘 말하면 양해가 될 것 같기도 하다. 끝나기 전에 도착만 하면 될 것 같기도 한데 하고 생각한다.

"재건호라도 없습니까?"

재건호는 특급 열차인지라 보통 사람은 요금이 비싸 타지도 못한다. 그래서 표는 구하기 어려웠다. 어이가 없다고 쳐다만 보던 역장은 고시라고 하니 마음이 켕기는지 무슨 사법고시나 되는 것으로 지레짐작하고 갑자기 태도가 바뀐다.

"아 참! 방금 보안대장이 취소한 표가 한 장 있어요."

"감사합니다."

정말 운이 좋다. 귀빈들을 위한 예비 표 같다. 아무튼, 고맙다는 인사를 하고 표를 사서 개찰구를 나섰다. 표가 생각보다 비싸다. 대각선으로 빨간 줄이 그어져 있다. 우등석인 것 같다. 가봐야 헛일인데 생각하면서도 플랫폼에서 잠시 기다렸다. 재건호가 대륙 열차나 되는 듯 늠름하게 홈으로 들어온다. 먼지가 앞서 달려온다.

손을 흔드는 상은이와 작별 인사를 하고 기차에 올랐다. 특급 열차답게 게다가 우등석이니 분위기가 무겁고 고급스러웠다. 조심스럽게 사람들을 따라 좌석을 찾으니 차장이 다가와서 안내한다. 자리도 푹신하고 의자 덮개가 유난히 희고 깨끗하다.

세월 지나 흰 나이에
문득 보니 호젓하다

내 친구 어디 있나

눈 모아 찾아보니

저무는 기억 속에

그대 모습 확연하여

내 마음 옛 같다

그 뜻 전하려 하나

때늦어 허공에

정담만 떠도네

　　－ 송용일 〈친구는 가고〉

숨을 죽이고 좌우를 돌아보니 신사 숙녀분들이 점잖게 앉아있다. 학생이 어떻게 우등석을 탔는가 의아해하는 눈치다. 기차가 미끄러지듯이 역 홈을 빠져나간다. 잡다한 눈 익은 건물이 지나고, 팔달교 다리를 지나니 시원한 시야가 스친다. 과연 속력이 빠르다.

재건호는 더구나 우등석은 생전 처음이 아닌가? 가슴이 설렌다. 들과 산이 새삼 아름다워 보이고 지나가는 전봇대들이 속도를 알려준다. 기차가 왜관을 지나 김천역에 도착하였다. 이때 그의 집은 김천에 있었다. 그의 아버지가 김천시청에 근무하고 있었기 때문이다.

19. 이력

　그는 아직 경제기획원에 합격한 사실을 아버지께는 말하지 않고 있었다. 발령이 나면 말을 하려고 마음먹고 있었다. 외삼촌이 중앙관서에 근무하고 있어 기획원 외청인 조달청장을 통하여 알아보고 있었다.

　뒤늦게 알았지만, 발령은 지지부진 묵살되었다. 경제기획원이나 한 대석유공사에 시험을 치기 전에 그는 김천에 잠시 내려와 있었다. 그의 집은 사택이다. 아버지가 과장으로 재직하고 있어 사택이 주어졌다. 당시는 시장 밑에 조직이 바로 과장으로 되어 있었다. 그래서 과장에게도 사택이 제공된 것이다.

　사택은 남산동 기다란 골목길 어디엔가 있었다. 마당이 넓어 그의 아버지는 배추랑 무랑 채소를 많이 심었다. 가을철이면 앞마당은 언제나 푸르렀고 어머니는 김장을 위해 시장에 가지 않았다. 아버지는 당시 김천에서 유지로 손꼽히는 수리노미 한약국 한의사와 친하게 지냈다. 아마 용 사장이 한의사가 되기를 바라는 마음이 심중에 있었던 것 같다.

　용 사장도 싫은 것은 아니었으나 당시 한의과대학이 동양 한의대뿐이었다. 학교가 마음에 들지 않아 염두에 두지 않았다. 동양 한의과대학이 경희대학에 병합이 되어 지금의 명문 한의대가 되었다.

　그 수준만 되어도 한의대를 택했을지도 모른다. 그의 아버지는 재직 시 김천시에 많은 업적을 남겼다. 그중 하나가 평화시장에서 감천까지의 물을 빼는 배수 공사다. 비만 오면 재래시장이 물에 잠겼다. 김천시를 끼고 도는 강보다 지면이 낮아 물이 고인 것이다.

　못이 되다시피 하였는데 그 공사를 IBRD 차관 자금으로 시행한 것이다. 그 공사를 할 수 있었던 것도 정말 운이다. 시에는 재정이 열악했고 중앙의 예산 지원을 받아야 하는 실정이었다. 사실 난제였으나 처음으로 세계은행 IBRD에서 차관을 받았다. IBRD에서 한국 정부에 지원해주겠다고 하는데 한국 정부는 마땅한 프로젝트가 없었다.

마침 정부는 김천시에서 신청한 배수 공사가 상정되어 있어 그것을 제시해 자금을 확보할 수 있었다. 이 또한 용 사장에게는 USOM이라는 미 경제협조처를 체험할 수 있는 계기가 되었다. 체험이라 해 봐야 하루 근무한 것이 전부다.

USOM은 한국 경제기획원과 나란히 한국경제를 운영하는 당시의 원조기관이었는데 그의 아버지가 공사 관계로 USOM을 출입하다가 보니 기회가 주어졌다. 이때 면접시험이 치렀는데 그 과정에서 미국인들과 한국인의 인식 차이를 볼 수 있었다.

당시 그는 4학년 때 성적이 우수해 장학금을 탄 적이 있었다. 면접관이 질문하기를 학교 성적이 어느 정도냐 물었다. 장학금을 탔다고 하면 우수한 성적으로 봐줄 것으로 지레짐작하고 장학금 이야기만 하였으니 면접관이 답답해하였다. 속으로는 1학년 때부터 4학년까지 전부 A 학점이라고 말하고 싶었다. 그러나 4학년을 제외하고는 성적이 별로 좋지 않았다.

1학년 때는 자동차 보링 공장에서 사무장으로 일을 하느라고 학점만 땄다. 2학년 3학년은 하숙비가 없어서 지방 집에 내려가 있으면서 시험 때만 되면 서울로 올라왔다. 그러니 별로 성적이 좋을 수가 없었다. 우스운 이야기지만 당시는 그런 학생이 많이 있었다.

시험 칠 때는 담당 교수 이름을 몰라 서로 묻고 시험을 치르는 것이 낯설지 않았다. 아무튼, 아버지 체면을 봐서 USOM에서 하루 자리에 앉을 수 있었다. 옆에 있는 직원에게 이 자리가 무슨 자리냐고 물었다. 농업담당 보좌직 자리라고 한다. 서대학교 농과대학원을 나온 석사 소지자가 일하다가 그만두었다 한다.

그것도 어학이 부족해 의사소통이 잘 안 되었다 한다. 용 사장도 스스로 부족하다고 생각되어 그 이튿날부터 자진 출근하지 않았다. 그의 아버지도 전후 사정을 잘 알아보고 이해를 하였다. 집에 내려와 있는 아들이 딱해 당시 재벌인 남궁연 씨에게 취직을 부탁하였다. 거기가 한국 흄관 주식회사였다.

그 후 옥포 기업으로 바뀌었는데 현장 경리로 일하였다. 당시 나주에서 목포까지 시행하는 상수도 공사에서 일하기도 하였다. 주로 공사는 영산강을 끼고 있는 도로를 따라 이루어졌다. 비만 오면 영산강이 넘쳐 온 들판이 물바다가 되었다. 도로에는 공사용으로 확보해 놓은 흄관이나 또는 가락지들로 늘여있었다.

그런데 비만 오면 전부 유실이 되어 시공이 어려웠다. 그가 하는 일은 공사 자재가 서울에서 열차 편으로 내려오면 그것을 인수하는 것이다. 그것을 위해 나주역에 가서 가끔 상주하였다. 그때마다 오가는 태극호 열차를 보고 조만간 서울로 가야겠다고 마음을 먹었다.

결국, 한 달 일을 하고 월급 3,000원을 받고 그만두었다. 그중 1,200원은 현장소장 등 간부와 함께 하룻저녁 술집에서 호기를 부렸다. 나머지는 광주에 가서 부모님 속옷을 샀다. 술집은 영산강 강변 물 위에 있는 장어 요릿집이었다. 생전 처음으로 아가씨가 있는 집에서 마음껏 술을 마셨다.

현장사무소라는 말은 그전에도 많이 들었는데 정말 현장에 와서 막상 보니 힘든 일이었다. 조리도 직접 해야 하고 사무실이라는 것이 시골 가정집을 빌려 사용하였다. 화장실 등이 재래식이라 매우 불결했다. 업무 또한 말이 현장 경리 업무지 잡일이었다. 실제 존재하지도 않는 사람들을 작업인부라고 허위로 도장을 찍는 일이다.

천여 개나 되는 도장을 큰 주머니에 보관 관리하는 것이 큰일이었다. 미농지에 도장 이름을 보고 사람 이름을 적는 작업이었다. 가끔 폴대를 들고 측량 보조로 나가기도 하였다. 건설업이라는 것이 이렇게 임금을 부풀려 이익을 남기는 사업이구나 그때 생각하였다.

삶이 뒤뚱거릴 때는 바닥을 볼 일이다
엇갈린 자리매김에 시간이 흐르면
뼈는 울기 시작한다
어긋난 기울기에서 고통은 대간을 오르고
머리에는 통증이 따른다
앉은자리 편안하다고 마냥 좋아할 일은 아니다
골반에도 뼈의 기울기는 있다
시간이 흐를수록 변곡점은 자리를 잡아
익숙한 몸은 비탈에 설 것이다
땅이 좋은 것은 바닥이 딱딱하기 때문이다
딱딱한 바닥은 촉감이 나쁘다 해도
부끄럼이 없으니 밝은 생의 흐름일 것이다
삶이 울렁이면 삶의 바닥을 볼 일이다
— 송용일 〈카펫〉

사무실은 무안에 있었는데 무안은 충효 열녀 지방으로 생각이 된다. 한 예로 열녀 비각에 대한 전설적인 이야기가 있었다. 신혼 초야 신랑을 다루기 위해 신랑을 대들보에 달았다. 북어로 때리던 중 집에 불이 나서 모두가 황급히 도망을 갔는데 신랑을 그대로 두었으니 신랑이 불에 타 죽게된 것이다. 새 각시가 혼자 힘으로 신랑을 풀 수가 없어 자기도 같이 불에 타죽었다 하여, 그 넋을 기리기 위해 제각각 비석을 세워둔 것을 보았다.

그 후 용 사장은 김천 집에 다시 잠깐 머물렀는데 그의 어머니는 그래도 유지 측에 끼여 나들이를 하고 있었으며 생전 처음으로 몸치장도 하고 멋도 부리고 여유를 나타내고 있었다. 그래도 아들이 대견해 보이는지 김천에서 유지로 보이는 모 여관집 딸과 혼인 문제를 이야기하며 그런대로 안정된 생활을 하고 있었다. 그런데 어느 날 사달이 났다. 시골에 계시는 할아버지가 오셨다.

오시는 것은 일상 있는 일이지만 그날은 차림이 남달랐기 때문이다. 할아버지는 증조할머니 삼년상을 치르는 중이라 굴관 제복을 하고 삼배를 온몸 에둘렀으니 동네 아이들이 졸졸 뒤를 쫓아 용 사장 집까지 왔기 때문이다. 할아버지는 가문이 양반이라고 언제나 자랑을 하였다.

"너의 23대 할아버지는 부원군이었고 22대부터 20대까지 정승을 지냈다. 더구나 최근에 와서는 6대조 할아버지가 효자공 표창을 받았다."

그 할아버지는 3년간 시묘를 하면서 집에는 가끔 호랑이를 타고 다녔다. 그래서 유림에서 임금에게 상신해서 효자공 표창이 내려왔다. 증서에는 여러 정승이 수결하고 유림이 날인한 것이 보였다. 할아버지는 후일 관련된 표창과 서책을 주었다. 거기에는 6대조 할아버지의 혈서도 있는데 그 내용은 父母有子功 子功無父母이다. 즉 부모는 자식에게 공이 있으나 자식은 부모에게 아무것도 하는 것이 없다는 뜻이다. 후일 용 사장도 실감하며 자주 그 말을 되씹었다. 김천에서 사택에 살았다고 해서 전에도 집이 없는 것은 아니었다.

그에게도 집은 있었다.

앞만 보고 걷는다
따라오는 너를 알지 못하였다
너는 언제나 뒤에만 있으니
뒤돌아서면 네가 앞으로 가려나

고향도 뿌리도

너 같아 너무나 낯이 설다

인걸이야 옛말과 같다 하나

산천도 다르니

고향은 언제나 정수리 뒤에 있다

앞서는 발자국을 보고 싶어

눈을 감는다

어느 발자국이 고개를 밀려나

유년의 시절은 행복하다

    - 송용일 〈발자국〉

4장

고향의 낮달

20. 6·25전쟁

　그의 집은 원래 포항 중앙동에 일본식 적산가옥이었다. 육이오 전쟁 때 함포사격을 받아 웅덩이가 되었다. 육이오 전쟁은 정말 처참하였다. 용 사장은 국민학교 5학년 때였다. 느닷없이 인민군이 포항으로 밀려들어 왔다. 피난 갈 겨를도 없이 쳐들어왔다. 아버지는 일하러 나가셨고 어머니는 동생들과 발만 구르고 있었다.

　그의 아버지는 당시 토목 관계 건설기술자이었다. 해군에 징발되어 가족들과 같이 생활할 수 없었다. 그의 아버지는 미군들 요청에 따라 엘에스티 군함을 정박할 수 있는 임시부두를 축조하고 있었다.

　왜냐하면, 미군들은 자기들 기술로는 너무 많은 시일이 소요되기 때문에 일본에서 공부한 아버지의 기술을 요구하였다. 아버지는 큰 궤짝을 짜서 그 안에 돌을 넣어 엘 블록 대신에 바다에 축조하였다.

　포항 시내 있는 소달구지, 말 구루마를 모두 동원하였다. 원래 부두 2좌를 확보하도록 미군 측에서 요청받았으나 인민군들이 영덕까지 남진하는 바람에 겨우 1좌만 축조하였다. 비로소 아버지는 피난을 가기 위해 집에 오셨다.

　뒤늦게 경주 방향으로 피난길을 나섰다. 그러니 돈 가방 외에는 옷 보따리 몇 개만 가지고 피난길에 올랐다. 돈은 무엇인가 살려고 하면 뭉칫돈을 가지고 가야 하는 현실이었으므로 돈만 챙겨도 짐이 무거웠다. 그뿐만 아니라 경주에 가서도 군사도로를 개설하도록 명을 받았다.

도로 개설에 곤란한 문제에 부닥쳤다. 첨성대가 직선도로를 내는 데 방해가 된다고 공병대장이 철거를 요구하였다. 간단한 문제가 아니라고 생각하여 공병 사령관에게 직접 가서 문의하였다. 당시 사령관은 영천지구 전선에서 유재흥 장군과 함께 있었다.

사령관은 정신이 돌았느냐 하는 식으로 공병대장을 질타하였다 한다. 그 뒤 맥아더 장군의 인천 상륙 작전으로 전세는 역전되었다. 포항이 회복되자 얼마 후 복구 자재가 나왔다. 그의 집 형편으로는 자재만 가지고 집을 지을 수 없었다. 할 수 없이 희망봉 아래 있는 동네 유일한 기와집과 맞바꾸었다.

그 집은 기역 자 모양으로 된 기와집이었다. 뒷마당은 산의 절개면과 연하여 있었다. 경사면이 뒷벽이 되는 것으로 거기에는 제법 큰 굴이 있었다. 6·25 전쟁 때는 인민군들이 부대 본부로 사용하였는지 내부에 전화가 가설되어있었다. 뒷산은 나지막하나 중학생인 그에게는 더없는 좋은 놀이터였다. 산등성이를 넘으면 다른 산골짝과 연결되었다.

일제강점기 사용한 방공호들이 많이 있었으며 여우굴도 많았다. 실제로 여우들이 자주 출몰하여 아이들이 많이 놀라고 하였다. 앞산은 희망봉과 연결되어있었으며 포항에서는 유일한 측후소가 자리하였다. 그곳에는 후일 그의 누이와 결혼한 매형이 일하고 있었다.

　바닥이 하는 말
　하얀 진액은 밑바닥 된소리
　햇살이 현상한 족적이란다
　바닥과 뱃살 사이 거동을 기대며
　장바닥을 누비던 고무 밀배
　진한 연민이 허우적거렸지

고무판 위로 쏟아지는 눈총은
족쇄로 다가서는 집
무거운 몸 오가는 길 위의 집
게르보다 안전한 달팽이의 안식처
광야가 두렵지 않다
　　－ 송용일 〈달팽이 집〉

21. 진학

사실 그 집은 친구인 권오영의 집이었다. 오영의 아버지는 집 앞에 넓은 밭을 가지고 있었다. 돼지를 많이 사육하고 있었으며 그 동네에서는 당시 제일가는 부자였다. 그의 부친은 수단이 좋아 돼지 사료를 음식물 찌꺼기인 소위 말하는 잔반을 많이 사용하였다.

그 잔반은 희망봉 너머 있는 포항중학교 교정에 자리한 당시 신병훈련소인 3785부대에서 나오는 것이었다. 그 부대는 후일 제주도를 거쳐 논산으로 이동한 것으로 추정된다.

당시 3785부대는 포항에서 힘 있는 기관으로 군림하였다. 그 부대에 근무하는 하사관만 알아도 큰 백이 되었다. 부대를 통해서 많은 군수 물자들이 흘러나왔다. 그중에는 사지라고 하는 국방색 바지, 내의, 구두 등 갖가지가 많았다. 하물며 취사반으로부터는 누룽지가 가마니로 쏟아져 나왔다. 누룽지들은 삽으로 긁어 한 장이 신문지 반쪽만 하였다. 웬만한 동민들은 집에 한 포대씩 쌓아놓고 식량으로 대용해서 먹었다.

그러니 과년한 처녀가 있는 집에는 군인들이 눈독을 들여 자주 들락거렸다. 많은 물건을 가지고 오곤 했다. 용 사장 집에도 누이가 있어 군인들이 기웃거렸다. 그러나 용 사장 어머니가 재빨리 측후소 직원과 결혼을 시켰다. 후일 그녀의 평탄하지 않았던 결혼 생활은 용 사장 가족에게 많은 상처를 주었다.

그 후 친구 오영을 만난 것은 중학교 졸업 후 서대학 상대 입학 시험장인 숙명여고 교정이었다. 그는 공부를 잘해서 자기 반에서 1등을 하였다. 다른 반에서 1등 한 아이들 3명과 함께 경기고등학교에 입학하였다. 용 사장 반 1등 한 아이가 대구 사대부고를 가고 그는 계성고등학교를 갔다.

당시 포항중학교 후배인 이명박은 차후 대통령이 되었다. 용 사장 아버지는 경상북도 도청으로 전근되어 집을 팔고 대구시 남산동으로 이사를 하였다. 한 칸 집인데 방 3개 부엌 1개 툇마루가 있는 작은집이었다. 그후 김천으로 전근을 다시 가게 되었다. 김천에는 사택이 있는 관계로 그 집을 팔았다. 그 돈으로 서울 제3한강교 남쪽에 있는 신사동에 무밭 몇천 평인가를 샀다.

밭을 판 사람은 그 돈으로 말죽거리에 논을 샀다. 그 뒤 땅값이 올라 벼락부자가 되었다. 제3한강교가 건설되기만 기다렸다. 그 밭에는 단무지 무를 심었다. 단무지 무는 서울역 뒤에 있는 청과도매시장에 트럭으로 판매하였다. 겨울에는 한강이 얼어 강 위로 트럭이 다녔다. 그리고 여름에는 큰 부선이 트럭과 사람을 태우고 강을 건넜다.

다리가 완공되니 중앙고속인가 어느 버스회사에서 땅을 팔라고 요청이 왔다. 다른 하나는 신사동 사거리에 있는 간이 점포 15개와 바꾸자는 제안도 들어왔다. 그의 아버지는 후일 거기에 농막을 조그마하게 지어 장기전을 폈다.

22. 사형선고

초여름 오후 햇살이 창문을 달군다. 규 사장이 작심한 듯 말을 꺼낸다.

"용 사장도 사표를 내는 것이 좋겠어."

순간 저승사자라는 말이 스쳐 간다. 그는 그 순간 상대의 표정을 즐기고 있는 것 같다. 그 말은 그가 용 사장에게 직원들이 자기를 그렇게 말한다고 불평한 적이 있다.

용 사장은 마지막 남은 1기생이다. 그러나 아직 정년이 3년이나 남았다. 연소한 나이에 입사하였기 때문이다. 그런데 그가 퇴출 작업에 스스로 총대를 멘 것 같다. 그는 충분히 그런 사람이라는 생각이 든다. 그는 동기생이 자기보다 더 오래 남는 것을 싫어한다. 30년 근속 행사 때도 그룹 차원에서 아무런 상패도 주지 않았다. 계열사에 있다는 이유다.

오로지 홀로 기간 회사에서 영광을 독식하였다. 창 사장에게 보낸 축하 전문도 섭섭하고 겸하여 생색을 내고 싶었을 것이다.

이때의 심정을 후일 그는 아래와 같이 시로 남겼다.

바닥에 뒹구는 꽁초라네

목마를 때 애무를 하더니

진액을 삼키고 팽개치네

숨이 붙어있다고 몸부림쳐도

불씨가 살아날까

비틀어 비비기도 한다네

목숨이야 사라지겠지만

바닥에는 흔적으로 남게 되느니

그대들에게 묻고 싶다
자기 몸 태워본 적 있는가
남은 목숨 버림받은 적 있는가
　－송용일 〈꽁초〉

　순간 오늘 하루 일진이 너무 안 좋다고 그는 말을 흘린다. 사실 그날 아침 대학병원으로부터 절망적인 진단을 받았다. 듣기도 생소한 이름 전립선암이란다. 한국에는 아직 희귀한 병이라 아무런 정보가 없어 하늘이 무너지는 것 같았다. 게다가 하늘도 무심하게 설상가상으로 직장까지 사형선고 내려진 것이다. 도대체 이런 경우가 어디 있단 말인가. 정말 어이가 없었다.

　순간 병에 관한 이야기를 할까 말까 망설인다. 역작용으로 별미를 제공하는 것 같아 나오는 말을 참고 항의만 하였다. 회사에서는 언제나 건강이 나쁘다고 하면 좋은 퇴출 사유로 생각하고 있음을 잘 알고 있다. 가정 형편이 좋지 않다는 말로서 얼버무렸다. 사직을 권유하는 말을 남기고는 규 사장은 자리를 뜬다. 그만둘까 생각하려는데 오기가 난다.

　따지고 보면 병의 대부분은 직장에서 오는 직업병인 경우가 많다. 그러나 그것은 입증하기가 매우 어렵다. 더구나 희소병이면 더욱 그러하다. 경영진으로 있을 경우는 회사 내 위치로 인하여 더욱 말하기 곤란하다. 용 사장 회사에서는 매년 정기적으로 신체검사를 한다.

　경영진의 경우는 서울에 있는 대형 종합병원에서 종합 신체검사를 하는데, 그때 이상 증후가 나타난 것이다. 전립선 특이항원 검사항목에서 PSA가 5.3ng/ml이 나타난 것이다. 정상인의 수치는 4.0ng/ml 이하라고 한다. 병원 측 신검 결과서에는 비뇨기과 전문의에게 가보는 것이 좋다고 의견을 제시하였다. 수치에 큰 차이가 없어 별로 걱정도 하지 않고 개인 비뇨기과 병원 몇 군데 들렀다.

왜냐하면, 보통 4.0~10ng/ml 사이이고 경질 촉진 검사에서 0.2ml 미만으로서 촉진이 되지 않을 때는 정상으로 간주하기도 하기 때문이다.

가는 곳마다 소변검사, 촉진 검사, 항문에 삽입해서 하는 초음파 검사 등을 했다. 무엇보다 촉진 검사는 잠시나마 고통이 따랐다. 초음파 검사는 가로세로 10cm 정도 크기라 식별이 곤란한 대체로 검은색의 흑백사진이 나오는데 그것을 보고 무엇을 알 수 있는지 의아했다. 그러나 결과는 언제나 알쏭달쏭 답변이며 큰 병원으로 가보라는 것이다.

그래서 충북대학병원에 갔으며 담당과장이 아무래도 시간을 두고 몇 차례 검사하자고 하여 몇 달 사이를 두고 검사한 결과 수치가 8.0ng/ml에까지 상승하였다. 그제야 조직검사를 해 보자고 하였다. 조직검사가 별것 아닌 것으로 알고 선 듯 응한 경솔함이 바로 나타났다. 대학병원이라고 믿은 것이 실수였다. 정말 어처구니없게도 원시적인 방법이었다.

별도의 큼직한 방에 작은 철봉이 놓여있었다. 아랫도리를 벗기고는 거꾸로 매달다시피 한 뒤 하초를 드러내니 회음부가 드러났다. 순간 길거리에 걸려있는 통닭구이가 눈을 스친다. 달아 매인 상태에서 무엇을 하는지 기사는 꾸물대기만 하더니 간호사를 3명 정도 데리고 왔다. 아마 보조 역할을 시키는가 했더니 구경을 하면서 낄낄거리고 웃고 있었다. 그러고는 밖으로 나가는 것이었다. 내숭 떠는 여자들의 모습이다.

인간적인 모멸감을 느꼈다. 나중에 병원 측에 항의하여야겠다고 생각하였다. 그러나 그들에게 불이익이 올 것 같아 참았다. 조직검사란 조직시료를 채취하여 검사하는 것이다. 어떻게 채취하나 했더니 10cm 정도의 거리에서 활을 쏘는 것이다. 정말 아찔하였다.

이런 줄 알았으면 좀 더 신중을 기할 것을 하고 후회를 하였다. 이미 때는 늦었다. 활을 한 발도 아니고 무려 8발을 쏘아서 시료를 채취했다.

몹시 아팠다. 보통 신체 부분도 아니고 생식기의 중요한 부분을 이렇게 다루어도 되나 싶었다. 정말 막무가내 처치였다.

> 암벽 난간에 달라붙은 생을 본다
> 핏기 잃은 얼굴들이 시간을 외면하고 있다
> 가슴에 제마다 숫자를 달고서도 읽지 못하다니
> 1기 2기 3기 숫자들은 오르기만 하려고 꿈틀거린다
> 뜨개질하는 노파는 복도를 휘젓는 숫자들을
> 모두 가두려 주머니를 짜고 있다
> 무단 침입자를 용서하지 않는 평생이
> 제살 반란에 속수무책인 듯
> 호명을 놓치지 않으려 귀청을 넓히며
> 앞선 사람을 따라
> 배신한 세포들에게 아량을 구걸하며
> 결과치 앞에 선다
> 뻔한 대답을 뒤로하고 예약 날짜를 잡은 손이 허탈하다
> 반란은 조만간 몸을 비울지도 몰라 불안하나
> 그들도 일병 장수라는 말을 알고 있는 듯하다
>   - 송용일 〈암병동〉

고통스러워 사무실로 갈 수가 없어서 집으로 조기 퇴근을 했다. 몸에서는 열이 나고 몸살이 났다. 병원에서 주는 항생제를 많이도 먹었다. 병원에서 부작용을 우려해서 고단위 항생제를 투여한 것이다. 하룻저녁을 꼬박 날이 새도록 앓았다. 무식하고 경솔한 소치임을 나중에야 알았다.

선진국에서도 최신 기술로 하는데도 감염되어 사망한 사례를 그 뒤에

듣고서는 아찔하였다. 검사 결과가 며칠 후에 나왔다. 별 이상을 발견할 수가 없다고 한다. 그러면서도 암일 가능성이 있으니 확실한 진단을 위하여 서울 큰 병원으로 가 보란다. 자기의 스승이 삼성 서울 병원에 있으니 소개장을 써주면서 가 보라고 한다.

전립선암에 대하여 좀 더 자세히 알기 위해 용 사장은 이것저것 뒤적거렸다.

추세: 40세 이전에는 전무하나 연령이 높아지면서 점점 나타나기 시작하며 60~70 사이 가장 많이 발생하며 이는 주로 식생활이 서양식으로 전환함에 따라 증가한다.

원인: 유전적 인자가 있으므로 가족력을 중시하여야 하며 남성 호르몬이 내성 인자로 작용하고 동물성 지방 섭취가 환경요인으로 간주된다.

증상: 빈뇨, 배뇨통이 있고 회음부에 불쾌감이 있으며 혈뇨가 나오기도 하고 잔뇨 기분을 느낀다.

진단 직장 수지검사— 일명 촉진이라고 하며 항문에 손을 넣어 점검하는 것인데 크기가 0.2ml만 되더라도 만져진다.

생화학적 검사— 피검사인데 전립선 특이항원 검사(prostate specific antigen)를 말하며 정상인은 0.4ng/ml이다.

조직검사— 전립선에서 조직을 떼어내어 암세포를 검사하는 것임. 기대 생명 수명치가 10년 이상이면 실시한다. 왜냐하면, 치료하지 않아도 예후가 10년이 되어 그때까지는 그 병으로 사망하지 않기 때문이다.

용 사장은 위와 같은 정보를 기초로 하여 자신의 상태를 비교해본다. 가족력은 아무리 생각해도 그런 사람은 없고 동물성 지방은 많이 섭취한 것 같다. 증상을 봐서는 비슷한 것 같기도 한데 일치되는 것은 가끔 회음부가 쿡쿡 찌르고 무직하다는 것뿐이다.

회음부가 가끔 쿡쿡 찌르는 기분을 가진 것은 포항에서 항포 도시가스 주식회사를 설립하고 6년간 고생을 많이 한 시기였다. 회사 설립 초기에는 누구보다 사장이 제일 바쁘고 어려운 일을 가장 많이 해결해야 한다.

초기에는 자본을 동원하는 일. 부지를 확보하는 일. 허가를 받는 일. 기간 직원을 채용하는 일 정말 무에서 유를 만들어내는 일이 산적하다. 이일을 대주주가 주는 명함 한 장을 가지고 완수해야 하는 것이다. 그러다 보니 책상에 앉아서 생각하는 일. 서류 만드는 일이 많았다. 게다가 사장이랍시고 무겁고 큰 의자를 앉아 씨름하였다. 언제나 의자 가장자리가 사타구니 회음부를 압박해서 저리기도 하고 아픈 느낌이 들었다.

미련하게도 하던 일을 중단 못 하는 성격이라 참고하였더니 무던히도 아팠다. 일을 끝난 후에는 손으로 마사지를 하곤 하였다. 그러나 그런 것이 병이 될 것이라고는 생각하지 못했다. 동물성 지방은 생각도 없이 많이 섭취한 것이 사실이다.

이십 대 시절은 박 대통령의 경제개발 일환으로 설립된 한대 석유에 취직하여 남들보다 회식을 자주 하였다. 회식이라면 으레 고기 종류가 많았으며 술이 따랐다. 더구나 삼십 대에 들어와서는 담당업무가 기름을 분배하는 현장 과장, 차장인지라 자연히 수송업자, 유류 업자들과 만나는 기회가 많았다.

저녁이나 점심이나 고기 종류 식사와 술을 접하게 되었다. 저녁에는 공장이 울산인지라 공장 건너편에 있는 장생포에 자주 들렀다. 장생포라고 하면 고래잡이로 유명한 곳이라 언제나 고래고기는 싱싱하였다. 낮에는 당시 개고기가 유명해 보신탕, 황구 수육으로 배를 채웠다.

이따금 언양까지 가서 언양 불고기도 즐겼다. 소고기는 1970년대는 주로 불고기를, 1980년대는 등심 소금구이, 1990년대는 갈비가 주메뉴였으며 그때마다 직원들, 업자들, 친구들과 많이도 어울렸다.

대구에 있을 때는 그의 사업소 하나만 바라보고 두 집이나 영업을 하고 있었으니 짐작이 갈 것이다. 사실 박 대통령이 집권하기 전에는 꿈도 꾸지 못한 일이다. 그때는 소고기를 구경한 적도 없고 소고기는 기름이 둥둥 뜨는 국밥 그것만 보았다.

고등학교 시절 자장면을 처음 먹어보았으니 무슨 말을 할 수 있겠는가. 고기라면 돼지고기 그것도 잔칫날 한 모타리 먹는 것이 고작이었다. 한나라의 지도자가 얼마나 큰 역할을 하는 것인가는 먹는 식생활에서 확연히 구분된다.

고래고기 이야기가 나왔으니 한마디 더 붙인다. 1950년대만 하더라도 울산에서 참고래 한 마리만 잡으면 울산 쌀값이 떨어졌다고 한다. 고래고기의 위력을 알만하다. 고래고기는 부위가 다양하다. 그래서 열두 가지 맛이라고 한다. 고래 정수도 맛이 있고 배 부위나 꼬리 부근 살은 빛깔도 희고 보기도 좋아 먹기도 좋다. 사람에 따라 대창을 좋아하는 사람도 있고 육회를 좋아하는 사람도 있다. 고래고기는 주로 꼬리를 오베기라고 부르며 맛은 쫄깃하다. 그러고 뱃살은 우네라고 하는데 맛은 담백하며 껍질은 수육처럼 먹는다. 초고추장, 풋고추, 기름소금 등과 곁들이면 맛이 더 좋다.

규 사장의 마지막 말을 되씹어본다. 정말 규 사장과는 애증이 교차되는 인연이다. 호연도 아니고 악연도 아닌 정말 이런 것을 두고 운명적 인연이라고 하는가 보다. 동기생이지만 사회적 선배라서 경험이 부족하였던 용 사장은 인사과에서 그를 도와 일을 하였으며 그가 본사에서 공장 노무과 주무로 내려갈 때 그로부터 업무를 인계받았다. 인사정책, 급여, 채용 등 중요 인사업무였다. 덕분에 21살 어린 나이에 인사위원회에 서기로 일을 하였다.

당시 경영진의 면모도 들여다보게 되었다. 인사위원으로는 부사장, 영업이사, 기술 이사, 각 부장으로 이루어졌다. 이들 간에는 인사권에 대한 알력이 심하였다.

한 예로 공장 현장 공원을 채용하는 권한을 기술 이사가 전결하는 건에 대하여 인사위원회가 여러 번 개최되었다. 부사장, 기술 이사 등이 서명한 의결서류가 영업 이사에 의해 찢기는 소동이 벌어지기도 하였다. 최종적으로는 부사장이 막후교섭을 벌여 총무 및 경리 부문은 자기가 전결을 가지고 영업 부문은 영업이사가, 기술 부문은 기술 이사가 가지는 선에서 타결한 적이 있다.

사장은 해군 참모총장으로 퇴역한 이 제독이었다. 부사장은 역시 해군에서 제대한 장 장군이었고 용 사장의 직속 부장은 해병대에서 제대한 김 대령이었으며 과장은 역시 해병대 출신인 송 중령이었다.

이들은 업무에 있어 전문성이 결여되어 언제나 다른 이사들에게 의지하는 형편이었다. 김 부장, 송 과장 역시 인사업무에 대하여 거리가 있어 인사업무는 용 사장이 주도하였다. 제2기, 제3기, 속기사 공채 모집 시에도 시험문제 출제에서부터 시험장소 선정, 시험감독, 채점 의뢰 등 모든 업무를 주관하였으며 시험장소는 주로 남산 국민학교를 이용하였다.

시험문제 출제는 영어 이화여대 라 교수, 법률 서대학 돈 교수, 경제 성대 최 교수 등이며 문제 등사 및 준비 장소로서는 충무로 한일빌딩 옆 신도 호텔을 이용하였다. 관계되는 직원을 시험 종료 시까지 호텔에 숙박을 시키고 출입을 통제하였다. 그때 공장이 건설되고 시험 운전하기에 이르렀다. 유능한 사람을 공장으로 차출하라는 사장의 특명이 있었다.

용 사장이 보기에 적임자로 생각되는 직원들은 무조건 공장으로 발령내었다. 그중에는 명령에 불복하여 본사에 남는 사람도 있었다. 이때 용 사장도 공장에 가기로 자원하였다. 과장, 부장, 기술 이사가 만류하였다. 그런데도 자원한 이유가 있었다.

당시 조직표에는 공장에서 일하는 기술계 직종을 이해할 수가 없었다.

어떤 직종이 무슨 일을 하는지 알아야 인사업무를 할 수 있다고 생각하였다. 딱 1년만 현장에 가 일해보겠다고 결심한 것이다. 사실 조직표를 하숙집 벽에 걸어놓고 충원을 하자니 정말 답답하였다. 이를 두고 알아야 면장을 하지 하는 말이 나온 것 같다. 그래도 대충 윤곽을 잡아, 인사위원회에 충원계획을 상정하였다.

공장 건설을 위하여 한대 직원이 전력을 기울였다. 이는 회사 존립에 많은 우여곡절이 있었기 때문이다. 박 대통령은 경제개발 5개년 계획에 의거 정유공장을 건설하겠다고 결정하였으나 막상 착공하려니 자금이 문제였다.

당시 민주당 정권으로부터 2억 불 정도를 잔고로 인계받았다는 설이 있다. 그것은 어디까지나 장부상의 숫자이고 현금 잔고가 없었다 한다. 그런 연유로 한대 석유 역시 더 이상 존속시킬 수 없었다. 심지어 공채한 직원 중 졸업예정자들을 취소 통보토록 하는 조치도 강구되었다.

회사 문을 닫아야 한다고 하여 직원들이 차관위원회를 구성 정부와 더불어 세계 각국에 투자를 읍소하였다. 그 결과 미국 갈프 석유회사에서 2천5백만 불을 투자하겠다고 하였다.

천신만고 끝에 공장을 건설하게 되었던 것이다. 공장 설계는 UOP 회사, 건설은 FLOUR, 일본 JGC 등에서 실시하였다. 따라서 공장장도 걸프에서 임명한 Mr. Finley, 인사부장도 Timms, 교육과장도 Revelet 등이었다. 다른 부서 부장들도 대개 걸프 직원이었다. 또한, 기술계 현장 과장, 감독자들도 전부 걸프에서 파견 나온 사람들이다.

용 사장이 공장에 내려올 때 극구 만류하던 기술 이사가 하던 말이 생각난다.

"공장 인사 서기는 인사정책을 하는 직무가 아니야."

"심부름하는 일이야."

그 말이 귀에 쟁쟁한데 막상 내려오니 노무과장은 해군 출신 정 소령이고, 주무는 규 사장이었는데 아니나 다를까 맡은 일이 바라크 사무실을 청소하고 난로에 불을 지피는 일부터 시작하는 잡일이었다.

규 사장을 도와 작업복 입고 안전모 쓰고 안전화 신고 열심히 일하였다. 그때부터 규 사장과 동고동락이 시작된 것이다. 잠도 임시 독신료에서 한방에서 과장하고 세 명이 같이 자고 같이 먹고 같이 출근하며 일을 하였다.

밤에 잘 때는 덮는 이불이 작아 밀고 땅겼다. 책을 좋아하는 규 사장은 늦게까지 책을 읽어 과장으로부터 핀잔을 받았다. 깜깜한 새벽에 일어나 출근 버스를 놓칠까 선 채로 국에 밥을 말아 먹었다. 날달걀을 먹을 시간이 없어 호주머니에 넣고 차를 탔다가 비좁은 차 안에서 깨어져 옷이 범벅이 되었다. 그 시절 우리는 초창기 건설 시기를 함께 보냈다.

공장 준공 전 그들은 원유 처리 탑이 쓰러지는 장면을 함께 보았다. 용접작업 중 화재 사고로, 고공 작업 중 추락 사고로, 선박 작업 중 화재 사고로, 열차 조성작업 중 추돌사고로 각종 사고로 발생한 인사 사고를 함께 수습하였다.

땅에 기대고 싶었습니다
연꽃인들 그 물이 좋았겠습니까
물 위에서도 아름답게 피고 싶었습니다
시궁창이라도 기품 있어 보이고
화사하게 살고 싶었습니다
물 위에 떠도는 부평초 같아도
비 막이 되고
해 받이 되고 싶었습니다

홀가분하게 사는 삶

그리웠습니다

연꽃인들 혹 뿌리 달고 살고 싶었습니까

     – 송용일 〈연꽃인들 그 물 좋았으리〉

그뿐만 아니라 1964년 공장 준공 시에는 대통령이 참석한다고 하여 만
반의 준비를 하는데 그들은 환경정리와 식장 준비를 맡았다.

그런데 규 사장이 용 사장에게

"미스터 용, 대통령 앉을 의자를 좀 지켜줘. 오늘밤이 중요해."

"아니 경호원들이 내일 전부 점검할 텐데 왜 그러나요?"

"그래도 좀 지켜보는 것이 좋겠어."

할 수 없이 용 사장은 그날 저녁을 의자에서 보냈다. 그다음 날 경호실
에서 샅샅이 금속탐지기를 가지고 이 잡듯이 뒤지는 것을 보았다. 정말
한심한 일을 했구나 생각하였다.

그뿐 아니다 대통령이 들어오시면 바로 이층 공장장실로 안내하게 되어
있었다. 일층 화장실은 별로 청소도 하지 않았다. 오시자마자 화장실을 찾
았다. 일층 화장실로 들어가시는 것이 아닌가. 그래서 한바탕 소동이 났
다. 이를 두고 뭐라 하나 보초 잘 서다가 순찰 올 때 화장실 간 꼴이 되었
다.

그런가 하면 클럽하우스에서 오찬을 하게 되었다. 그 장소에 관할 행정
책임자들이 얼쩡거리다가 경호실 직원들에게 구둣발로 채였다는 등 많은
이야기가 흘러나왔다. 정말 군사독재 시대에 걸맞는 경호였다.

용 사장은 또 하나 경영진의 신경전을 볼 수 있었다. 공장을 안내하는데
사장이 안내하면서 설명할 수가 없었다. 해군총장 출신인 이사장은 공장
에 대하여 아는 바가 없었기 때문이다.

기술 이사를 황급히 찾는데 예상하지 않았는지 기술 이사는 주위에 없었다. 한참 대통령이 기다리는 해프닝이 일어나기도 하였다. 그 행사가 끝나고 어느 날인가, 용 사장은 규 사장이 입에 거품을 물고 화를 내던 일을 생각한다.

"미스터 용. 글쎄 나를 보고 공장장이 잡 셀링을 하는 것 아니냐고 묻네."

잡 셀링이란 직원을 채용하면서 돈을 받지 않느냐는 것이다. 공장장이 미국 사람이니 영어로 잡 셀링이라고 하는 모양이다. 당시 공원들 채용은 앞서 이야기된 바와 같이 기술 이사 전결 사항으로 되었다.

공장에서 현지 채용을 하고 있었다. 대상은 주로 해군 사병들 출신인데 이는 노무과장이 해군 소령 출신이기 때문이다. 그쪽에서 많이 응모토록 기회를 주었다. 심지어 시험문제 또한 해군에서 사용하던 아이큐 테스트 문제였다. 해군 출신들이 대거 입사하는 계기가 되었다. 게다가 수시로 잡일을 하는 노무자를 사용하였다.

주로 시청 직업안정소를 통해서 모집하였다. 잡음이 좀 있었던 것같이 들렸으나 확인된 바 없다. 그러나 이들이 임시직으로 장기간 근무하다가 정식직원이 되기도 하였다. 결과적으로 공장에 발만 들여놓으면 언젠가는 기회가 오는 형국이었다. 그러던 중 그는 노무과장으로 승진이 되었다.

3년 차 근무할 당시 그는 미국 걸프 회사 필라델피아 공장에 연수차 3개월을 가게 되었다. 용 사장은 과장 직무대행을 할 수밖에 없었다. 당시 노무부장은 특채된 공군 대령 출신이었다. 노무부장은 용 사장을 가까이 하였다. 더구나 그의 처남은 용 사장 고등학교 선배였다. 그런 연유인지는 모르겠으나 급기야 규 과장이 돌아오기 직전 제의를 한다.

"용 과장, 자네를 노무과장으로 임명해야겠어."

"그건 좀 곤란한데요."

"왜 그러나?"

"저는 능력도 부족하고 규 과장만큼 일할 자신이 없습니다."

사실 규 과장은 인사관리의 틀을 만들었다. 노사관리 분야에 있어서는 많은 공로가 인정되었다. 노사협약 체결 같은 난해한 업무를 잘 수행하였다. 더구나 공장장 이하 생산부장, 노무부장이 미국 사람이었던 시절이다. 영어로 공문을 작성하여야 하는데 그는 단시간에 많은 분량의 협약서를 영문으로 작성하였다. 공장장은 그의 능력을 높이 평가하였다.

그뿐만 아니라, 노동조합 관리에 있어서도 철저하여 어용노조를 만들어 노조 임원들을 수족으로 부렸다. 그럴 수밖에 없는 것이 노조가 원하기 전에 종업원에게 유리한 것은 선수를 쳐서 시행하였다.

사실 노조에서는 할 일이 없는 것이 사실이었다. 예를 들면 4조 3교대 근무 같은 것, 그런 근무제도는 당시 한국기업풍토로는 있을 수 없는 일이다. 이미 미국 걸프 회사에서는 오래전부터 시행하고 있었다. 경영층에서는 반대가 있을 수 없었다. 휴일수당, 특근수당, 심야수당, 노조 임원 전임근무, 복지시설 등 모든 것이 미국 수준에 근접한 것이다. 아무런 어려움이 없었다.

속된 말로 노조 임원들에게 술값이나 보조해주면 만사형통이었다. 입에 맞는 사람을 노조 간부로 추천하는 식이 되었으니 노사관리는 정말 어려움이 없었다. 사실, 용 사장은 그로부터 많은 업무를 배운 셈이다. 또한, 그의 영어 독해 실력은 대단하다,

한 예로 서울을 갈 때도 영어 소설 한 권을 가지고 버스를 타면 도착 시 모두 완독하는 수준이었다. 노무부장과 논의가 계속되었다.

"그럼, 그를 어디로 보낼 생각입니까?"

"경비과장으로 보내면 되지."

"좀 시간을 두고 생각하는 것이 좋을 것 같습니다."

"다른 사람들이 수긍하기가 곤란할 것입니다."

어리석다 할까 순진하다 할까. 용 사장은 사양하는 도를 넘어 미국에 있는 규 과장에게 하루하루 일과를 서신으로 알리고 있었다. 그뿐만 아니라 인사 문제까지 이야기하였으니 정말 숙맥인지 충정인지 알 수 없는 일이다. 그 뒤 노무부장과의 사이는 더 벌어져 노무부장을 그는 백 대가리라고 별명을 붙여 부르기도 하였다. 그 후 용 사장은 1968년 말 검열실장으로 승진하였다.

불행히도 1969년 10월 24일 어머니가 부산 김 병원에서 간경화로 돌아가셨다.

가랑비가 창문에 빗살 치니
빗방울 하나 길게 눈물을 흘린다
생로병사 그 여정 짧기도 하나
희로애락에 목을 매다니
촌철의 여백도 보이지 않는
삶이란 의문에
서산을 나르는 기러기 눈을 끈다
덧칠하는 상념들 허공에 가득하다
저녁노을이 아름답다 하나
흐르는 구름을 누구나 알지
별똥별이 흐른다는 것은
극과 극 사이 숨을 멈추는 것이다
　－송용일 〈부음〉

이른 새벽 찾아온 운명, 병원 측에서는 동이 트기도 전에 시신을 옮기라고 종용한다. 별도 차편을 구할 수 없는 용 사장은 공장에 긴급 연락을 하였으며, 노무부장은 구급차 한 대를 의무 실장과 함께 급파하였다. 당시 노무과장이던 규 사장도 뒤따라 도착하였다.

설상가상으로 불행은 꼬리를 물고 일어났다. 급파된 앰뷸런스가 도중에 다리 난간을 받아 다리 밑에 추락하는 불상사가 일어났다. 다행히 탑승자들은 별로 상해를 입지 않았다. 그러나 차가 손상을 많이 입었다.

이 장면을 울산지역방위사령관인 백 장군이 이를 목격하고 공장에 연락하였다. 그는 부산에서 울산으로 이동하는 중이었다. 공장에는 비상이 걸려 다른 차가 배차되었다. 어머니가 입원한 병원 원장의 퇴원을 다그치는 목소리가 높아졌다.

그때 스테이션왜건 한 대가 미끄러져 들어왔다. 구급차가 아닌 그 차를 보고 용 사장은 자초지종 얘기를 들을 겨를도 없이 시신을 옮겼다. 그를 돕는 사람은 자세히 보니 규 과장이다. 정말 고맙다고 생각하였다.

그와의 인연은 또 계속된다. 1970년 5월, 용 사장은 미루고 미루던 결혼을 한다. 대구에 있는 명성예식장이다. 울산에서 공장 직원들이 공장 버스로 많이도 참석하였다. 결혼식이 시작되고 양가 어머니가 촛불을 켜는 순서인데 용 사장 새어머니가 촛불을 켜지 않는다.

잠시 침묵이 흐르고 장내가 소란하다. 사유인즉 종교 문제다. 용 사장 아버지는 여호와증인교 목사이고 새어머니는 여호와증인교 전도사이다. 여호와증인교에서는 촛불을 켜지 않는다고 한다. 그 이유를 알지 못하였다.

이때 누군가 단상으로 올라오고 있었다. 규 과장이다. 어머니를 대신해서 촛불을 켰다. 용 사장의 인생 행로에 순간순간 이정표를 찍고 있었다. 용 사장은 그와의 인연이 너무나 질기다고 생각한다. 그는 노무과장 자리를

10년간 지키다가 1970년 노무부장이 되었다. 그런데 그는 용 사장에게 그 자리를 넘겨주지 않았다.

용 사장은 그 후 검열실장에서 전공과 거리가 먼 기술직인 송유 과장으로 자리를 옮겼다. 용 사장이 그 일을 무난히 할 수 있었던 배경은 1958년으로 거슬러 올라간다. 1958년 대학 1학년 시절, 용 사장의 외삼촌은 공직에 있었다. 퇴직 후를 생각해서 자동차 보링 공장을 매입하게 된다. 위치는 서울 서대문구 동양극장 옆에 있었다. 맞은편에는 당시 국회의장이던 이기붕 관저가 있었다.

당시 이기붕은 이승만 대통령에게 자기 아들 강석을 양자로 보냈다. 따라서 권력의 제2인자로 군림하고 있었다. 공장 매입은 이종사촌 형의 제안으로 이루어졌다. 그로 인해 이종사촌 형은 전무로 일을 하게 되고 용 사장은 사무장을 맡게 되었다.

서당 개 삼 년이면 풍월을 읊는다는 격언이 있다. 용 사장도 기술계통은 무뢰한이지만 약 1년 정도 근무하다 보니, 자동차 엔진의 구조와 보링의 내용 등을 알 수가 있게 되었다. 당시 공장이라 해 봐야 50평 정도의 면적에 사무실과 기계들이 놓여있었다. 기계로는 크랭크 연마기 1대, 보링기 2대, 선반 3대, 프레스기 1대 등등이었다.

용 사장이 하는 일은 주로 견적을 뽑는 일이다. 공장장이 자동차 엔진을 보고 난 뒤 수리해야 할 부분을 적시한다. 운전사와 차주 입회하에 불러주면 용 사장은 그것을 기록하였다. 차주는 부르는 대로 따를 수밖에 없다. 운전사는 서비스 공장에서 엔진을 내릴 때 서비스 공장 엔진 씨와 입을 맞추었다. 견적 금액을 부풀리고 있어도 이의를 제기하지 않는다.

"사무장 내가 부르는 대로 적어봐."

차주와 운전사를 번갈아 보며 공장장이 말을 한다.

"이견이 있으면 말해 주시오."

크랭크 연마, 보링 일식, 큰 메달 재생, 작은 메달 재생, 가이도 교체, 배기 밸브 연마, 흡기 밸브 연마, 캄 사프트 연마, 가스켙 교체, 피스톤핀 연마, 피스톤 교체, 피스톤링 교체, 맥기 등등하고 읊는다. 부르는 것을 금액으로 환산하여 견적을 만들어 차주와 운전사 앞으로 내미는 것이 용 사장이 하는 일이다.

작업내용을 용 사장은 시간 날 때마다 들여다본다. 크랭크 연마는 당시 일본말로 겐마라고 하는데 커넥팅로드와 연결되는 면을 깎아내는 것을 말한다. 메달 재생은 큰 면에 있는 것은 오야 메달 모리까이 작은 면에 있는 것은 고 메달 모리까이라고 하였으며 재생재료는 바벳을 사용하였는데 서울역 부근에서 구입하였다. 보링이라는 것은 시린다 구멍이 닳아 요철이 생긴 것을 면이 일정하도록 깎는 작업이다.

깎는 것도 다음에 사용할 피스톤 크기에 맞추어 깎아야 하며 이때 피스톤에 연결되는 피스톤핀도 교체해야 하고 피스톤핀과 커넥팅로드와 연결 부분의 붓싱도 교체하여야 한다. 피스톤에 들어가는 오일링도 전부 갈아야 한다.

가이도라는 것은 흡기 밸브와 배기 밸브의 스탬이 시린다와 마찰하는 부분에 들어가는 토시 같은 것인데 이것도 닳으면 가스가 새기 때문에 갈게 된다. 캄 샤프트 연마는 캄 샤프트면을 깎는 것을 말한다. 가스켓 교체는 시린다 상부에 덮는 가스켓을 교체하는 것이다. 맥기는 보통 맥기와 곰보 맥기가 있다. 이는 시린다 피스톤 구멍을 손상하지 말라고 필름을 올리는 것이다. 시린다 구멍이 생겼을 경우에는 슬리브를 박아 보링하는 경우도 있다.

용 사장은 이곳에서 사회의 일면도 보았고 격동기를 거쳤다. 공장 위치가 서대문 이기붕 부통령 집 맞은편에 있었기에 정권의 흥망성쇠를 실감할 수 있었다. 3·15 부정선거 이전에는 이기붕 부통령 생일이면 하객들이 진귀한 선물을 들고 줄을 서서 축하 인사를 하였다. 그 행렬은 줄이 꼬리가 보이지 않을 정도로 장관이었다.

평소에도 집 앞 거리에는 교차로가 아닌데도 불구하고 교통순경이 두 사람 정도가 서 있었다. 교통위반 딱지가 자주 발부되었다. 딱지를 끊을 때마다 그의 사무실은 거래의 장소가 된다. 따라서 엔진을 수리시 이 공장에 가지고 오라고 하기도 한다. 공장에서는 그들에게 가끔 인사를 하였다.

부정선거로 인하여 정권이 막바지에 달하였을 때 그 장면이 눈에 선하다. 검은색 지프들이 수없이 들락거리고 거기에는 이재학. 임철호, 최인규 등 당시의 실세들이 보였다. 마지막에는 이기붕 씨가 평소와 달리 검은색 지프를 타고 저녁 늦게 빠져나가고 아침에 돌아오는 모습도 보였다. 뒤에 알고 보니 전방 부대에 피신하러 갔다가 거절당한 것으로 추정되었다.

4·19혁명 당시 그는 대학 1년생이었다. 당시 성 대학은 광화문 쪽 데모에 참여하게 되어 있었다. 그러나 그는 아르바이트를 하는 관계로 서대문 쪽 데모에 합세하였다. 그때 처음으로 이기붕 씨 집을 들어갈 수 있었다. 구조가 복잡해 분간이 어려워 부엌 보일러실로 들어갔다. 때마침 폭탄 터지는 요란한 소리가 들려왔다. 엎드리는 찰나 보일러 시멘트 구조물에 얼굴을 다쳤다. 그러나 4·19학생 부상자 명단에는 오르지 못하였다.

식욕도 가득 채웠다
시속 120km의 신나는 질주에
반 시간도 못 가서 피가 밥통으로 쏠리고
눈꺼풀이 동공을 가린다
힘 다해 끌어올려 본다
꺼풀은 또 내려 삶의 무게보다 무거워
퍼부어대는 졸음 이기지 못해

허벅지 손찌금 연신 퍼부었다
내장도 눈꺼풀도 제어 불능
끼익 긴급 제동이 걸리고
고속도로 어깨에 멈춤이 왔다
핸들을 놓고 민초의 요구를 들었다
　－ 송용일 〈하야下野〉

그뿐만 아니다. 3·15 부정선거 이전 어느 날 동양극장 옆 동양 다방에서 기이한 사항을 목격하였다. 그 당시는 정치깡패가 활개를 치던 시절이다. 이기붕 씨 밑에 화랑단이 있었는데 그들 또한 정치깡패였다. 야당 집회 장소에 난립하여 행사를 망치도록 하는 것이 주 업무인 것 같았다.

어느 날 화랑단 단장이라는 작자가 동양 다방에 진을 치고 있었다. 임화수로 생각된다. 그는 국회의원 몇 명을 불러 야단을 치고 있는 것이다.

"장충단 사건을 누가 일으켰는지 아시오?"

"소요된 경비가 얼마인지 보시오?"

"장부를 보란 말입니다."

고성으로 윽박지르니 국회의원이라는 작자들이 묵묵부답이었다. 정말 한심한 일이라고 생각하였다.

23. 항의

용 사장에게 최후 통보를 한 후 규 사장은 신임 창 사장에게

"차제에 공채 1기생들을 전부 정리하게 되네요."

"사실 남은 사람이 한 사람뿐이라면서요."

창 사장이 말을 잇는다.

"관련된 사람들과 상의를 해 보았습니다. 공이 있어 장단점이 있기는 하나 큰 부담은 없는 것 같습니다."

"이번 기회에 정리하는 것이 좋겠습니다."

"규 사장이 도와주시면….."

창 사장 승진에 대한 용 사장의 축하 전보로 섭섭함을 느끼고 있던 규 사장이다. 얼마 전 인사이동이 있었던 직후 날아온 한 장의 전보를 떠올린다. 신임 사장에 대한 축하 인사라 아무리 살려고 그러지만 괘씸하기 짝이 없지 않은가.

항 부회장에게

"부회장님! 이를 수가 있습니까?"

"용 사장이 우리가 그만둔다고 하니 신임 사장에게 축하 전보를 보냈군요."

"그래요. 차제에 그 친구도 같이 나가도록 합시다."

사실 항 부회장의 속심은 따로 있었다. 그들은 의견 일치를 본 다음 항 부회장이 신임회장에게 속내를 밝혔다. 산하 임직원들에 대하여 별로 신상 파악을 하지 못한 신임회장은 원칙적인 사항에 대하여 동의를 한다. 차제에 1기생들을 전부 정리하는 것이 싫지는 않다.

규 사장으로부터 사직 통보를 받은 용 사장은 곰곰이 생각한다. 그래

좋아 우선 항 부회장에게 직접 따지는 것이 좋겠어. 어차피 규 사장은 결정권이 없었을 터이니까. 아니 도대체 어느 선에서 의사 결정이 되었는지를 알고 싶었다. 항 부회장을 만나는 것이 좋을 것으로 생각이 되었다.

해는 쉬엄쉬엄 시간을 끌며 서산에 기울고 있었다. 용 사장은 아내에게 자초지종 이야기를 하고 함께 항 부회장 집에 가기를 청한다. 상황 파악이 잘 안 되는지 용 사장 아내는 머뭇거린다. 충격에 마음을 안정하지 못하는 듯 한동안 말이 없다. 마음을 결정하면 행동을 참지 못하는 용 사장이 아내에게 재촉한다. 아내의 동행을 권하는 이유는 아내가 항 부회장 부인하고 면식이 있기 때문이다. 사정 참작이 될 것 같은 생각이 저변에 있는 것이다.

아내는 남편의 권유에 못 이겨 명절이면 남편의 관심을 전하곤 하였다. 그런데 아내 성질이 자기가 누구인지 명확히 밝히지 못하는 성격이 있다. 차제에 상기시키고 싶은 용 사장의 심중이 있는 것이다.

'평소 당신에 대하여 무관심한 것이 아니었습니다. 당신 부인으로부터 이야기를 못 들어서 그렇지 사실 당신에 대하여 예의는 평소 지켜왔습니다.'

아내를 보면 부인이 뭔가 이심전심 두둔할 것으로 생각하였다. 어둠이 짙어질 때쯤 한 시간여를 직접 차 몰고 아내와 함께 부회장 집을 찾아가고 있었다. 경부고속도로는 언제나 분주해 육중한 화물 자동차들의 질주가 무섭게 마음을 졸였다. 마음이 착잡하다. 용 사장에게도 이런 상황이 닥쳐 올 것으로 생각하는지 몰랐다.

공채 1기로 입사하여 아무런 거리낌 없이 맡은 일을 수행해 오지 않았던가. 누구 소개로 회사에 들어온 것도 아니고 언제나 최연소자로서 자중하였다. 진급에 목을 맨 일도 없고 그런대로 나이 많은 사람들에게 자리를 양보하였다. 정년까지 누가 뭐래도 무사히 근속할 것이라 굳게 믿고 있었기 때문이다. 그런데 3년이나 남겨두고 이게 무슨 일이란 말인가. 작고하신 회장이 원망스럽기도 하다.

삼성동 경기고등학교 부근 어딘가 아내의 안내를 받아 동네에 들어섰다. 역시 부자 동네인지라 달라 보인다. 입구에서부터 경비초소가 여기저기 있어 방문객을 감시하는 것 같다. 용건을 묻지는 않았지만, 집 앞 초소에서는 유심히 주시하는 눈치다. 초인종 앞에 서니 공연히 온 것 같아 돌아가고 싶은 마음이 든다. 용기를 내서 초인종을 누르니 부인의 목소리가 들린다.

아내가 목청을 돋워 신분을 밝히니 육중한 문이 열리고 들어갈 수 있었다. 아내에게 미안하다. 그동안이 대문 앞에서 얼마나 서성이었을까. 상당히 넓게 보이는 앞뜰 정원을 지나니 현관이 보였다. 현관을 들어서니 널찍한 거실이 눈길을 끈다. 안을 둘러보니 노부부가 다른 방으로 들어가는 모습이 보인다.

나중에 알고 보니 처가 장인 내외분이 방문한 것이란다. 부회장이 응접실 가운데 좌정하고 용 사장은 옆자리에 앉았다. 부인이 차를 준비하는지 부엌으로 가니 아내도 함께 부엌으로 간다. 부인과 인사를 나누는 아내의 목소리가 들린다.

부회장이 반갑지 않다는 듯이 목소리를 가다듬으며 웬일이냐고 묻는다. 금반에 당신도 그만두게 되어 섭섭하겠습니다. 그런 인사말조차 없이 단도 직업적으로 묻는다.

"제가 그만두는 이유를 알고 싶어 왔습니다."

잠깐 망설이더니

"그것은 구조조정이지요."

"제가 알기로는 구조조정이란 회사 경영이 부실할 때 하는 이야기가 아닙니까."

부회장이 머뭇머뭇하더니 곤란한 듯

"그렇지만 용 사장은 전에 있던 회사에서 인사 사고가 발생하지 않았나."

"그것은 안전사고이고 잘 수습이 되었으며 그로 인해 현 회사로 전출되지 않았습니까. 그리고 법인에게 공장부지를 팔 수 없다고 해서 제가 개인 사채를 빌려 제 개인 이름으로 땅까지 확보하였습니다."

"뭐하러 그런 짓을 했나요?"

실망스러웠다. 이런 사람이 부회장이라니. 자기도 모르게 언성이 높아진 용 사장이 주위를 돌아보니 부회장 부인이 부회장에게 눈치를 주는 것 같다. 그러니 말이 순간 부드러워지더니

"그럼, 내일 회사에서 만납시다."

신임 사장을 위시하여 인사 담당 전무 등 관계 임원들과 연석회의를 하자고 한다.

"좋습니다. 그렇게 합시다."

잎들이 마르고 있는 호박을 본다
뿌리에서부터 생을 같이한 것들
밑에서 하나하나 말리고 있다
뎅굴손 바람을 움켜쥐니
호박 줄기는 기세가 등등하다
씨방을 달고 수술을 돌아보는 암술
벌 나비 대신 면봉으로 수작을 거니
씨방 하나 꽃잎을 접고 배를 불린다
많은 씨방들 줄줄이 영글어
내 앞에 서려니 기대했는데
하나하나 곯아떨어진다.

사유인즉 능력 안에서 생육한단다
잎을 말리며 씨방을 떨어뜨리는 그들
살자니 구조조정을 피할 수 없나 보다
    - 송용일 〈구조조정〉

아내와 함께 집을 나서니 부회장이 부인과 함께 배웅한다. 부회장이 용 사장이 가지고 간 양주 한 병을 도로 주며 가지고 가라고 한다. 용 사장은 무척 못마땅한 듯 그러면 진짜 화를 낼 것이라고 하니 부인이 만류한다. 문을 빠져나오니 용 사장 아내가 숨을 몰아쉬며 속이 시원하다고 한다.

청주로 오는 길이 가벼우면서도 무겁다. 그날 밤을 뜬눈으로 새운 용 사장은 새벽같이 서울로 차를 몰았다. 달리는 고속도로가 그날따라 무척 무거워 보인다. 가다 서다 정체가 심하다. 서울 시내에 들어서니 분위기가 산만하다.

가까스로 들어서는 을지로 사거리 본사 건물이 반갑지 않은 듯 상을 찌푸리고 있다. 몽롱한 정신으로 건물 안으로 들어서자 수위가 반색한다. 엘리베이터를 타니 순식간 12층 임원실이다. 비서가 기다렸다는 듯 회의실로 안내를 한다. 벌써 관계 임원들이 기다리고 있었다.

용 사장이 자리하니 신임 사장과 함께 항 부회장이 들어선다. 입장이 난처한지 규 사장은 보이지 않았다. 항 부회장이 서두를 머뭇거린다.

"물러나는 제가 여러분들을 이렇게 모이라는 것은 용 사장의 사퇴에 대하여 그 변을 듣는 기회를 가지고 싶어입니다."

당황한 듯 용 사장이 자리에서 일어나 인사를 한다. 모두가 뭐가 잘났다고 이러느냐는 식으로 쳐다본다. 용 사장은 목청을 가다듬고 상기된 목소리로 변을 늘어놓는다.

"제 나이 21살에 공채 1기로 이 회사에 들어와서 36년간 몸 다해 일을

해왔습니다. 정년퇴직까지는 당연히 일할 것으로 생각했는데 갑자기 사퇴
에 대한 통보를 받으니 이해가 되지 않아 이런 기회를 얻게 된 것으로 알
고 있습니다. 저는 왜 이런 대접을 받아야 하는지 알 수가 없습니다."

잘린 그루터기 하나 눈길을 끈다
압축을 풀고 있는 몸통
사연이 절절하다
몸집은 어떻게 자랐으며
어찌 그늘이 생겼으며
어느 뉘 쉬었는가
햇볕을 탓한 적도 없는데
갓길 하나 생긴다고
단칼에 불문곡직 자르다니
나이테가 간간이 덜컥거린다
협착된 길은 질곡의 길
가슴 깊이 묻어둔 응어리
나선을 따라 회오리치니
일기장이 붉게 넋두리를 풀고 있다
가속을 붙이는 원심력
일탈하는 눈이 까맣다
　　　－ 송용일 〈나무의 일기장〉

"나 스스로는 제가 해온 일에 대하여 자부심을 가지고 있습니다.
　초기 인사제도 확립에 기여한 바는 제외하더라도 만연했던 유류 부정
척결에 대하여는 상기시키지 않을 수 없습니다."

23-1. 유류 부정 근절

사실, 용 사장은 비록 상과대학을 나왔지만, 대학 시절 자동차 보링 공장에서 아르바이트한 경험이 있어 정유공장에서 송유 과장 업무를 잘 수행할 수 있었다. 당시 유류 부정이 너무나 극심해 회사 내에서뿐만 아니라 사회적으로도 큰 문제가 되고 있었다. 송유 과장의 업무는 용기에 기름을 적하 출하하는 작업을 총괄하는 직책이다.

그 업무는 방대하여 선박, 철도 유조차, 자동차 탱크로리, 드럼통 충유 등 다양하며 그 지역에 근무하는 직원만 해도 백여 명이나 된다. 언제나 안전하게 정확하게 이행하여야 하는 작업이다.

그는 부임 즉시 만연해 있는 부정을 일소하겠다는 의지의 표현으로 과장의 고유권한을 많이 이양하였다. 큰 이권이라고 할 수 있는 선박 선적 순위표 작성을 부두 담당 총반장 또는 교대 반장에게 일임한 것이다. 그들이 공정하게 순위표를 작성하였는지 사후 검토만 하였다.

순위표 작성은 선박 도착 순위를 기준하여 선박과 부두의 사이즈를 고려하고 유류공급의 긴급성을 감안하여 이루어지고 있었다. 여기에 이권이 개입되는 것은 선박이 바다에 정박한 후 체선을 하게 되면 비용이 많이 발생하는 관계로 선주들은 갖은 수단을 동원하여 선박을 빨리 접안하여 적재함으로써 선박 가동률을 올리려고 애를 쓴다. 선박이 체선할 경우 운수 수입은 제쳐두고서라도 선원의 급료 그뿐만 아니라 연료비, 식자재비, 연료비, 묘박비 등 체선에 따르는 비용 등이 경영에 막대한 영향을 초래하기 때문이다.

용 사장은 직접 순위표를 작성하지 않는 대신 순위표 작성 기준을 규정화하였는데

첫째: 군용 기름 선적 선박(MSTS 미군 군용선 포함)

둘째: 회사 기간용선(Time charter)

셋째: 수출선

넷째: 긴급기름

다음: 착선 순위

그래도 실제 작업 수행 시에는 갖가지 이유로 그 순위가 지켜지지 않았다.

때로는 상황이 변동됨에 따라 밤이나 낮이나 작업 여건이 수시로 보고되어 업무가 처리되었다. 그뿐 아니라 수시로 유류 적재량 부정이 자행되고 있어 밤잠을 설치기 일쑤였다. 주위에서는 용 사장을 비꼬는 사람도 있었다. 송유과 직원들은 부산 극동호텔 나이트클럽에서 팁을 선풍기에 날리고 있는데 과장이라는 친구는 밤낮 일에만 매달리고 있다면서 퇴근 후 직원들이 무슨 짓을 하는지 알아보라고 한다.

들리는 말에 의하면 정문 밖에만 나서면 양복 차림으로 택시를 타고 부산으로 줄행랑을 친단다. 그때부터 모두가 사장이라고 불리며 돌아올 때는 마다리 푸대에 돈을 가득 담아온다고 한다. 그런 말을 들을 때마다 한편 서글픈 마음이 들기도 한다.

다른 한편으로는 유류 부정을 근절해야겠다는 의지에 불타기도 하였다. 유류 부정은 그 종류가 다양하다. 근본적으로는 원유를 처리하는데 정확히 얼마가 어떤 종류의 기름으로 정제가 되는지 수치가 정확하지 않은 데 있다고 본다. 즉 원유를 수령 정제하는 처리 과정에서 아무리 정확하게 취급한다 해도 자연적으로 손실이 발생하게 되어 있다. 그것이 기름이 가지고 있는 특성이고 그로 인하여 부정이 발생하는 것이다.

원유선이 원유를 하역하기 전에 그 선적량이 정확히 얼마인지 확실하지 않다. 원유를 적하할 시부터 적하량을 어디에 기준으로 한 것인지부터 애매하다. 즉 육상 탱크량인지, 육상 메타량인지 아니면 선박 유조탱크 계측량인지 알 수가 없다. 원유선이 대략 10만 톤 이상의 기름을 싣고 오는데 하역시 선박이 제시하는 양과 육상 탱크에 하역한 양 사이에는 차이가 발생하게 되어 있다. 공식적으로 인정하는 손실률이 0.05%이다. 그 양이 250드럼 정도가 되니 유류 부정의 소지가 발생하는 것이다.

적재량과 하역량 사이에는 양 차이가 생길 수 있다. 이때 양의 분쟁을 해소하기 위해 양측에서 공인 감정원(surveyor)을 채택하게 된다. 이들이 양을 공식적으로 결정하게 되며 이를 협정이라고 한다. 따라서 여기서부터 육상 양하 탱크 계측량과는 차이가 이미 발생한 것이다. 여기에 손실량이 나타나고 또 원유탱크에서 정유를 위한 대기 탱크에 이송할 때 탱크 간에도 손실이 발생하게 된다. 이때에도 원유 특성상 공식적으로 손실량이 인정되고 있다.

그 이유는 탱크 용기에 부착되는 양도 있고 원유 파이프라인에 묻는 경우도 있다. 때로는 파이프라인이나 용기가 알지 못하는 사이에 새는 예도 있고, 자연발생적으로 증발하는 때도 있기 때문이다.

또한, 원유는 원유탑에서 연산이 되는데 이를 정유라 한다. 즉 원유 처리탑에서 가장 낮은 온도에서 처리되는 것이 가스 종류이고, 그다음 온도에서 납사, 그다음 휘발유를 만드는 LSR이라는 기유, 석유, 경유, 중유 등이 순차적으로 생산이 되며 나머지 남는 것이 방카시다. 그다음 찌꺼기를 산화시켜 아스팔트를 만드는 것이 대체적인 정유 과정이다. 이 또한 원유 한 드럼이 갖가지 기름으로 얼마가 생산되는지 정확하지는 않다.

원유 종류에 따라 생산량이 다르기 때문이다. 이때에도 증류 손실률이 인정된다. 처리된 기름을 완제품 또는 반제품 탱크에 이송하는데 이때도 탱크 간 손실이 발생하며 이 또한 공식적으로 인정을 한다. 용 사장은 송유 과장을 하기 전에 약 2년간에 걸쳐 검열실장을 역임하였다.

검열실에서는 주 업무가 유류 부정을 막기 위하여 현장 검정을 하는 것이다. 이를 체계적으로 분석하기 위하여 탱크 간의 이송 현황을 도식화하여 손실 또는 잉여분을 표시 상호 연관 관계를 분석한다. 부정은 처음부터 계획적으로 도모하는 것이라기보다 작업 중 오류로 인하여 발생하는 것이 대부분이다.

즉 손실량과 잉여량 그 원인이 밝혀지지 않으므로 인하여 의도적으로 손실을 발생시켰을 경우도 발각될 수 없다는 가정이 전제되어 실현되는 것으로 볼 수 있다. 유류 부정은 반대급부가 일어나는 장소에서 현실화하는 것이다.

그 현장이 바로 수송 용기가 있는 즉 이해 당사자가 맞부딪치는 선박, 자동차, 기차 등 또는 탱크 적하 현장이다. 선박을 예로 든다면 원유 양하 시나 마찬가지로 양의 결정 문제가 관건이 되는 것이다.

출하하는 육상 탱크와 중간에 있는 메타와 선적하는 선박 간에 적재량의 표시가 각각 다르기 때문이다. 물론 원칙적으로는 메타량을 기준으로 하고 있으나 그 메타가 작동상 오류가 자주 발생한다. 메타는 기계적으로 작동 중 고장이 날 수도 있고, 계량의 정확도가 떨어져 양 차이를 나타낼 수도 있다.

물론 정확도를 기하기 위하여 주기적으로 검량을 하지만 수시로 고장과 계량의 부정확성이 발생한다. 메타는 온도 변화에 민감하여 온도 보정을 한다. 겨울에는 중질유 경우 보온을 하여야 하므로 스팀 가열식 인슐레이션을 하다가 보니 부수되는 문제가 발생한다. 그리고 온도 보정 자체도 주기적으로 점검을 하나 이 또한 정확성이 결여되어 문제가 발생한다. 때로는 의도적으로 메타를 손상시켜 송유량에 오류가 발생토록 하는 악의적 부정을 도모하는 자도 있다.

하루 24시간 작업하는 도중 누가 어떻게 유사한 짓을 하였는지 점검할 수가 없다. 탱크 계측량 또한 정확하지 않은 여러 가지 요소가 있다. 계측은 자동으로 계측하기도 하고 사람이 계측하기도 하는데 자동계측기는 수시로 고장이 잘 난다.

겨울에 동파가 될 수도 있고 방수가 되지 않아 습기가 차기도 하고 그 원인은 다양해 아무튼 믿지 못하는 상황이 많이 발생한다. 이때 사람이 실측하게 되는데 여기에 기름을 받는 자와 주는 자 사이에 상호 양을 확인하기 위하여 입회를 하게 되어 부정의 현장이 이루어지게 된다.

탱크 크기가 10만 드럼이라고 한다면 16분의 1인치 눈금에 8드럼 정도의 양이 표시된다. 휘발유의 경우는 그 액수가 상당하다. 따라서 입회를 하러 온 수유자 측에서는 봉투를 송유 계측자 뒷주머니에 찔러 넣어 주니 사람의 마음이 움직이지 않을 수 없다. 탱크 위에는 바람뿐 아무도 보는 이 없으니 두 사람만의 거래는 너무나 쉽다.

더구나 밤이면 별만 내려다 볼뿐 거래는 노골적으로 이루어질 수 있다. 사실 16분의 1인치 정도의 차이는 사람에 따라 계측 오차가 발생할 수도 있다. 설혹 손실량이 차후 나타난다고 하더라도 그것이 부정이라고 단정하기에는 유류의 특성상 허용되는 감량이 있기 때문에 무척 곤란하다.

따라서 수유하는 측의 사람을 입회시키지 않으면 되겠는데 이 또한 문제가 된다. 인수량에 대하여 수유자 측에서 인정하지 않기 때문이다. 그러면 선박을 기준으로 하면 되겠다고 생각할 수 있으나 이 또한 너무나 많은 문제가 있다.

첫째 선박 용기의 유창 계량표를 믿을 수가 없다.

아무리 공공기관에서 검량을 한 것이라고 하더라도 조작 여부를 알 수가 없다. 또 선박의 특성상 바다 위에 떠 있으므로 배가 요동을 쳐 정확히 계측할 수가 없다. 또한, 배는 구조가 복잡해 유류 창 외에도 은닉할 수 있는 창들이 많다. 어디에 기름을 숨겨두었는지 알 수가 없다. 심지어 화물 유류 창과 연료탱크가 연결되어 있는 경우도 있다.

따라서 양을 공식적으로 결정하기 위하여는 육상 탱크 계측량. 메타량, 및 선박 탱크 계측량을 비교하여 양을 최종적으로 결정할 수밖에 없다. 그러나 공장 측 입장으로서 육상 탱크 계측량을 가능한 기준으로 한다. 왜냐하면, 공장 탱크 간의 손실과 잉여를 최소화하기 위함이다. 여기에 육상 탱크 계측 담당자의 농간이 부정의 주류를 이루게 된다. 이와 같은 현실에서 용 사장은 송유 과장으로서 부정을 원천적으로 없애기 위하여 양의 결정을 그때그때 상황에 따라 많은 쪽으로 선적량을 결정한 것이다.

물론 대체로 육상 탱크를 기준으로 하지만 메타량과 선박 계측량이 많을 경우는 선박 계측량을 택하기도 한다. 선박 측 처지에서는 자기 용기를 기준으로 한 것이므로 별반 이의를 제기하지 못한다. 따라서 탱크 계측자에 의한 부정이 점차적으로 없어지게 되었다.

이와 반대로 육상 탱크량이 너무 많을 경우는 선박 측에서 수유량이 적다고 이의를 제기한다. 이때 선박을 부두에 접안 한 상태로 적하 시설을 점용하는 상태가 벌어진다. 용 사장은 이경우 밤이고 낮이고 직접 현장에 나가 자신만의 수단으로 점검을 한다. 선박에 승선하기 전 그는 언제나 안전화 대신 운동화를 신는다. 푹신한 운동화보다 밑바닥이 얇은 신을 택한다. 파도에 울렁이는 선박은 승선이 쉽지 않다. 줄사다리를 타고 오르는 경우도 있어 위험하다.

승선하면 다가서는 선원들의 차가운 경계의 눈초리가 쏟아진다. 우선 그는 선박의 구조 도면을 요구한다. 도면이 공인기관에서 작성한 것인지 먼저 검토한다. 선박의 유창 등 내부 구조를 점검한 후 공창의 위치를 파악하고 현장 점검을 한다.

'공창'은 항해 시 운항의 안전을 기하기 위해 물을 넣어 선박의 균형을 유지하는 것으로 접안시에는 대개 비워 둔다. 이를 바라스트 워터 창이라고 한다.

선박을 여기저기 점검하는 척하지만, 사실은 밑바닥 발바닥의 촉감에 신경을 몰입하며 따뜻한 느낌을 찾는 것이다. 따뜻하다는 것은 내용물이 주입된 지 얼마 되지 않았다는 뜻이며 정식 유창이 아닌 곳이라고 하면 거기에는 은닉한 부정 기름이 있는 것이다.

그다음 그는 해당 공창을 열도록 하는데 여기에는 많은 어려움이 따른다. 부정하게 기름을 은닉한 선박 측에서는 이런저런 이유를 대면서 개방하기 어렵다고 변명을 한다.

따라서 선박 내부 연결구조를 찾아내기가 간단하지 않다. 우여곡절 끝에 선창을 개방하면 부정 기름이 얼굴을 내민다. 이때 기름 선적량은 육상 탱크 또는 메타량 중 많은 양을 기준으로 적하량을 결정한다. 또한, 기름을 부정 절도하게 된 원인을 조사한다. 필요하면 관계기관에 고발하는 것은 물론 해당 관련자는 선박에서 하선 조치시킨다. 아울러 그들과 관련이 있는 공장 직원 역시 해고와 동시 관계기관의 조사를 받게 한다.

조사가 끝날 때까지 선박은 정박지에서 강제로 정박하게 하며, 해당 선주는 자체 조사를 통하여 차후 유사한 일이 재발하지 않도록 각서를 쓴다. 동시에 일정 기간 공장 부두 접안이 금지됨으로써 점차 부정이 일소되게 되었다. 선박 부정은 비단 민간 선박에 국한하는 것이 아니다. 군용선박도 가끔 부정하는 때도 있다.

에프에이(FA) 에프비(FB) 같은 소형 초계정도 직접 기름을 받는다. 때로는 이들도 양 분쟁을 일으키며 기름을 부정하는 경우가 있다. 이들도 선박을 점검하면 선수 선창에 은닉한 경우가 있었다. 에이오정(AO) 같은 유류운반선도 때로는 잉여 기름을 긴급 처분하는 경우가 있다. 감사 수감 시 그간 비축하여둔 기름을 처분하기 위한 것이다. 그 당시 부정은 만연되어 있는 셈이다.

기름값이 대폭 인상되는 경우에는 언제 몇 시를 기준해서 오를 것인지 잘 알 수 없다. 대개 밤 자정을 기점으로 하고 있다. 따라서 민수 기름인 경우에는 속된 말로 눈이 벌겋게 설치는 것이다. 밤 12시 전에 받으려고 아우성이다. 5천 드럼을 받는 배라면 20%만 올라도 1천 드럼을 더 받는 셈이다. 눈이 뒤집어지는 것이 당연하지 않은가. 게다가 어느 때는 100%가 올랐으니 그 차익은 상상을 초래하는 것이다.

유류 부정은 비단 선박뿐만 아니라 자동차 탱크로리에서도 많이 발생한다. 탱크로리량은 대개 메타량으로 결정이 된다. 그러나 메타가 고장이 발생할 시는 저울에 달아서 무게를 부피로 산정한다.

이때 빈 차를 공차라 한다. 공차 무게를 재고 기름을 적재 후 만차 즉 영차 무게를 재면 그 차가 적재한 기름의 무게가 된다. 운전사들은 들어올 때 연료탱크에 물을 싣고 와서 공차 무게를 무겁게 한 후 적재장에서 물을 비운다. 실재 적재량보다 저울 측정 적재량이 적도록 표기하기 위함이다.

저울을 다는 공장 직원과 결탁을 하여 무게를 조정하는 사례가 있다. 운전사들이 연료탱크를 두 곳에 설치하는 때도 있다. 한 개는 물을 싣고 와서 비우는 경우다. 스페어타이어를 많이 싣고 와서 공차 무게를 달고 저울 계측이 종료되면 타이어를 적당한 곳에 보관 후 기름을 적재한 다음 영차를 계량한다. 그다음 보관한 타이어를 싣고 간다. 이런 종류의 부정은 대개 밤에 이루어진다. 드문 일이기는 하지만 많은 직원이 가담하여 가스 탱크로리 같은 경우는 차량의 입출입 자체를 누락시키는 경우도 있다. 이 경우 정보를 입수하여 잠복근무하여 잡는 수밖에 없다.

드럼인 경우는 폐유같이 위장하여 반출한다. 이것도 사전 정보를 입수하여 하나하나 드럼을 점검하는 수밖에 없다. 파이프라인 경우는 정말 어렵다. 지하에 매설해 있기 때문에 육안으로 파악할 수가 없다. 울산에서 서울까지 장거리 송유관을 관리한 일이 있다. 어느 지점 어디서 기름을 뽑고 있는지 알 수가 없다. 장거리 송유관인 경우 대단한 고압이라고 엄포를 놓고 있지만, 이것도 얼마 안 가서 약효가 없어졌다.

뛰는 놈 위에 나는 놈이 있듯이 기름 절도범들은 고단위 수법을 쓴다. 파이프라인 위에 밸브를 부착한 막대봉을 용접하여 우선 연결하고 드릴로 막대 봉을 통과하여 파이프를 뚫어 기름을 호스로 자동차로 뽑아내는 것이다. 호스 일부는 투명한 호스로 되어 있어 무슨 유종이 통과하는지를 정확히 파악하여 값이 비싼 휘발유만 절취한다. 그 호스 길이가 자그마치 1km 정도 지하에 매몰되어 있다.

게다가 과수원 안으로 연결되어있어 자동차가 위장하여 과수원으로 진입하여도 별로 이상을 느끼지 않도록 교묘한 수단을 동원하고 있는 것이다. 도굴 절취점을 발견하려고 잠복근무하기도 하지만 절도범을 잡기 어려워 때로는 경찰과 합동으로 수사를 전개한다. 이 또한 한계가 있어 언제나 순찰대를 동원 수시 순찰을 강화하는 수밖에 없다.

그러나 여기도 원시적이지만 효과를 보는 방법이 있었다. 우범지역을 미리 설정하고 수시 지면을 탐색하는 것으로서 땅을 도굴한 흔적을 찾는 것이다. 대개 외면으로 보기는 식별이 어려워 탐지봉 즉 쇠꼬챙이로 찔러보고 굴착 여부를 파악한다.

땅을 판 곳은 어딘지 모르게 꼬챙이로 찔러보면 지층이 부드러워 쑥 들어가게 되어 있어 그곳을 파보면 절도범들의 절취 시설이 발견되는 것이다. 동시에 절도범들의 명단을 작성하여 경찰과 함께 그들의 동태를 파악하는 것이다. 절도범이나 유류 부정을 조사하다 보면 많은 애로가 많다.

때에 따라서는 직원들을 필요 이상으로 의심하는 것이라든지 과잉 부정 단속 조치를 한다든지 하여 많은 불평과 비난을 받는다. 어떤 경우에는 직원들의 오해가 경영진에 전달되어 비선을 통하여 불평이 하달되기도 하였다. 그런 경우는 정말 마음이 착잡하다.

왜 이런 고생을 하며 불평을 듣는지, 누구를 위한 것인지 회의가 들었다.

월급이나 받아먹고 시간이나 때우며 누이 좋고 매부 좋으면 되지 하는 식으로 살면 되는 데 왜 그런지 알 수가 없다. 아닌 말로 이런다고 해서 회장님이 알아주시는 것도 아니고 누구를 위하여 부정을 일소해야 하는지 아리송하다. 바보 같은 자신이 웃기는 사람 같기도 하다. 그런데 몸속에서 피가 끓으니 어떻게 한단 말인가. 무슨 정의파도 아닌데, 일이란 바르게 처리되어야 한다는 불문율 그런 것이 머리에 가득하다.

눈감아주고 대접이나 받으면서 윗선에도 선심을 쓰며 여유를 부린다면 세상살이가 좀 편할 터인데 왜 그런지 자신을 알 수 없다. 모두가 요령껏 배를 불리며 살면 되는데 국가나 회사에 무슨 큰 기여를 한다고 외고집으로 살고 있는지 알 수가 없다. 냉정히 생각해보면 자기도 바르게 살고 싶고 다른 사람도 부정하게 요령을 부리며 사는 것이 못마땅한 것이 아닌가 생각한다. 그래서 그는 송유지침이 되는 송유교본을 집대성하여 책자로 출간하여 직원에게 교육을 시켰으며 타 공장에서도 업무에 참고한 것으로 안다.

공과 사를 분명히 하는 그에게도 왜 연관된 친구가 없었겠는가 보운상사를 운영하는 대학 동기동창인 김학 사장이 있었다. 그의 배는 시스나이프, 15협진호 같은 대형 선박이라 기가용선으로 계약이 되었거나 수출선이라서 신경을 쓸 필요도 없었다. 그는 수출 보국에 기여하였으며 철광석 운반선을 도입하여 포철에 철광석을 수송하다가 범양전용선에 합병시켰다. 한때 한대석유공사의 초대 사장인 이성호 사장이 몸을 담고 있었으며 그 후 그는 미국에서 얼마간 체류하다가 한국에 돌아와 논현동에 20여 층이나 되는 쌍둥이 빌딩을 지었으며 천성이 후덕해 장학사업도 하고 있는 것으로 안다.

23-2. 공장 건설

임원들 앞에서 용 사장은 자기가 달성한 업적 중에서 가장 내세우고 싶은 유류 부정 근절에 대하여 소상히 설파한 후 분위기를 살펴본다. 회의실 안이 갑자기 뒤숭숭하다.

유류 부정을 실감하지 못한 에스 그룹에서 온 임원들은 무슨 소리인지 두리번거린다. 그러나 한솥밥을 먹어온 한대 석유 사람들은 그 과정을 너무나 잘 알기 때문에 고개를 끄떡거리며 수긍을 한다. 술렁거리던 분위기가 잠시 후 조용해진다.

용 사장은 목청을 가다듬고 울렁거리는 가슴을 진정하고 기침을 몇 번인가 연속으로 한다. 침이 말라 기침이 멈추지를 않는다. 그런 가운데 말을 잇는 용 사장.

"그리고 저는 공장을 여러 개 지었습니다. 저도 다른 사람들과 같이 본사에서 편안히 근무하며 승진하고 싶었습니다. 그러나 제가 나이도 어리다 보니 모든 것 욕심내지 않고 어려운 일 자처하다시피 하였습니다. 언젠가 알아줄 날이 있을 것으로 생각하였습니다. 그럼 우선 처음 마산공장부터 이야기를 하겠습니다."

23-2-1. 마산 공장

★ 부지 매입

마산 저유소는 진해, 창원, 진주, 사천 및 서부 경남 일원에 각종 유류를 공급하고 있는 기지로서 시설로서는 규모가 작아 마산과 창원공단의 확장으로 인한 기름 수요를 감당할 수 없었을 뿐 아니라 시설도 낡고 게다가 한일합성이나 화력발전소와 함께 공해산업으로 문제가 되어 행정당국에서 강력히 외곽으로 이전할 것을 요구하는 실정이어서 부득이 이전하지 않을 수 없었다.

공장 이전에는 필수조건이 부지를 구하는 것, 당국의 허가를 받는 것이 문제다. 자금 문제는 본사에서 알아서 할 일이고 설계 또한 본사 기술부서에서 시행하는 일이라 용 사장은 별로 걱정할 사항이 아니었다. 막상 부지를 물색하려 하였으나 도무지 찾을 수가 없었다. 공장 특성상 해상을 끼고 있어야 선박이 출입할 수 있으므로 선박 접안이 가능한 곳을 찾으려니 도대체 찾을 수가 없었다. 그 많은 땅은 공단 개발 시 이미 각기 업체들이 점유하였다. 그나마 조금 남은 부지는 협소하여 몇 년을 버틸 수 없는 형편으로 또 이전할 수밖에 없는 실정이다.

부지를 구하는 것이 난관에 부닥쳤다. 지성이면 감천이라고 궁리 끝에 학교부지가 생각났다. 경남대학교가 장차 확장을 위해 확보하고 있는 부지가 서쪽 해안을 따라 임야를 이루고 있었다. 문제는 학교부지를 어떻게 매입하느냐가 문제였다. 그것은 본사 사장의 힘을 빌리기로 하였다.

사장은 국방부 장관을 지낸 유 장군이었다. 역시 학교 총장 측에 손을 잘 써주었다. 학교 총장의 형님인 대통령 비서실장의 협조가 있었음을 짐작할 수 있었다. 총장을 찾아간 용 사장은 간단히 사업 이전의 요지를 설명하였다. 간곡히 부지를 매도하도록 간청한 결과 이야기는 쉽게 풀렸다. 약발이 먹혀들어 간 것이다.

단도직입적으로 어느 지점에 몇 평이 필요하며 돈은 얼마를 줄 것이냐고 묻는다. 주저 없이 용 사장은 해안선 쪽에 약 만 평이 필요하고 돈은 요구하는 대로 드리겠다고 하였다. 평당 일만 원을 내라고 해서 당시 임야로는 상당히 높은 가격이나 무조건 그렇게 하겠다고 하였다. 그 후 계약을 무난히 한 후 매입하였다.

★ 허가

문제는 어떻게 허가를 내며 구석구석 산재해 있는 무허가 집을 어떻게 철거할 것인지 과수원의 과목은 어떤 보상을 해야 할 것인지 막연하였다. 공장 가용부지를 어느 정도로 하고 공장 규모를 어떻게 할 것인지는 어려운 일이 아니다.

가용부지는 기술적인 사항이고 규모는 시장 수요에 근거해서 설계하면 되는데 문제는 현황도가 없는 것이다. 현재 구할 수 있는 현황도는 일제강점기 일천 이백분의 일 지적도인데 이것으로 설계를 할 수 없는 것이라 그래서 본사 기술부서에서는 육백분의 일 현황도를 요구하고 있었다. 그 현황도 없이는 상세설계를 할 수 없는 관계로 허가신청을 당국에 할 수 없는 실정이다.

고심 끝에 시청 직원의 힘을 빌리기로 하였다. 일천 이백분의 일의 도면을 육백분의 일 도면으로 확대하도록 담당 시청 직원에게 부탁하였다. 도면이 생각보다 많이 늦어졌다. 할 수 없이 도면도 제대로 갖추지 않고 도시계획 시설 결정 허가를 신청하였다. 도면은 시설 결정 허가를 취득한 후 실시 허가를 받을 때 보완하였다. 당시 힘이 있는 곳에는 무엇이든 쉽게 이루어졌다. 어떤 의미에서는 일하기가 쉽지 않나 싶다.

★ 무허가 집 철거

문제는 공사를 위한 대민사업이다. 관의 힘만으로도 잘되는 일이 아니니 말이다. 그중에서도 무허가 집을 철거하는 일은 무척 난관 중의 난관이라 아니할 수 없다. 그들의 삶이란 상상하기가 어렵기 때문이다.

우선 그들을 만날 수가 없다. 그들은 꼭두새벽부터 일터로 나가서 없고 때로는 아이들만 있다. 모두가 맞벌이하는 형편이라 도대체 사람들을 만날 수 없다. 집이라고 해야 움막 정도이다. 버스 동체를 집으로 활용하는 경우도 있었다. 정말 불쌍하여 동정이 가지 않을 수 없다. 그러니 무조건 밀어제칠 수도 없는 일이다.

궁리 끝에 시 당국과 상의하여 특별혜택을 주기로 하였다. 소형 아파트 입주권을 주도록 제의하였다. 이마저도 그들은 거절하였다. 이유인즉 아파트 관리비를 낼 형편이 안 된다는 것이다. 누추해도 아무런 경비도 들어가지 않는 현재 집이 좋다는 것이다. 마냥 시간은 흐르기만 하였다.

용 사장은 이 외중에도 많은 홍역을 치르기도 하였다. 골목길을 지나갈 때는 노인들이 찻길을 막고 데모하였는데 혹자는 길바닥에 드러눕기까지 하였다. 공사 진척을 위해 아파트 입주권 외에 특별 보상을 해주어야 했다. 과수목 같은 나무들에 대한 보상이 또 문제였다. 나무를 보상해주면 언제 또 다른 곳에 이전하여 심었는지 추가 보상을 요구한다. 그들은 마냥 떼를 쓰는 형태라 이들의 억지를 마무리하는 데 많은 어려움이 있었다.

23-2-2. 대구 공장

"다음은 대구 저유소 이전에 대한 사항입니다."

이때 좌중이 술렁거리기 시작한다. 누구 고생 안 한 사람이 있나 이제 그만하지 하는 분위기다. 용 사장은 목청을 돋워 말을 계속한다. 그만두는 처지에서는 울분을 토하지 않을 수 없다고 말한다.

"여러분도 알다시피 대구 저유소는 왜 이전을 하게 되었습니까. 전두환 대통령이 보안사령관 시절 유류 저장시설이 공군 비행장 부근에 있으면 위험하다고 박정희 대통령에게 보고하여 이전토록 조처된 것인데 그가 대통령이 된 이상 이전은 불가피하였을 뿐 아니라 관계 당국으로부터 이전 재촉을 받는 실정이었습니다.

그런데 문제는 부지를 구하는 것이었으며 또한 각종 허가를 취득하는 것이었습니다. 부지를 선정하고 땅을 매입할 때 그 매입이 얼마나 어려웠다는 것은 여러분도 잘 알고 있을 것입니다.

부지 매입은 인근 호남정유 매입 단가보다 절반 가격으로 확보하였으며 부득이 매입이 불가능한 땅에 대해서는 토지수용 절차를 밟아 수용할 수밖에 없었습니다."

★ 공군 유류 공급 현대화

"대한민국 공군은 당시만 해도 항공유를 울산에서 대구 공군 유류 보급 창에 열차 편 유조탱크로 이송하였습니다. 이 작업은 제가 공장에서 송유 과장으로 있을 때부터 많은 회의를 하고 있었습니다.

물론 공군에서 최선의 방안이라고 택한 방법이겠지 하고 그들의 요구를 따랐습니다. 그러나 작업 자체가 여간 어려운 것이 아니었다. 유조탱크 300 바랠 용량 10량 정도를 세척하고 적재 중에 5/1 바닥부터 10분 간격으로 시료를 채취해서 불순물 오염상태를 점검해야 하고 최종적으로 점검하고 봉인을 해서 열차 조성을 하는데 너무 까다롭고 복잡하였다. 모든 작업보다 우선적으로 이 작업에 매달리다가 보면 다른 작업에 지장이 많았습니다.

그런데 대구 저유소를 이전하는 과정에서 구 저유소 탱크를 철거해야 하는데 탱크 한두 개를 철거하지 않고 공군에 증여하고 공군에서 비행장 내에 있는 송유관을 보수하면 송유관으로 유류공급이 용이하겠다는 생각 이 들었습니다. 어느 날 공군 군수 사령관과 사우나를 하는 기회가 있어 넌지시 아이디어 차원에서 의사를 타진한즉 적극 찬성을 하며 추진을 하 게 되었습니다. 그래서 공군에 대한 항공유 공급 현대화 작업은 쉽게 이루 어졌습니다. 그 공로로 사령관은 공군 참모 차장으로 승진하였고 그 후 총장이 되었습니다.

총장은 그에 대한 보답으로 항 부회장에게는 대통령, 사장은 국방부 장 관, 용 사장에게는 총장의 감사장이 수여되었습니다.

23-3. 도시가스 회사

마지막으로 포항 도시가스 설립에 대해 말씀드리겠습니다. 도대체 명함 한 장 그것도 부사장 직함 하나로 돈도 빌리고 땅도 사고 허가도 내라는 것이 말이 되는 일입니까.

그리고 공장 땅도 이미 도시계획에 의거 고시되어있는 장소를 비켜서 다른 곳을 물색해서 각종 허가를 새로이 받으라 하니 이 얼마나 어려운 일입니까. 단신으로 현장에 내려가니 무엇을 어떻게 어디서 시작하여야 할지 막막한 마음 금할 수 없었습니다.

종이 한 장을 살려고 해도 직접 가야 하고 공무원을 접촉하려 해도 섭외도 섭외지만 봉투 한 장도 직접 사러 다녀야 하는 실정을 짐작이나 하겠습니까. 사무실은 우선 여관으로 정하고 차도 사야 하고 운전사도 구해야 하며 사무원이라도 한 명 뽑아야 하는데 이 모든 것 혼자 하자니 너무나 힘들었습니다.

돈을 가지고 있는 관리부장은 아직도 부임도 하지 않고 돈을 써야 하는데 돈이 없으니 개인 돈으로 일을 처리해야 하는 마음을 짐작이나 하는지요. 태평양 바다에 보내 놓고 맨손으로 고기를 잡으라는 것과 무엇이 다릅니까.

도움을 받을 길 없어 포항은 연고지이므로 동생이 마침 그곳에 있어 직원도 아닌데 심부름시켰으며 친구들이 있어 그들의 협조하에 하나하나 문제를 해결할 수 있었습니다.

기존 도시계획이 된 부지는 신부 파이프 포항공장 안에 있었는데 그곳이 아닌 다른 곳을 물색하여야 한다니 이미 공단에는 공장을 세울만한 부지가 없어 난감했습니다.

그렇다고 해서 공단과 떨어진 장소를 택하자니 전기, 공업용수, 진입로 등을 확보하자면 초기 투자가 너무나 많아 불가능하였습니다. 따라서 공단과 연해 있는 장소를 물색할 수밖에 없는데 그런 장소를 찾기는 불가능하였으나 다행히 인접 임야가 있어 간신히 장소를 물색할 수 있었습니다.

그런데 그 장소마저 인근 공장이 확장부지로 계획되어있어 그 회사와 많은 분쟁과 힘겨루기가 있었습니다. 공교롭게도 그 회사 전무가 또 고등학교 후배인지라 너무 마음이 아팠습니다. 천신만고 끝에 공장을 세우고 가동한 지 5년 만에 흑자를 내기 시작하였습니다.

그러나 불행하게도 관로공사 중 사고가 있어 통행 차량에 탑승한 세 사람에게 심각한 화상을 입혀 사고 수습이 끝난 시점에서 주청 도시가스로 책임을 지고 전보가 되었습니다. 주청 도시가스는 다행히 해마다 많은 흑자를 내어 분식회계로 잉여금을 다음 해로 이월하는 경영을 해왔습니다. 그런데 갑자기 구조조정이라니 도대체 이해되지 않습니다.

회장이 돌아가셨다고 하여 이를 기회로 사직을 요구하는 것은 도저히 납득이 되지 않습니다. 모든 것은 공과가 있는 것인데 어디에 근거를 두는지 알 수가 없는 처사에 유감을 표합니다.

말을 마치자 용 사장은 미련도 없이 자리를 박차고 회의장을 빠져나와 경부선 고속도로를 달렸다.

희멀건 한 낮달을 보네
허공에 매달린 백수건달이 아니려나
뻐꾸기 부화하듯 빛을 품는 낮달
열 손가락 끝에 와있네
손질한 지 엊그제 같은데 하품을 하네
거북한 자리 손 내밀기 민망하다
열심히 일하라고 자리한 것 같은데
세월을 쫓다 보니 백수건달이 되었네
색깔 덧칠하면 뽐내기도 하겠지만
여인네들 치장이 아니려나

거울 앞에 다가서는 느닷없는 자화상

낯익은 얼굴은 간 곳 없고

빈둥거리는 낮달만 보이네

— 송용일 〈손톱〉

며칠 후 규 사장으로부터 연락이 왔다. 내용인즉 항 부회장이 자기와 같이 일을 하지 않겠느냐고 의사를 타진한다고 한다. 무슨 일이냐고 묻기는 하였으나 선뜻 응하지 않았다. 규 사장은 내심 수락을 안 하기 바라는 눈치였다. 수긍하는 답변이 나올까 봐 마지못해 묻는 척하면서 대답이 끝나기 전에 전화를 끊었다. 그는 내가 잘되기를 바라지 않는 것 같았다.

한편 선뜻 대답을 못한 이유는 전립선암 증상 때문에 현재 수속 중인 이민 관계도 있고 항 부회장 집에까지 가서 언쟁한 직후이니 계면쩍기도 하였다. 그 후 생각해보니 항 부회장이 그런 제안을 한 것은 자기의 생각도 있었다.

처음부터 도시가스 회사 하나를 인수하는 것을 전제로 같이 일할 사람을 생각하고 용 사장을 퇴임시켜 후일을 대비한 것 아닌지 그런 생각도 해보았다. 한편 부인의 추천이 있었다고 내심 순간 짐작도 하였다. 부인께서는 용 사장의 부인에 대하여 좋은 감정을 갖고 있었음을 짐작할 수 있다. 그래서 한편 제안을 받아들여 일을 같이하고 싶다고 말을 하고 싶었다.

왜냐하면, 그렇게 하면 명예를 회복할 수 있기 때문이다. 그만둔다고 하니 분위기가 달라진 저간의 사정을 느꼈기 때문이다. 항 부회장이 그만두면서 나를 데려가기 위해서 술수를 쓴 것으로도 해석이 되니 반전이 되는 것이다. 항 부회장은 물러나는 조건으로 도시가스 회사 하나를 취득한 것이다. 최 회장은 병상에서 마지막을 고하면서 항 부회장의 공로를 잊지 않았던 것이다.

24. M & A

청주에서 언론기관과 유대를 가지다 보니 보도국장과 접촉을 하게 되었다. 그가 대학교 후배인 관계로 남달리 친해 가끔 골프도 치고 등산도 하였다. 그의 소개로 유지한 분이 용 사장에게 청을 한다. 도시가스 특히 중부도시가스를 인수하도록 주선을 해달라는 것이다. 만약 불가능하면 강남 도시가스라도 인수하면 좋겠다고 한다. 중부도시가스를 최 회장으로부터 양도받은 항 부장에게 타진한다.

"항 회장님 혹시 회사를 양도할 생각이 없습니까?"

무슨 소리냐고 어림없다는 듯 거절한다.

"회장님 그러면 절반 지분이라도…."

"생각이 없습니다."

"경영권은 회장님이 가지시는 것으로 하면 안 되겠습니까?"

"단도직입적으로 말하겠습니다. 49% 지분 판매에 200억은 어떻습니까?"

역시 아무런 반응이 없다. 자기는 퇴직금 30억에 10억 정도 덧붙여 인수받은 것으로 아는데 욕심도 많다 싶다. 그가 도시가스를 인수하는 과정을 나는 알고 있다.

어느 날 스에 에너지 도시가스 담당 이사인 SY가 나에게 와서 불평한다. 중부도시가스를 얼마에 항 부회장에게 넘기라는 지시를 받고 품의서를 작성하고 오는 길이라고 한다. 왜 용 사장에게 그 이야기를 하는지 모르겠다. 아마 용 사장이 억울하게 회사를 그만 두니 문제를 거론하자고 부추기는 것 같다.

나는 한쪽 귀로 듣고 흘렸다. 왜냐하면, 에스 그룹에서 넘어온 점령군

행세하는 족속들은 상대하기 싫었다. 이 사람들은 인성이 다르다. 전임자 PS도 마찬가지였다. 한 예로 SY는 일본에 출장을 같이 간 일이 있는데 행동이 유치하다.

용 사장을 한대 도시가스 사장으로 가지 않겠느냐고 의사를 묻기에 그 것이 윗선에서 쉽게 되겠느냐고 우회적으로 거절을 하였더니 그때부터 트집을 잡기 시작하였다. 용 사장에게 일본말을 잘한다고 추기면서 건배 술잔을 건네는 듯하더니 같이 온 한대 도시가스 사장에게 넘긴다. 정말 치사한 행동을 한다. 조만간 그만두는 한대 도시가스 사장도 민망해한다. 정말 한주먹 올리고 싶었으나 참았다. 그뿐만 아니다. 일본 사람들이 손을 손끝만 살짝 씻는다면서 시범을 보이더니 따라 하기를 원한다. 별것 다 참견한다고 눈을 부라리니 꼬리를 감추었다. 모회사에 있다고 갑질을 하는 것이다.

전임 PS 이사도 마찬가지다. 출장을 와서 술을 얼마나 먹었는지 용 사장 사무실에서 토를 하고도 미안해하지 않았다. 직원들 몰래 체면을 생각해서 용 사장이 직접 청소하였다. 에스 그룹에는 정말 이렇게 사람이 없는가 자문하였다.

중부도시가스 인수 관계는 불가능하다고 청주 유지에게 말한즉 그러면 강남도시가스라도 좀 알아봐 달라고 한다. 강남도시가스는 모회사가 신부 파이프 주식회사다. 신부 파이프 이 회장은 항포 도시가스 공동투자회사 회장이었으므로 용 사장과는 친분이 있다. 용 사장은 이 회장을 모 호텔에서 만났다.

"이 회장님 다름이 아니고 강남 도시가스에 50% 지분을 가지고 계시지요."

"50%가 아니고 49%입니다만, 50%나 다름이 없습니다. 강원산업 정 회장과 동일 비율로 하였는데 편의상 경영을 위하여 49%로 양해하였습니다."

"왜 그러시나요?"

"회장님이 가지고 계시는 지분을 누가 사고 싶어합니다."

"좋습니다. 팔도록 하지요."

"그런데 값은 50% 값을 주어야 합니다."

용 사장은 이 회장의 의사를 청주 유지에게 전달한즉 50%라야 하고 경영권을 갖고 싶다고 한다. 강남도시가스 인수 건도 접을 수밖에 없었다. 때마침 용 사장은 춘천 도시가스 매도에 대한 정보를 입수하였다. 춘천 도시가스는 벽산 그룹 소속이다. 벽산건설의 정 사장은 용 사장이 평소 알고 있는 사이다.

여의도에 있는 사무실로 용 사장이 찾아갔다. 정 사장 이야기는 경영기획실과 상의하는 것이 좋다고 한다. 인수는 가능할 것 같았다. 문제는 인수 시에 어떤 절차를 거쳐 회계 처리를 어떻게 해야 용 사장도 정당한 수수료를 받을 수 있을까?

생각하던 중 M&A 회사를 거치기로 하였다. 용 사장은 코마라는 M&A 회사에 고문으로 위촉받아 그 회사를 통하여 인수작업을 하기로 하였다. 수수료는 5%이므로 이는 10억에 달하므로 적지 않는 돈이다.

용 사장은 저간의 사정을 청주 유지에게 설명한즉 별로 관심을 보이지 않는다. 춘천은 외곽이고 거리도 멀어 마음이 선뜻 내키지 않는다고 즉답을 회피한다. 용 사장은 춘천은 조만간 경전철이 생기고 수도권과 일일생활권이 되고 게다가 부지가 3만 평이나 된다고 거듭 설명해도 관심을 보이지 않았다. 하는 수 없이 시간은 흘렀으며 얼마간 상호 소식이 두절되었는데 느닷없이 그가 목화예식장을 매입하기로 하였다며 도시가스 인수 건은 접어 달라고 한다. 용 사장은 허탈하지만 그만두기로 하였다.

25. 이민

　시간은 흘러 어영부영하다 보니 아비의 나라를 떠나야 하는 일정이 다가왔다. 처제 식구들이 이민하기에 전송을 나갔다가 돌아오는 길에 부인의 채근으로 순간적으로 이민 공사에 들른 것이 현실이 되었다. 전립선암도 수술하여야 하겠고 아이들 건강과 장래를 생각해 가는 것도 좋다고 생각하였다. 돌이켜 보니 성취는 했으나 영광은 없었다. 성취의 원동력은 패기였으나 연결핀은 녹슬어 기찻길에서 이탈하게 되었다.

> 물이 몸을 접을 때 물결이라지
> 바다가 그 몸 접을 때 파도라네
> 피안에서 멀어져 가는 이안류를 본다
> 나는 어디로 몸을 접고 있는가
> 마음을 따라 예까지 왔는데
> 몸을 떠나는 이안류를 본다
> 나의 마음 향안을 그리며
> 추억을 펼치니 세월이 되네
> 시도 때도 없이 접어가는 세월에
> 이 몸 부력을 잃은 지 오래다
> 멀어져 가는 한때를 보니
> 나의 부표도 물에 잠기네
> 깊이를 알았으니
> 부표라도 조정하면
> 대어가 낚이려나
> 　　－송용일 〈이안류離岸流〉